诗歌名物百例

图书在版编目（CIP）数据

诗歌名物百例 / 扬之水著 .— 北京：生活书店出版有限公司，2024.1（2024.5 重印）
ISBN 978-7-80768-400-8

Ⅰ.①诗… Ⅱ.①扬… Ⅲ.①古典诗歌—注释—中国
Ⅳ.① I222.72

中国国家版本馆 CIP 数据核字（2023）第 008025 号

诗歌名物百例

著　　者　扬之水
责任编辑　苏　毅
装帧设计　李　猛　杜英敏
责任校对　李艳玲
责任印制　孙　明
出版发行　生活书店出版有限公司
（北京市东城区美术馆东街二十二号）
邮　　编　一〇〇〇一〇
经　　销　新华书店
制版印刷　北京雅昌艺术印刷有限公司
版　　次　二〇二四年一月北京第一版
二〇二四年五月北京第三次印刷
开　　本　八八九毫米×一一九四毫米　三十二开
印　　张　十五点七五
字　　数　一四三千字　图五八九幅
印　　数　五〇〇一～九〇〇〇册
定　　价　二九八元
印装查询：〇一〇－六四〇五二六一二
邮购查询：〇一〇－八四〇一〇五四二

扬之水 著

诗歌名物百例

目次

青溪几曲到云林

——《诗歌名物百例》的写法与读法

廉萍

读诗，自然可以『直寻』，不假外物直抵诗歌情境。因作者落笔之际，经常也是即目所见、直抒胸臆。比如『举头望明月，低头思故乡』『明月出天山，苍茫云海间』，比如『两个黄鹂鸣翠柳』『好雨知时节』。古今情志相类，四时风景不异，千百年来，诗心原本无隔，一流好诗自有穿透时空的力量。但更多文字，隔了岁月的烟尘，多少有些模糊，需要解释。它们静静立在历史深处，宛若烟江叠嶂，山耶云耶远莫知。

笺诗不易。诗人际遇、诗歌本事、语法措辞，都会影响对作品本旨的理解。一器一物，自是诗中之微，却因时代绵邈，载记不清或实物久湮，颇有难以确指者。多数时候，不求甚解可能无伤诗意大雅，有时则难免毫厘千里。在『言志』『缘情』的创作传统中，名物并不处于受重视的地位；『用典』『虚实』等艺术手法的干扰，也容易致其面目含糊游移。这并不意味着无可作为。扬之水先生专注于此，循名求物，据物定名，积三十年研究之功，爬罗剔抉，磨洗相认，终于集腋成裘，汇成这册《诗歌名物百例》。书中所列百余例，图文相证，精严简扼，均出自翔实考证，发人未发。简言之，这是一部可以解惑决疑的案头实用工具书，是仔细梳理一一甄别后建立的器物档案，是作者三十年诗歌名物研究的小型汇总。

作者在引言中提到，曾有一项编纂『诗歌名物词典』的计划，并言本书『至若成为诗歌名物词典的奠基石，则更是望外之喜』，是自谦，更是治学的甘苦自知。作者早年出版的《诗经名物新证》《古诗文名物新证》《终朝采蓝——古名物寻微》等专著，持续发表的一系列相关考证文章，以及近年颇耗心力的新版《汉语大词典》配图、修订词条等工作，都是这块奠基石的坚实基础。收入本书时，并非简单抽取汇编，而是认真剪裁，重新审视，不断加以修正刷新。随侍问学数载，本人有幸亲历了这块奠基石从立意到成书的整个过程。每个词条，都曾认真研读求教，切磋琢磨。屡蒙耳提面命、点拨迷津，偶有献替，必被奖掖。可以说，这本书的编写，就是我接受专业训练的课堂。

比如『鹿皮几』，古诗熟典，我一直自以为是懂的。权威工具书释作『古人设于座旁之小桌。倦时可以凭倚。鹿皮作成，隐士所用。』练习注释王维《春园即事》『还持鹿皮几』时，就照录此意，为通俗起见还稍作修改，增字释为『鹿皮做成的小几案』。老师看到草稿后发问：『鹿皮能做成小几案吗？』一直都是想当然、不知其所以然，自然一下就被问住。老师告知，鹿皮只是『覆于隐几或曰凭几之表』以增加舒适感，『案字可不能随便加』。又自以为懂了。然而随后注释柳宗元『隐几熟眠开北牖』，仍顺手写『小几案』，陆游『细煅诗联凭棐几』则曰『棐木制作的几桌』，『桌』『案』『几』依然不辨，糊涂成片，又都被老师一一揪出。经此几番反复，才算牢牢记住。自此深知，学问之道，非可一日而成。本书也收录了这个词条，条分缕析，左引右证，足资参考（见本书六八页）。

再如『燕钗』，源自玉钗化燕故事，也是大家熟知的。具体到每首诗中，到底用典还是写实，都须细细分辨。注释姜夔『钗燕笼云晚不忺』时，我先采用通行工具书说法，释作『带有燕子形状装饰的钗』。老师不以为然，说至今尚未发现这种形状的实物。稳妥起见，更改为『钗的美称，用汉宫玉钗化白燕典故』。后来在《三朝北盟会编》卷五十四中看到一条记载：『是时郑后有宠，犹未至中宫，上出示郑氏簪玉花，上有双飞玉燕。』可见历史上确有饰燕实物，只是终究未曾亲见，不好悬拟，所以虽然讨论过多次，且有『鱼钗』实物可以类比，书中仍然未收。宁缺毋滥。

古人读书以『不求甚解』为通达，研究名物，却只能字字『求甚解』，否则终有臬兀不安之虞。李贺《河阳歌》言『牛头高一尺，隔坐应相见』，旧注谓『牛头，酒尊刻牛头形』，并援引《礼记》孔颖达疏『先儒云：刻尊为牺牛形，用以为尊』为证。释为酒尊，诗歌大意仍能讲通，却有『未得其谛』之嫌。扬之水认为：『李贺诗中的牛头，是以牛头为饰的角杯，式样仿自西亚「来通」。西安南郊金浮沱村唐代壁画墓墓室北壁东侧壁画有此形象。』

（见本书一一〇页）诗人特别瞩目的夜宴酒具，从古典礼器变为时髦舶来品，其中意味，自是有微妙不同。再如『角端』，近人好奇，多写作『用端』，典籍中的用例，『角端』寔多。（见本书一七八页）

还有『狨坐』。孙机先生写过《历史上的金丝猴：几番荣瘁话当年》，言之甚详，后收入《从历史中醒来》（三联书店，二〇一六），更名《金丝猴》。做《古人的日子——庚子年历》时，选范成大《以狨坐覆蒲龛中》诗，配《听琴图》局部，因为当时我们都认为『图中人物坐于山石之上，所藉即是狨坐』。孙先生看到后，指出那个毛绒绒的垫子并不是『狨坐』，狨坐专门用于『铺在马鞍上』，且应该是金黄色，图里坐垫却有深色条纹。至于到底是什么，还不好说。曾专门仔细读过孙先生文章，本想例证求新，结果还是搞错。真是学无止境。书中未收此例，但两位先生不断切磋求真的言传身教，却是我将终身守护的精神财富。当时曾记下几句感慨：『不管什么年龄，知非，谈何容易。此生前行，幸遇高人不断拨正，免却无数弯路。感恩。』孙先生前不久辞世，他身后留下的巨大真空，我们必将用尽余生慢慢感知。

读者的阅读利用，是每部书的终极工序。这册《百例》中，每则只是略举一二诗例，读者自可依此，举一而反三。如『战篦金凤』条纠温庭筠《思帝乡》旧注之失，指出『战篦金凤，乃言金凤簪。篦，也写作鎞或鑵，是一种广长而薄、下端收细的簪子。唐寒山《诗三百三首》其三十五「罗袖盛梅子，金鎞挑笋芽」；明董纪《效香奁体二首》其二「试将红叶题诗了，闲把金鎞剔指尖」，均指此物』。（见本书二六四页）又有『篦刀』条，继续申说此意：『篦刀造型则即尺来长的窄刀身，刃端尖细，刀鞘有环耳以为佩带。』（见本书二六六页）见此数例，便可知白居易诗『钿头银篦击节碎』、杜甫诗『发短不胜篦』中的『篦』，所指俱是簪子，而非『梳篦』之『篦』。《古汉语常用字字典》『篦子』义项下举此杜、白二诗为例，都错了。杜诗『发短不胜篦』，所咏与『白头搔更短，浑欲不胜簪』乃同一情形。

诗无达诂，解诗最难。这块小册子奠基石，是集结，更是起点。在孙机先生和扬之水老师开辟的诗歌名物之路上，我们将继续孜孜矻矻，研习摸索，由一事一物做起，尽量减少误读，努力一点点接近诗人本意。虽有曲折，却仿佛古人一路探源，青溪几曲，终到云林。烟空云散山依然，看山终是山。

最后值得一提的，是李猛兄的设计，文质彬彬，一以贯之。诗例页眉领起，释文居右，例图居左，疏朗得宜，眉目清爽。实用工具小书，终成可观可读、可堪把玩的案头一册清雅。

癸卯大暑写于京华

引言

一

『气之动物，物之感人，故摇荡性情，形诸舞咏，欲以照烛三才，晖丽万有，灵祇待之以致飨，幽微藉之以昭告，「动天地，感鬼神，莫近于诗」。』钟嵘《诗品·序》取《毛诗传》成句而阐扬发挥，关于诗歌的意义，此成为经典论述之一，很可以教人感觉到诗歌地位的崇高。

诗有各种读法，品其意境，味其情韵，赏其遣词造句经营物象之本领，是为作品欣赏，自古以来名著如林。抉擿幽隐，发明用典之渊源与流变，阐发诗思之异同，是借诗选而谈艺。又有以传记形式来评述诗人一生行事与创作以见一代诗史之大略者。至于披寻抽绎，观风证史，更有名篇巨制。可谓『樝梨橘柚，各有其美』。这里想引出的话题是，尚有一个向无显赫声名的小小分支，即名物考校。只是以一己之孤陋，以为依附于经学的诗经名物之外，似无以历代诗歌名物为题的专书，虽然不乏究心于是者。若所知不误，那么今天的这样一个小册子，竟然可以忝为第一了。

二

文学研究与文学史的写作，通常是落墨于名家和名篇（包括非名家之名篇），亦即从艺术角度来看是属于文学之精华的部分；作品的艺术性，也几乎成为评判优劣的唯一标准。但自忖同时还可以有这样一种角度，即它通过对诗（广义的诗）中之『物』的解读，而触摸到诗人对生活细节的观察与体验，以揭出『物』在其中所传递的情思与感悟，由此使得一些多半是在文学研究与文学史写作视野之外，亦即艺术标准之外的作品（包括名家之非名篇），别现一种文心文事乃至诗意的丰沛。

数年前在旅途中与一位致力于文学研究的同仁闲谈，言及我对『物』的关注，他说：『咏物诗的艺术性多半是不高的。』换句话说，我留意的与名物相关的诗，常常不是『好诗』。此说不免引人思索：读诗偏重于『物』的考索，对于文学和文学史来说，意义何在？如果谈不上艺术性，那么作为诗，它是否还可以有另外的功用？

于是想到应该先把我所关注的『物』与咏物诗稍作区分。我以为，咏物诗之物，是普遍之物，抽象之物，在此意义上，也可以说它通常是虚拟的话题，主旨在于藉物咏志，藉物抒情，又或藉物以讽世。我的研究对象虽然包括咏物诗，但主要却不在于这一类『即物达情』者，而是多有纪实成分的唐宋诗歌，关注以『物』的形式现身于诗歌的生活场景或生活细节，它是个别之物，具体之物，相对于前者，这是真实的话题。此所谓『物』，分散开来，是一个一个的点，把散落的点连接起来，便成一线：它应该构成一部生活史细节的文学叙述史。以诗人之『为』，而使物在反复不断的吟咏中被赋予诗性，又或融入哲理和体悟，正所谓『物微意不浅，感动一沉吟』（杜甫《病马》），物因此以这样一种方法被书写，成为文学史的一部分。如此，不入流品的『名物诗』，或许就是欣赏领域中的点点空白。诗的艺术性，固然文字、格律、节奏、意境、意象等是其要素，然而以『格物』之眼读诗，是不是也可以成为一种研究方法呢。

某些『新生事物』，正是从诗的呼唤中『发扬光大』。由此引出吾人关于物的追索，引出一个个当日的生活细节，进而窥得细节贯穿的情思和诗意的传递。当然这些物都各有不同的意义，或是一种新鲜事物的诞生，或是涉及生活方式的改变，或是代表着某种观念的转换，由诗人的敏感而发现，而歌咏，而造境，遂于此中寄情言志（比如茶事，香事，家具，文房用具）。依凭现代考古的成就，『真身』消泯于历史烟尘的诗中之『物』或重现于世，我们适可从中寻找流失的情思，填平诗与物之间的疏离。传统注释着墨于揭示典故和前人用例，自然是读诗的法宝，但涉及到『物』，很多情况下是同样的名称而所指之物的形态已不同，仅列举前人用例，便不能够由『彼』及『此』。考校名物的目的之一，是还原历史细节和生活细节，阐发『物』在历史进程中的演变，或许在我们洞悉古人生活之微末的时候，对诗中的意蕴会理解得更加完全。

相对于诗歌研究的主流，考校名物只是旁支细流中的一道小溪，是很边缘化的。当然也可以说，它放在哪一个学科里都是边缘的，不论文学、史学、考古学。但它又很可能为各个学科提供新的视角。

三

诗中之『物』，有些读来并无难解之处，比如胡床。自南北朝至明清，胡床屡屡以同样的名称在诗歌中现身，各家笺注本中『胡床』之释几乎众口一词：一种可以折叠的轻便坐具。然后罗列历代相关书证。然而同样称胡床，唐诗与宋诗中的所指却并不完全一致。这里关涉到社会生活中家具的变化以及随之发生的习俗之改变，即由席坐而演变为垂足坐，胡床不同时代的同名异制，正反映了这一点。历代诗歌中出现的书案，也属于这一类。

又如北宋晁补之《梁州令·永嘉郡君生日》一阕，句云『东君故遣春来缓，似会人深愿。蟠桃新镂双盏，相期似此春长远』，『蟠桃』句，《晁氏琴趣外篇》（上海古籍出版社一九九一年）注云：『蟠桃，神话中的仙桃。《汉武帝内传》云：十月七日，西王母降，呼帝共坐，命侍女贡桃果，「须臾，以玉盘盛仙桃七颗。大如鸭卵，形圆青色，以呈王母，母以四颗与帝，

图一
银鎏金枝梗桃杯
江苏溧阳平桥窖藏

三颗自食，桃味甘美』。』南宋吴文英《烛影摇红·寿嗣荣王》『笑从王母摘仙桃，琼醴双金盏』，《梦窗词集校笺》（中华书局二〇一四年）：『王母仙桃，常用作祝寿语。』『双金盏，以蟠桃镂绘于双杯盏，亦是宋人祝寿的习俗。晁补之《梁州令·永嘉郡君生日》云云。』前例注蟠桃，未及『新镂双盏』。后例所谓『镂绘』，『绘』者，非也，『以蟠桃镂绘于双杯盏』，亦未切。验之以实物，可知『笑从王母摘仙桃，琼醴双金盏』乃一义贯穿，即满斟琼醴的桃式象生酒盏。出自江苏溧阳平桥窖藏的一只银鎏金枝梗桃杯，正是一剖为半的蟠桃象生，用作杯柄的折枝錾出树脉的纹理，桃叶轻软扶在杯沿，杯心打作『寿比蟠桃』，字表鎏金（图一）。福建泰宁南宋银器窖藏有式样相类的一对，其一杯心为『寿比仙桃』，其一为『福如东海』，刚好是『蟠桃新镂双盏』。两首词的句意都很简单，笺注未得其实，所欠者，由『物』见『诗』也。

历来讨论李贺与李商隐（以下简称『二李』）诗，多半忽略了二李的观『物』之眼，今天我们则有可能部分还原二李诗中的视觉映象，因可见二李以特有的对『物』的敏感，而每每由『物』引发诗思。如李商隐《饮席代官妓赠两从事》：『新人桥上著春衫，旧主江边侧帽檐。愿得化为红绶带，许教双凤一时衔。』旧评颇有谓此『亵狎』者，今注亦说它『谑

图二·一
鸟雀衔绶镜（拓片）
故宫博物院藏

而近亵』，均是针对三、四句而言。注家就此引白居易诗『鹊衔红绶绕身飞』，又陶渊明《闲情赋》『愿在裳而为带，束窈窕之纤身』，曰二句从此化出。如白诗所咏，鸟衔绶带为唐代服制纹样之一，《唐会要》卷三十二所谓『观察使以雁衔仪委』（仪委，瑞草也），《新唐书·车服志》『德宗尝赐节度使时服，以雕衔绶带』，但这似乎不是李诗所取物象的直接来源。

鸟衔绶带亦为立春节物剪綵花的式样之一。与玉溪生同时的诗人李远《剪綵》诗云『双双衔绶鸟』，所咏即此。或因风俗广播而鸟衔绶带成为唐代装饰领域里的流行纹样，见于铜镜、织绣、玉器、金银器（图二）等等，遂为一向留意『物色』的诗人拈之入诗，而博饮席中人一粲。列入本

图二·二
孔雀衔绶二色绫（复原图）
大英博物馆藏

图二·三
玉盒盖面纹样
河北定州静志寺塔基地宫出土

图二·四
银金花饰片
杭州雷峰塔地宫出土

书条目的二李诗句，如『牛头高一尺』『匀脸安斜雁』『粉蛾帖死屏风上』『锁香金屈戌，带酒玉昆仑』，便是尝试借诗人之眼以观『物』，当然反之亦可。如果说对诗中之『物』的关注是偏离了诗学的核心，那么由『物』返回诗心，或可算作一种迂回进入。

某些不被文学史所关注的作品，现身其中的『物』，似乎也不必特别留心，然而它却往往关乎其他领域的器物定名，本书中的多数诗例，其实都属于这一类。比如『马黄掬子』。因为东京国立博物馆收藏一件流传有绪的南宋龙泉窑『马蝗绊』铭青瓷碗（以碗底裂璺处有明代工匠补苴的六个锔钉而得名，今属日本『重要文化财』），而引起陶瓷界关于『马蝗绊』语源的讨论。谢明良《陶瓷修补术的文化史》（上海书画出版社二〇一九年）举出《朱氏舜水谈绮》释『马蝗绊』之『绊』为日文汉字的『鎹』『鉸』或『鋏』，是为有见。本书所举出自《薛苞认母》杂剧中的『马黄掬子』，则是它作为民间俗语的形态。又如宋诗中的燎炉。王安石『竹鸡呼我出华胥，起灭篝灯拥燎炉』（《与安大师同宿既晓问昨夜有何梦师云有数梦皆忘记》）；陆游『燎炉薪炭衣篝暖，围坐儿孙笑语温』（《雪夜》），燎炉为取暖之具，自无疑义。炉可温酒。陈渊《小轩观月呈兴宗叔》『燎炉宿残火，尚可温新酿』。炉可烹茶。程公许《汲惠山泉烹日铸》其二『自候燎炉烹日铸，杜陵肺渴耐甘寒』。若把目光转向同一时代的图像，那么可以发现燎炉每每现身于举宴、会聚、出游的场景中，而造型以方者为多（见『都篮』条与『汤瓶』条），可知赵蕃诗中的方炉，也是此物：『打粥泛邵州饼，候汤点上封茶。软语方炉活火，清游断岸飞花。』（《海监院惠二物戏答》）出行的时候，燎炉与总装器皿的『行具』合为一副担子，便称茶镣担子（见『都篮』条），这里的『镣』，即燎炉。周必大《玉堂杂记》卷下曰：翰林学士『禁门内许以茶镣担子自随，与执政等』。皇太后驾出护卫有『御燎子、茶床』，这是列入舆服制度的（见英宗治平元年所定仪制，《宋会要辑稿·舆服一》）。近年讲述两宋故事人们喜欢称引的一段颂圣纪事中每被误读的『镣子』，于是可明就里：『仁宗尝春日步苑中，屡回顾，皆莫测圣意。及还宫中，顾嫔御曰：「渴甚，可速进熟水。」嫔御进水，且曰：「大家何不外面取水而致久渴耶？」仁宗曰：「吾屡顾不见镣子，苟问之，即有抵罪者，

图三·二
金同心鸟佩饰
鄂州三国孙吴墓出土

故忍渴而归。」左右皆稽颡动容，呼万岁者久之。圣性仁恕如此。』（魏泰《东轩笔录》卷十一）所谓『吾屡顾不见镣子』，其实是省略的说法，仁宗漫步宫苑，例当有诸般茶汤熟水用器即茶镣担子随侍。司镣炉者，其时谓之茶酒司。那么仁宗忍渴而不责问者，即恐茶酒司抵罪也。

此外若干易解之物，这里参以图像或实物，大约属于『好事』，但总觉得左『物』右『诗』能为读诗增添更加直观的画面感，至少可以视作诗的时代背景之一而成为『画外音』，比如收入书中的香鸭、蕉叶盏、蟾蜍砚滴。又比如同心鸟（东晋杨方《合欢诗》『齐彼同心鸟，譬彼比目鱼。情至断金石，胶漆未为牢。但愿长无别，合形作一躯』）、比翼鸟（曹植《送应氏诗二首》其二『愿为比翼鸟，施翮起高翔』），双鱼比目，鸳鸯交颈（曹丕《秋胡行二首》之二）。诗每拟喻两情好合或友谊敦厚，秉政者则视作灵异祥瑞（如《宋书·符瑞志下》：同心鸟，王者德及遐方，四夷合同则至）。而这一类形象均已成为装饰纹样（图三），或蕴含诗情，或颂扬政清，即便『读图』与否无关于对诗的理解，但面对文本之际，有与文本对应的图像相伴，诗中之物的具象化，未

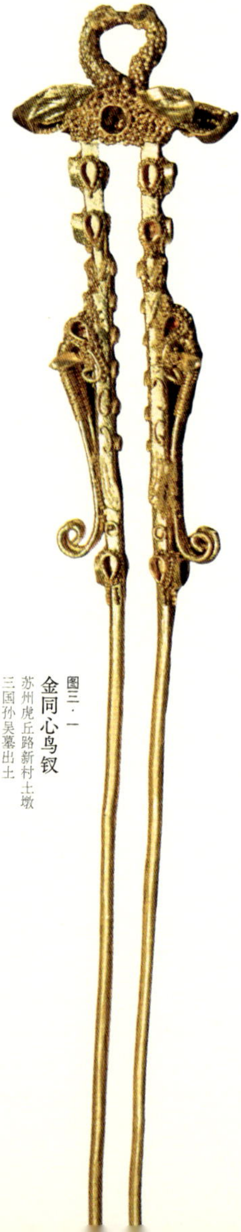

图三·一
金同心鸟钗
苏州虎丘路新村土墩三国孙吴墓出土

图三·五
交颈鸳鸯金帔坠
金坛城东杨贺巷七队夫妇合葬砖室墓出土

图三·三
唐祥瑞生肖镜
许昌博物馆藏

图三·四
『李勉奉进』金花银盘盘心（唐）
西安西北工业大学基建工地出土

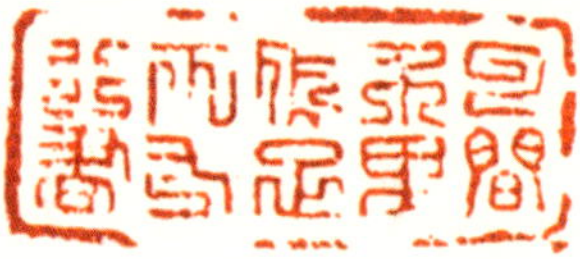

图四
云间千里雁
足下一行书

必不会扩展诗的含蕴而带来一点阅读的欣喜。又如梅尧臣『丹砂篆印发题封』（《依韵和睢阳杜相公答蔡君谟新体飞草书》），陆游『庭中下乾鹊，门外传远书。小印红屈蟠，两端黄蜡涂』（《寄酬曾学士学宛陵先生体比得书云所寓广教僧舍有陆子泉每对之辄奉怀》），都是对书信形式的描绘，明白易晓。若有与此相契的宋人封角之印蜕在傍（图四），自可添得几分亲切。又如闹装，初指『合众宝杂缀而成』的马具，白居易『鞍辔闹装光满马，何人信道是书生』（《和高仆射罢节度让尚书授少保分司喜遂游山水之作》）；元稹『闹装辔头觿，静拭腰带斑』（《台中鞫狱忆开元旧事呈损之兼赠周兄四十韵》）。为诗人所称咏的马具，同样是唐代工匠的用心之处（图五）。而工艺与形制相类的闹装也施用于这一时期的金带为闹装带（图六），所谓『百宝装腰带』（杜甫《即事》），即此。至明而盛且繁丽逾前（图七）。作为『诗』中之『物』的闹装并不费解，不必参考实物，

图五
三彩马
西安市长安区
郭杜镇唐墓出土

图六
镶绿松石金带（吐蕃时期）
甘肃省博物馆藏

图七
金镶宝菊花带銙
湖北蕲春横车镇荆恭王墓出土

读诗也照样明白，不过有此实例对照而从中看出『物』的发展线索，未尝不可多一重收获。此外，诗人拈取之物亦未必都很『诗意』，我们却也可以别有所见。比如宋刘子翚《书斋十咏·楮案木》：『匠余留片木，楮案定欹倾。不是乖绳墨，人间地少平。』书斋里与笔砚相伴的常常是瓶花与香，因此诗中的书房诸物，每每是花和花之友，以此蔚为清雅之境。这里的楮案木，却非雅物，难得见于诗人笔端，虽然在一般居室内铺砖尚不是很普遍的时代，它本是常备之物。有意思的是，永乐宫元代壁画中道观斋供一幅，竟绘出这楮案木，且正是用它来垫平桌脚的情形，教我们意外见到诗中生活场景的真切（图八）。所谓『有时

图八
永乐宫壁画中的楮案木

千载事，只在一联中』（刘克庄《赠翁卷》），《楮案木》中的『不是乖绳墨，人间地少平』，因物而起的一点感慨，也有如此的韵致。以上举出的例子并没有都列入词条，只是自以为这种图文互见的读诗方式在网络日益发达、古籍数字化愈益包罗广大的时代，它仍然很有存在的空间，故稍事申说。

四

二十年前，我在《古诗文名物新证》中表述过这样的想法：『物』本身承载着古人对社会生活和日常生活的营造，亦即『文』。新的名物考证，应以一种必须具有的历史的眼光，辨明『文物』的用途、形制、文饰所包含的『古典』和它所属时代的『今典』，认出其底色与添加色，由此揭示『物』中或凝聚或覆盖的层层之『文』。同样是以训诂与考据为基础，新的名物研究与旧日不同者在于，它应该在文献与实物的碰合处，完成一种贴近历史的叙述，而文献与实物的契合中应该显示出发展过程中各个时段的变化，——是契合，而不是捏合，是找到原有的关系，回到曾经有过的场景，变化的脉络则应有从考古学获得的细节的真实与清晰。这是我为自己以往的名物考证所制定的原则。这一次却是把考证的内容大部略去，而将结论直接托出，且尽量以图代言。名物的范围限定于诗歌。

书名中的『诗歌』，是广义的，它包括了词赋、剧曲、山歌、竹枝词、子弟书。如开篇所述，本书不是名作欣赏，不是以选诗而谈艺，而只是从诗歌入手来读『物』。选取的诗例，皆为坊间通行本，有异文者，则综合点校者的意见，选择自以为字义惬当者。相关文献，亦如是，因此均不出注。

五

很早就期待这一次的转身，虽然未必真的转了过来。

专注名物已近三十年，始终在『诗』与『物』之间游走，诗的解读，至今未窥堂奥，正所谓『炼汞烧铅四十年，至今犹在药炉前』，而对『物』的定名与相知，总是自己的第一目标。跃进兄执掌文学所时曾建议我编纂一部诗歌名物词典，转过身来解决文学研究中的问题。我视跃进兄为学术知己，对此自是乐于听从，并且久已列为计划。然而若干年过去，从在职到退休，从少壮到古稀，计划依然停留在计划阶段，总觉得时机尚不成熟，因为所知太少，未知太多，前者是滴水，后者是海洋。可以肯定，这一计划此生已是无望完成。

庚子大疫，家居数月，为手里的两项工作收尾。一是花费数年精力的《中国金银器》，一是几年前应承下来的为新版《汉语大词典》配图。为词典配图，实际仍是以我的视角，即对名物的关注，也因此订正了不少原版这方面的讹误。不过词典自有词典的编纂体例，不能依从个人意志，比如前节所述，从名物考校的角度看，同样的名称，在不同的时代往往所指不同，所指之物的形制样态也不同，但词典释词的体例却没有如此分辨异同的空间，时代也一律用『古代』或『古时』概之。毕竟，《汉语大词典》不是名物词典。于是想到把由我配图的两千多个条目单独抽出来，按照自己的思路重新注释另成一书，却发现这样一来会变得毫无条理，——它既非诗歌名物词典，又难以其他冠名，以是颇费踌躇。感谢老友曾诚兄的提议：不如叫作『诗歌名物举例』，于是豁然开启思路。『举例』，避免了词典须有的无所不包，体例与行文均可不受『词典』之框限，更减去了词典应该具有的『权威性』的负担。遂为『举例』制定标准：一、辞书以及诗歌笺注未曾解释者；二、辞书及诗歌笺注之释而有误者；三、有释而无图、因之仍不得其真确者。依此而挑挑拣拣，最终成就的一小册，通览一过，不禁哑然：此不啻为自家做过的名物考证之缩略版，即将长篇考证瘦身为几百字的词条。其中有关诗经名物的几则，写作时间最早，乃三十年前初从遇安师问学，老师悉心指授所得。『百例』的撰述，最初曾计划与廉萍博士合作，但种种原因而未果，不过依然从她的研究中获益，『宝带垂鱼』条中关于笏头带的指认，即是。不敢掠美，特此表出。总之，我将此册视作一次检讨与总结，实未敢自必。履冰之心长有，唐突今贤之意绝无。如果因此而为诗歌注释提供一二参考，便不算枉费心力。至若成为诗歌名物词典的奠基石，则更是望外之喜。略事点检，得百有六十余，因取其成数，名曰『百例』。

辛丑下元

〇〇一

帷（帏，幔）

依帷濛重翠，带日聚轻红。定为歌声起，非关团扇风。

◎梁简文帝《梁尘诗》

帷是上古时代宫室和居住建筑中用于分隔空间的设施，诗咏梁尘，所以营造出帷与梁相依构成的临时空间。《周礼·天官·幕人》：『幕人掌帷幕幄帟绶之事。』郑玄注：『在旁曰帷，在上曰幕。』即在开敞之堂的梁间或前楹悬以帷，依它的或卷或舒而自由改变室内空间，也包括调节室内温度，帷因此有组绶，一面用作系挽，一面可垂下来作为装饰。成都羊子山一号汉墓出土画像石，结着组绶的帷悬于宏敞的堂中，中有舒展之幅用作间隔，于是宴饮与设食在帷之两边各行其是〔图一〕。魏晋南北朝此制仍在沿用。《东宫旧事》：『太子纳妃有青布碧里梁下帏一。』此帏，即帷之借字。齐王融《咏幔诗》：『幸得与珠缀，羃䍥君之楹。月映不辞卷，风来辄自轻。每聚金炉气，时驻玉琴声。但愿置樽酒，兰釭当夜明。』此幔也与帷同（慧琳《一切经音义》卷四『绮幔』条引《考声》曰『幔，帷类也』），是悬在前楹。作为『在旁』之帷，还可以与『在上』之幕结合成为帷幕，亦即帷帐〔图二〕，后世诗文中提到的帷，多是这一类。作为分隔空间之用的帷，魏晋南北朝以后渐被步障取代。《晋书》卷九十六《列女传》记王凝之妻谢道韫事，『凝之弟献之尝与宾客谈议，词理将屈，道韫遣婢白献之曰：「欲为小郎解围。」乃施青绫步鄣自蔽，申献之前议，客不能屈』。

图一 成都羊子山一号汉墓出土画像石

图二 「丁兰事木母」北魏宁懋石室线刻画
波士顿美术馆藏

○○二

步障

日既逝矣西藏，更会兰室洞房。
华灯步障舒光，皎若日出扶桑，
促樽合坐行觞。

◎三国魏·曹植《妾薄命》其二

掩映飞轩乘落照，
参差步障引朝霞。

◎唐·骆宾王《畴昔篇》

步障是分隔起居及活动空间的器用，系由帷分化出来。两端立柱，柱头牵拉绳索，绳索下系若干幅帷幔，便成步障。它的特色在于可以比帷延伸得更长，私密空间之外，既可用于庭院，也宜于施在郊野。东汉遗存中已有步障的形象，其风行则在魏晋南北朝。洛阳北邙山出土北魏宁懋石室线刻画中的出行图和庖厨图可视作当日步障之使用的实录〔图一〕。

图一
庖厨图　北魏宁懋石室线刻画

〇〇三

行障

九龙将暝，三爵行栖。
琼钩半上，若木全低。
窗藏明于粉壁，柳助暗于兰闺。
翡翠珠被，流苏羽帐。
舒屈膝之屏风，掩芙蓉之行障。
卷衣秦后之床，送枕荆台之上。

◎北周·庾信《灯赋》

独眠虽已惯，秋来只自愁。
火笼恒煖脚，行障镇床头。
眉含黛俱敛，啼将粉共流。
谁能无别恨，唯守一空楼。

◎陈·阴铿《秋闺怨诗》

碧玉为竿丁字成，鸳鸯绣带短长馨。
强遮天上花颜色，不隔云中笑语声。

◎唐·陆畅《咏行障》

行障与步障性质相近，不同在于它只是步障的一幅，以一竿悬挑中央，竿下设障座，可以随所宜而置放。作为分隔室内空间的陈设，行障通常如诗赋所云置于床头。《南齐书》卷五十四《高逸传》记宗测事，曰『测善画，自图阮籍遇苏门于行障上，坐卧对之』。作为日常生活用具的行障，唐代或仍存遗响。刘方平《乌栖曲》『银汉斜临白玉堂，芙蓉行障掩灯光』，既是用《灯赋》之典，也是实写，由唐墓壁画可见相似情景〔图一〕，亦如陆畅所咏。唐代婚庆中行障也是可博欢欣的用具，见《敦煌变文集·下女夫词》中的去行座障诗。同时，行障又进入舆服制度〔图二〕。杜佑《通典》卷一〇七《开元礼纂类二》载皇太后皇后卤簿：『行障六具（分左右，宫人执）；次坐障三具（分左右，宫人执）。』皇太子妃卤簿：『行障四具（分左右，夹车，宫人执）；次坐障二具（夹车，宫人执）。』两宋，随着高坐具的发展成熟，行障日渐从生活用具中分离出来，成为一种专门的卤簿仪仗〔图三〕，各种装饰也一并纳入礼仪制度。自此延续至明代。

图一 安阳市果品公司家属楼基建工地唐墓墓室壁画

图二
传阎立本《锁谏图》局部
弗利尔美术馆藏

图三 《迎銮图》局部（宋）
上海博物馆藏

〇〇四

障子（画障，图障，软障，鄣，幛）

障子游仙画，屏风章草书。

◎隋·王绩《山家夏日九首》之六

剪得机中如雪素，画为江上带丝禽。闲来相对茅堂下，引出烟波万里心。

◎唐·张乔《鹭鸶障子》

日暮堂前花蕊娇，争拈小笔上床描。绣成按向春园里，引得黄鹂下柳条。

◎唐·胡令能《题绣障子》

障子，又称画障、图障、软障。障，亦作鄣或幛，乃绘画之绢帛，如行障一般可以纵向悬挑而舒展，但通常不是织锦，而是画作，虽然也偶有绣品，如胡令能所咏（先为写生花卉，后绣）。障子是卷轴画的前身，其展挑方式以及装裱形式都是从行障直接演变而来。唐张彦远《历代名画记》卷二：『自隋已前，多画屏风，未知有画幛。』唐代各式高坐具尚未发展成熟，室内陈设仍以临时布置、随宜安排为常，因此还没有形成在墙壁上固定挂画的风习。李商隐《病中闻河东公乐营置酒口占寄上》『展障玉鸦叉』，是酒宴间的展障观画。《历代名画记》卷二：『大卷轴宜造一架，观则悬之。』是若非特意观赏便未必长悬。唐代的软障之意，两宋仍在使用。《南宋馆阁录》卷二《省舍》：道山堂内设『照壁山水绢图一，又软背山水图一，有会集则设之』。『有会集则设之』的『软背山水图』，应即卷轴画（图一）。明话本小说集《七十二朝人物演义》插图所绘明人理解的唐代软障，正是一幅卷轴画（图二）。

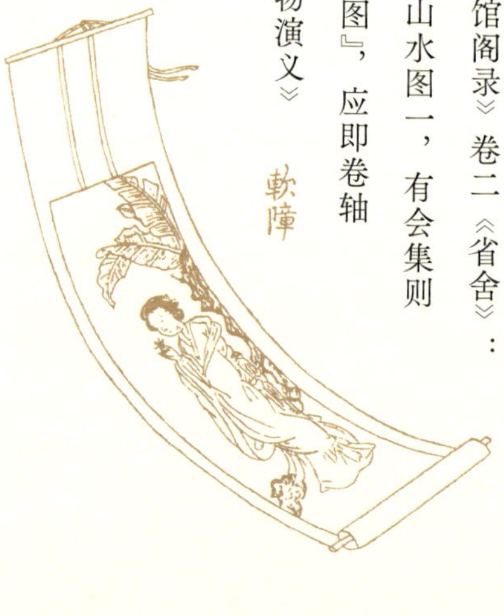

图二
《七十二朝人物演义》插图
中国国家图书馆藏

图一
《五百罗汉图》
日本大德寺藏

〇〇五 书案（奏案，食案，桯）

居则致乐，承颜接宾。
承奉奏记，通达谒刺。
尊上答下，道合仁义。
◎汉·李尤《书案铭》

刻香镂彩，纤银卷足。
照色黄金，稟花青玉。
漆华映紫，画制舒绿。
性广知平，文雕非曲。
厕质锦帷，承芳绮缛。
敬客礼贤，恭思俨束。
◎梁简文帝《书案铭》

无事门多闭，偏知夏日长。
早蝉声寂寞，新竹气清凉。
闲对临书案，看移晒药床。
自怜归未得，犹寄在班行。
◎唐·张籍《夏日闲居》

《书案铭》中的书案，是可以捧持的小型家具。高坐具尚未普及之前，案是家具中尤其重要的一种。其形制或圆或方或长方，材质或木或铜。高者十几厘米或二三十厘米，矮者五厘米左右，或更矮。尺度稍大的案用餐时用来放置酒食，且每在案面绘出不同器具的摆放位置，小者用作奉案举食进御尊者。书案则是『承奉奏记，通达谒刺』。各类文书，亦可统称为『书』。《太平御览》卷七一〇引《邺中记》：『石虎以宫人为女官，门下通事以玉案行文书。』『行文书』，即『承奉奏记，通达谒刺』。《汉书》卷七十七《郑崇传》：哀帝欲封傅太后从弟商，郑崇切谏，『因持诏书案起』，李奇注：『持当受诏书案起也。』颜师古曰：『李说非也。案者，即写诏之文。』按李说不误。这一类承『书』之案在河北望都东汉墓壁画（图一）、安徽马鞍山三国吴朱然墓出土彩绘漆案中都可以看到（图二）。望都壁画榜题曰『侍阁』，朱然墓漆案榜题曰『黄门侍』，皆点明奉案者的身分。书案与食案均可放在横置于帷帐前

图一 河北望都东汉墓壁画摹本

图二
彩绘漆案局部
安徽马鞍山三国吴朱然墓出土

图三
洛阳东北郊朱村东汉墓壁画

图四
铜鎏银案脚
平朔露天煤矿生活区西汉墓出土

面的桯〔图三〕，铭所以曰『厕质锦帷』。《后汉书》卷十一《刘玄传》云其宠姬韩夫人尤嗜酒，『每侍饮，见常侍奏事，辄怒曰：「帝方对我饮，正用此时持事来乎。」起抵破书案』。抵，注云：『击也。』宴饮之际因怒而击破书案，即因书案与食案可并置于桯。以『承奉奏记，通达谒刺』之用，书案又有奏案之称。《东宫旧事》：『皇太子妃初拜，有漆金渡足奏案一枚。』山西朔州平朔露天煤矿生活区西汉墓出土一副四事镂空龙纹铜鎏银案脚，案脚高十二点三厘米，对接后长二十二厘米，上缘出榫用于与漆木案面相接〔图四〕。所谓『漆金渡足奏案』，又『刻香镂彩，纤银卷足』之书案，即用铜鎏金或错金银的构件包镶漆木案脚。隋唐五代是低型与高型家具并行，也是跽坐、盘膝坐与垂足坐并行的时代，而依然以席坐为主流，书案的大小高

图五
陶栅足案
扬州曹庄
隋炀帝萧后墓出土

图六
真子飞霜镜（唐）
上海博物馆藏

矮与席坐相应（图五、六）。五代卫贤《高士图》画中占据居室中心位置的是床，床两边设凳，床上一具栅足书案，案上放着展开来的书，书帙卷裹着的卷轴置于案足，妻子所举为食案（图七）。置书的栅足案，可为书案之图解。诗例『闲对临书案，看移晒药床』中的临书之案，也是此类（《张籍集系年校注》（中华书局二〇一一年）：『临书案，书桌。』未确）。又唐王建《宫词》：『内人对御叠花笺，绣坐移来玉案边。红蜡光中（或作烛前）呈草本，平明舁出阁门宣。』《王建诗集校注》（巴蜀书社二〇〇六年）：『舁，通舆，舁出谓用轿子将内人抬出。』非。『舁』在这里并不通舆，而是用它的本义，即抬或举。则『舁出』者，乃玉案，而非『内人』。秉烛起草，平明遂成诏旨，因以『玉案』相承，奉出阁门，正式颁布。此案乃制书案之属，原是尺寸不大的矮足案。它在宫廷的使用情况，唐杜佑《通典》中叙述颇详。

图七
《高士图》局部（五代）
故宫博物院藏

〇〇六 胡床（交床，逍遥座，交倚，交椅，校椅，东坡椅，绳床，马闸子，马踏子，马扎椅，马轧椅，醉翁椅）

上客且安坐，胡床妾自擎。

◎南朝·徐防《长安有狭邪行》

传名乃外域，入用信中京。足歆形已正，文斜体自平。临堂对远客，命旅誓初征。何如淄馆下，淹留奉盛明。

◎南朝·庾肩吾《咏胡床应教》

露顶据胡床，长叫三五声。

◎唐·李颀《赠张旭》

几回沾叶露，乘月坐胡床。

◎唐·杜甫《树间》

胡床是一种可以折叠的坐具，不过虽然名称长期沿用，但在不同的历史时期所指并不相同。粗略言之，宋以前，是指不设靠背、形若今之马扎的矮坐具〔图一、二〕；宋以后，多指带靠背而可以折叠的便携式高坐具，形同今之折叠椅。大约在东汉末年，胡床自域外入传中国。《后汉书·五行志》：『灵帝好胡服、胡帐、胡床、胡坐、胡饭、胡空侯、胡笛、胡舞，京都贵戚皆竞为之。』魏晋南北朝时期胡床的使用已屡屡见诸载籍，其形制与用途，一如庾肩吾诗所咏。隋代，胡床又有交床之名。《贞观政要》卷六《慎所好第二十一》：贞观四年，太宗曰：『隋炀帝性好猜防，专信邪道，大忌胡人，乃至谓胡床为交床，胡瓜为黄瓜。』隋唐时代高坐具尚远未普遍施用，易名为交床的胡床依然是不设靠背的矮坐具（唐权德舆《跌伤伏枕有劝酴酒者暂忘所苦因有一绝》『一杯宜病士，四体委胡床』，胡床，一本作匡床，匡床是）。《资治通鉴》卷二四二『穆宗长庆二年』胡三省注：『交床以木交午为足。足前后皆施横木，平其底，使错之地而安；足之上端，

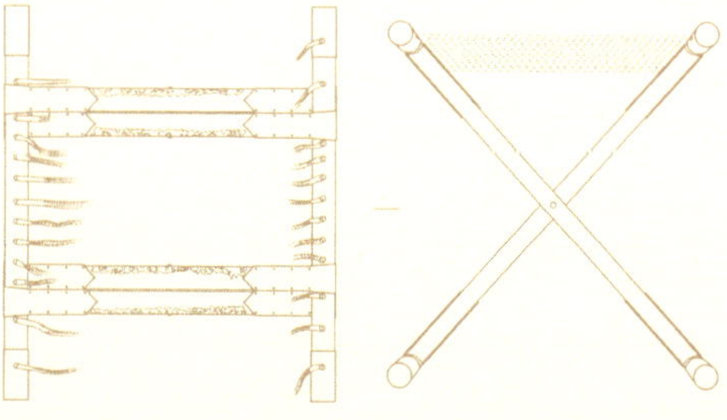

图二 胡床 唐吐谷浑喜王慕容智墓出土

图一
太原北齐徐显秀墓墓室壁画

绣地萦回宝势长，遍游宁倦徙胡床。

◎宋·梅挚《新繁县显曜院》

我与二三骑，争驰孤戍旁。逐麋逢野寺，息马据胡床。

◎宋·梅尧臣《腊日出猎因游梅山兰若》

避暑穿林随所之，一奴每负胡床随。

◎宋·陆游《东山避暑用辘轳体》

淡阴桐树一女立，手抱胡床眼转波。

◎元·萨都剌《题四时宫人图四首》其一

其前后亦施横木而平其上，横木列窍以穿绳绦，使之可坐。足交午处复为圆穿，贯之以铁，敛之可挟，放之可坐，以其足交，故曰交床。』《清异录》所云别称『逍遥座』的胡床，式样与此相同。该书卷下《陈设》之『逍遥座』条：『胡床，施转关以交足，穿便绦以容坐，转缩须臾，重不数斤。相传明皇行幸频多，从臣或待诏野顿，扈驾登山不能跂立，欲息则无以寄身，遂创意如此，当时称逍遥座。』究其实，『逍遥座』之制并非此际之『创意』，而是『古已有之』。宋代名作胡床者，已非此式。《诚斋诗话》：『东坡谈笑善谑。过润州，太守高会以飨之。饮散，诸妓歌鲁直《茶词》云「惟有一杯春草，解留连佳客」。坡正色曰：「却留我吃草。」诸妓立东坡后，凭东坡胡床者，大笑绝倒，胡床遂折，东坡堕地。宾客一笑而散。』则此胡床已是设有靠背的高坐具〔图三〕。其时又名交倚、交椅、校椅、绳床，后世或称东坡椅。明沈德符《万历野获编》卷二十六《玩具》『物带人号』条：『胡床之有靠背者，名东坡椅。』

宋以后诗歌中的胡床几乎都是指交椅，不过本条诗例萨都剌之所谓『胡床』，仍为古式。这种形制的胡床也依然活跃在社会生活中，出自西安元王世英墓的陶马背负马扎〔图四〕，即其例。清代，古式胡床俗称马闸子、马踏子，金埴《巾箱说》：『俗名「马踏子」者，其物似杌，而张则可坐，交则可

图三
宋墓石刻
泸州博物馆藏

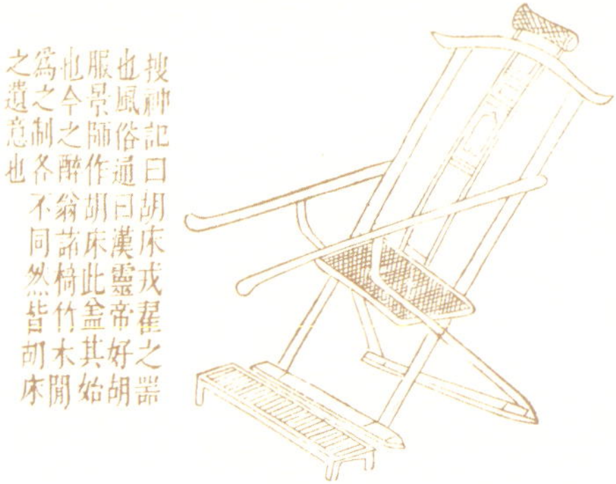

图六
《三才图会》中的醉翁椅

举，乃仆夫携于马后，本为踏而上马，故名踏，音达，入声也，乃北音闸（平声）。南方亦相率读如闸，曰马闸子，此皆南音之讹也。』《通俗常言疏证》『马闸子』条：『《两般秋雨庵随笔》：今人以皮为交床，名马闸子，官长多以自随，以便于取挈也。按，明皇作逍遥座，远行携之，如折叠椅，其即此物之权舆乎？』可以仰卧的折叠椅，清代又称作『马扎椅』。清姚莹《康輶纪行》卷十三『马轧椅』：『今人所用马轧椅，即古之胡床也。其制：以四木交叉，两长两短，中以皮为座，长木后靠作背，可仰卧，故有床名。』此式坐椅明代已经出现（图五），当然它不是古之胡床。《三才图会》中的《器用》之十二所列醉翁椅即此类（图六），图注云：『今之醉翁诸椅，竹木间为之，制各不同。』

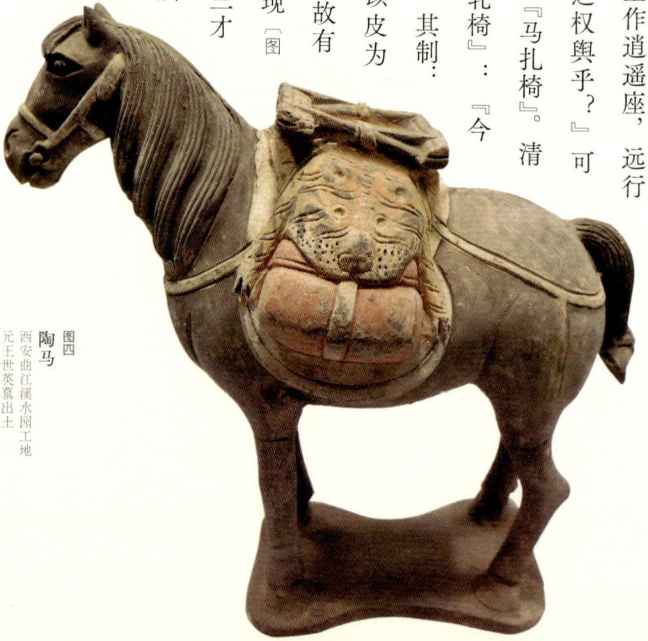
图四
陶马
西安曲江溪水园工地
元王世英墓出土

图五
唐寅《桐阴清梦图》局部（明）
故宫博物院藏

〇〇七

交椅（子瞻椅）

微风不动碧油幢，暗尘轻拂银交椅。

◎元·刘鹗《关武行》

这的是人间天上，
烧的是御赐名香，
盖的是那敕修的这庙堂。
我则见不断头客旅经商，
还口愿百二十行，
听的道是儿愿爹爹寿命长。
又见那校椅上顶戴着亲娘。
我这里千般感叹，
万种彷徨，百样思量。

◎元《看钱奴》杂剧第三折〔逍遥乐〕

交椅，又作校椅、交床，是一种带靠背而可以折叠的便携式高坐具，两宋士人每援古称曰『胡床』，其实它与宋代以前的胡床已非同样物事，虽然内涵依然相贯，即为有地位者所用，亦即彰显身分的坐具。宋《道山清话》：『忠宣公范尧夫居常正坐，未尝背靠着物，见客处有数胡床，每暑月蒸湿时，其余客所坐者，背所着处皆有汗渍痕迹，惟公所坐处常干也。』范尧夫，即北宋宰相范纯仁。可知此所谓『胡床』，是有靠背并铺设椅搭的交椅〔图一〕。王明清《挥麈录·第三录》卷三：『绍兴初，梁仲谟汝嘉尹临安。五鼓，往待漏院，从官皆在焉。有据胡床而假寐者，旁观笑之。又一人云：「近见一交椅，样甚佳，颇便于此。」仲谟请之，其说云：「用木为荷叶，且以一柄插于靠背之后，可以仰首而寝。」仲谟云：「当试为诸公制之。」又明日入朝，则凡在坐客，各一张易其旧者矣，其上所合施之物悉备焉，莫不叹伏而谢之。今达宦者皆用之，盖始于此。』这里前曰胡床，后曰交椅，一物两名，适可证。交椅列在宋代小百科《碎金·公用》一项，是公署须设，若官员出行，则为仪仗之一。以宋本为底本刊刻的蒙书亦即识字课本《新编对相四言》中，列有图文对照的『交椅、罣罳、凉伞、水盆』〔图二〕，表明是仪仗用物，方回《病后夏初杂书近况十首》所以曰『拄杖扶携元未老，交床随逐本无官』。南宋册页《春游晚归图》

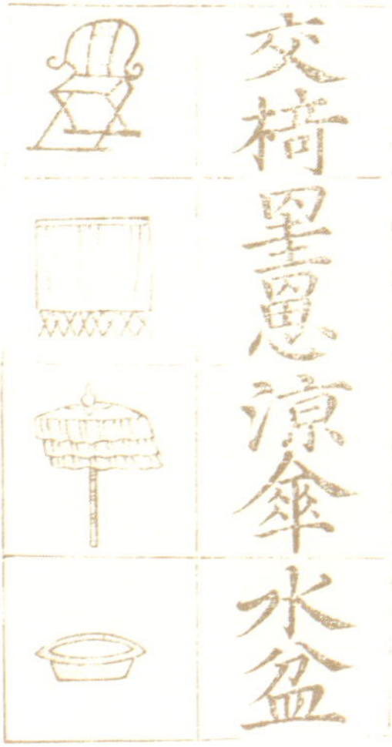

图二《新编对相四言》

图一 宋墓石刻 泸州博物馆藏

图三
《春游晚归图》局部（宋）
故宫博物院藏

绘随行仆从或肩茶床，或荷交椅，画中的交椅且特别绘出靠背上端连着的荷叶托〔图三〕，此即宋人笔记所述式样。与传世绘画相互印证的实例，为四川彭山南宋虞公著夫妇合葬墓中的浮雕出行图。图以一乘暖轿为重心，两边仪仗煊赫，中有衙役肩负交椅〔图四〕。刘鹗《关武行》『微风不动碧油幢，暗尘轻拂银交椅』，所云即出行仪仗，『银交椅』之『银』，指交椅上面嵌银丝的金属构件。

交椅也写作交倚。与早期的胡床不同，交椅有依倚之适。苏轼《点绛唇》『闲倚胡床，庾公楼外峰千朵。与谁同坐，明月清风我』（此句乃用庾亮故事，但庾公与坡公所用『胡床』却非一物，虽然名称相同）。交椅既可陈设于厅堂的固定位置，又可依主人的需要用它随时随宜布置出尊位。南戏《张协状元》：丑扮枢密使相王德用，道：『左右，将坐物来！』末扮仆从，曰：『覆相公：画堂又远，书院又远，讨来不迭。』于是丑将末拽倒：『没交椅，且把你做交椅。』这是插科打诨以博笑乐，却因此表现出交椅使用情形的一个细节。交椅又被称作子瞻椅。元刘敏中《感皇恩》（张子京以春台、子瞻椅见许，以词催之）：『公子说春台，其光如水。相对偏宜子瞻椅。老父危坐，不觉耳闻心喜。慨然都见许，情何已。／禅榻鬓丝，绳床乌几。前辈风流要吾比。绣江风月，鸥鹭已应知矣。几时分付到，中庵里。』

图四
南宋虞公著夫妇合葬墓
西墓室出行图（拓本）

〇〇八

栲栳圈交椅

我见他姿姿媚媚容仪。
我几曾稳稳安安坐地。
向傍边踢开一把银交椅。
我则是靠着个栲栳圈站立。

◎元·关汉卿《温太真玉镜台》第三折〔醉高歌〕

《关汉卿集校注》（中华书局二〇一八年）释曰：『栲栳，用柳条或竹篾编成的椭圆形盛物器，因借作圆的比喻。』不确。栲栳圈，指交椅靠背上的搭脑。栲栳的特点在于圜底〔图一〕，交椅搭脑的造型即仿若栲栳的圜底〔图二〕，此方栲栳圈之喻的真义。

图一
北魏仿栲栳玻璃碗
大同市南郊出土

图二
四川宋墓石刻
中国国家博物馆展陈

〇〇九 绳床

古寺临坛久，松间别起堂。看添浴佛水，自合读经香。爱养无家客，多传得效方。遇斋长不出，坐卧一绳床。

◎唐·张籍《题清彻上人院》

坐倚绳床闲自念，前生应是一诗僧。

◎唐·白居易《爱咏诗》

十方老僧十年旧，燕坐绳床看奔走。

◎宋·苏辙《赠净因臻长老》

却来就绳床，一枕睡初熟。

◎宋·李纲《浴罢追和东坡韵》

跏趺据绳床，梦回蝴蝶化。

◎宋·洪朋《清夜》

世间多歧路，居士绳床平。

◎宋·陈与义《题简斋》

绳床，最初是指一种座板比较宽大而有靠背与扶手的坐具，多为僧人所用，敦煌莫高窟第二八五窟西魏壁画中禅坐僧人之坐具〔图一〕，是此类。《资治通鉴》卷二四二穆宗长庆二年：十二月，辛卯，『上见群臣于紫宸殿，御大绳床』，胡注：『绳床，以板为之，人坐其上，其广前可容膝，后有靠背，左

图一 绳床 莫高窟第二八五窟西魏壁画

茶褐罗伞驺前导，皮刺绳床仗后将。

◎元·李士瞻《至正辛卯诏加福建闽王为本省官属以正月初九为王诞日谒庙称贺走叨先行展敬礼道中欣逢仪仗之过马上有作戏呈幕府诸公》

小院影堂无客到，绳床蒲坐有尘封。

◎明·安磐《过印上人故居》

细雨疏槐落日，披襟小坐绳床。

◎明·于慎行《夏日村居四十二首》其四十一

三尺绳床亦稳眠。

◎明·唐顺之《酬徐养斋尚书见怀之作亦以少颂盛德并为扣关先容云耳二首》其一

右有托手，可以阁臂，其下四足著地。』此即张籍、白居易所咏。两宋及后世诗歌中的『绳床』，所指大致有三。其一，沿用古义；其一，指卧床；其一，交椅之别名。前两项，既为寺院用物，亦为燕居所使，由所举诗例可见。宋王观国《学林》：『绳床者，以绳贯穿为坐物，即俗谓之交椅之属是也。』南宋册页《蕉阴击毬图》所绘即是这一种（图二），四川泸州宋墓石刻中的交椅也正

图二 《蕉阴击毬图》局部（宋）
故宫博物院藏

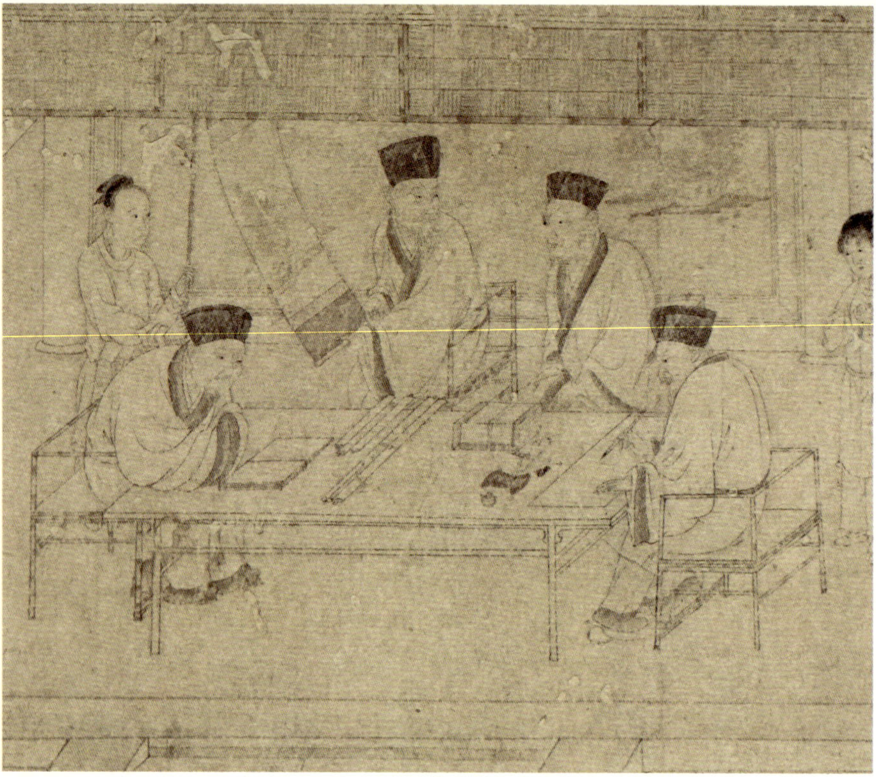

图三
《会昌九老图》局部（宋）
辽宁省博物馆藏

有如此样式（见『胡床』条图三）。李士瞻诗中的绳床即为交椅。用为坐具的绳床，如果不是用典而是写实，则晚唐出现的『折背样』是它的主要形制（图三、四）。唐李匡文《资暇集》卷下『承床』条：『近者绳床皆短其倚衡，曰「折背样」，言高不及背之半，倚必将仰，脊不遑纵，亦由中贵人创意也。盖防至尊赐坐，虽居私第，不敢傲逸其体，常习恭敬之仪。士人家不穷其意，往往取样而制。』明田艺蘅《留青日札》卷二十三：『今之高士椅，即古之绳床，所谓「折背样」者是也。本以习近君致恭之容，今则以为燕居便体之具矣。但用棕绵之类穿者曰绳床，用藤则曰藤床，其制一也。』宽大，可趺坐，应是坐具之绳床始终的特色。

图四
《十八学士图屏》局部（明）
上海博物馆藏

〇一〇 隐几（几，机）

蟠木生附枝，刻削岂无施。取则龙文鼎，三趾献光仪。勿言素韦洁，白沙尚推移。曲躬奉微用，聊承终宴疲。

◎南齐·谢朓《乌皮隐几》

隐几，又称作凭几，或单名曰几，曰机。它是席坐时代的重要家具，可用来缓解久坐的疲劳。《诗·大雅·行苇》『戚戚兄弟，莫远具尔。或肆之筵，或授之几』；《左传·昭公五年》云『礼之至者』，乃『设机而不倚』，都是此物。隐与凭，皆指动作，即依倚之意。《说文·几部》：『凭，依几也。』『读与隐同。』又《几部》：『凭，依几也。』汉墓遣策亦即随葬物清单或将凭几写作『冯机』『伏机』，指称之物相同。虽是席坐时代的重要家具，但隐几从先秦到明清始终未从生活中消失，并且时时作为一种雅尚而与高坐具并存。上古时代，几之设与不设，倚与不倚，是礼仪制度中的内容。先秦至两汉，隐几的式样大抵是几面平直或中间微凹，并且多为二足〔图一、二〕，材质以漆木为主，《尚书·顾命》『凭玉几』，此所谓『玉几』，是漆木几而以玉为嵌饰。魏晋南北朝时期，两足隐几之外，更流行曲木抱腰式的三足隐几〔图三、四〕，此且成为后世隐几的主要形制，谢朓所咏便是这一类。『取则龙文鼎』，即式如鼎之三足而龙纹〔图五〕。高坐具成熟的时代，隐几多为释道以及爱尚古雅的士人所用，或凭，或倚〔图六、七〕，诗人又呼之为曲倚。如宋刘子翚『器成因揉木，偃月势相侔。适用形虽巧，论才性本柔。倦凭观秘箓，趺坐接禅流』（《曲倚》）。清代宫廷用物中也有隐几，如康熙时代的金漆三足隐几〔图八〕，《康熙皇帝读书像》中的

图一
雕花云纹漆几面（战国）
长沙浏阳桥一号墓出土

图二
河北满城汉墓出土玉人
河北博物院藏

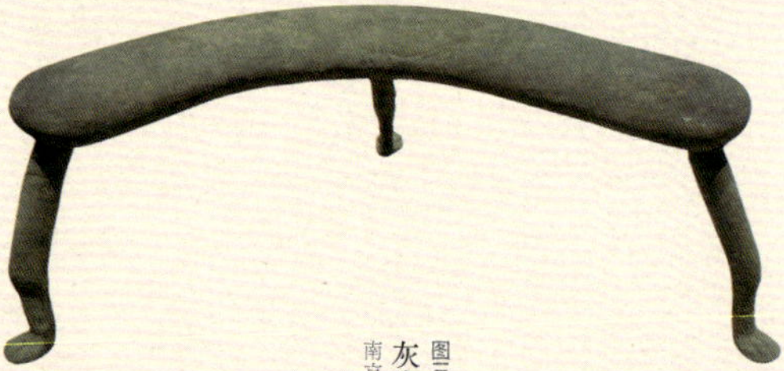

图三
灰陶隐几（东晋，明器）
南京太平门出土

图四
白瓷隐几（明器）
安阳隋张盛墓出土

图五
酱釉龙首隐几
山东高唐县东魏房悦墓出土

图六
《风檐展卷图》局部（宋）
台北故宫博物院藏

图七
华嵒《金谷园图》局部（清）
上海博物馆藏

图八
金漆三足隐几
故宫博物院藏

图九
《康熙皇帝读书像》
清宫旧藏

主人公服吉服，端坐凭几，所绘隐几即同此式（图九）。无论用材、做工与样式，隐几在此更多的是复原它在上古时代所具有的礼仪意义，以见庄重和威仪。

○一一 鹿皮几

宿雨乘轻屐，春寒著弊袍。
开畦分白水，间柳发红桃。
草际成棋局，林端举桔槔。
还持鹿皮几，日暮隐蓬蒿。

◎唐·王维《春园即事》

鹿皮几之『几』，为隐几。几之表或覆物，以增加舒适感（或释作『设于座旁的小桌，倦时可以凭倚，鹿皮作成』，非。又或释作『裹以鹿皮的几』，亦未确）。长沙马王堆西汉一号墓出土遣册中登录有『素长寿绣机巾一』。《西京杂记》卷一曰，『汉制：天子玉几，冬则加绨锦其上，谓之绨几』，『公侯皆以竹木为几（《太平御览》卷七一〇引，无『竹』字），冬则以细罽为橐以凭之，不得加绨锦』。日本奈良正仓院藏品中有黑漆挟轼一，紫檀木画挟轼一，后者并附有尺寸与之相合的白罗褥一件。《天平胜宝八岁六月二十一日献物帐》录有『紫檀木画挟轼一枚』，其下注明『著白罗褥』（图一）。此『挟轼』，即隐几。《春园即事》中的『鹿皮几』，指隐几之表覆鹿皮，意同加绨锦而谓之绨几。

图一
《天平胜宝八岁六月二十一日献物帐》局部

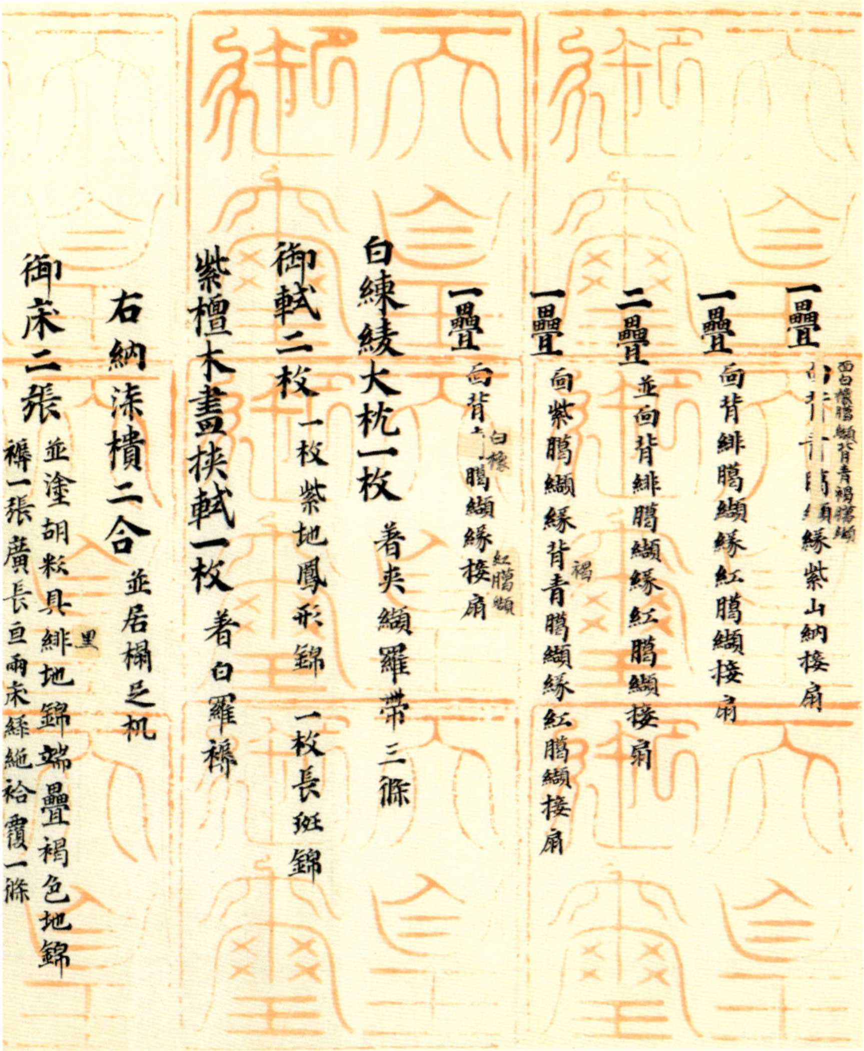

○一二

曲木几

自然曲木几，无名科斗书。

◎北周·庾信《奉报穷秋寄隐士诗》

离奇古木不中绳，以之为器器不平。吁嗟岂是樵爨物，高人一见眼自明。登君之堂作君几，我取离奇不取平。

◎明·李之世《羽甫家兄斋中曲木几歌》

庾信诗中的曲木几，为隐几，乃以天然曲木略事修饬而成，先秦已有实例（图一）。后世或省称曲几，如宋文同《杳杳堂》『放身依曲几』，司马光《书楼》『横肱敧曲几』，明陈铎《卜算子·题凭几图》『画障且相隈，曲几聊孤隐』。在高坐具完全成熟的明清时代，曲木几以它高古的色彩成为诗歌和绘画中表现胸襟与情操的器具（图二）。曲木几和曲几也或指巧用天然材质加工的小型几案（图三），如唐储嗣宗《和茅山高拾遗忆山中杂题五首·小楼》『松杉风外乱山青，曲几焚香对石屏』，白居易《琴》『置琴曲几上，慵坐但含情』。李之世所咏亦然，视上下文自可判明。

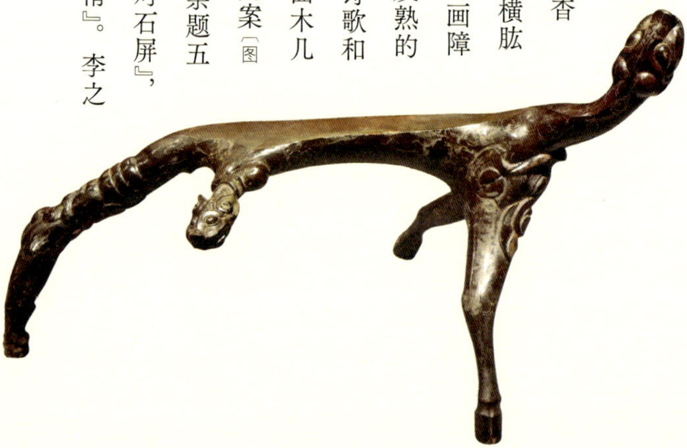

图一
曲木几（战国）
湖北枣阳九连墩二号墓出土

图二
徐璋《松江邦彦画相册·明李桓》（清）
南京博物院藏

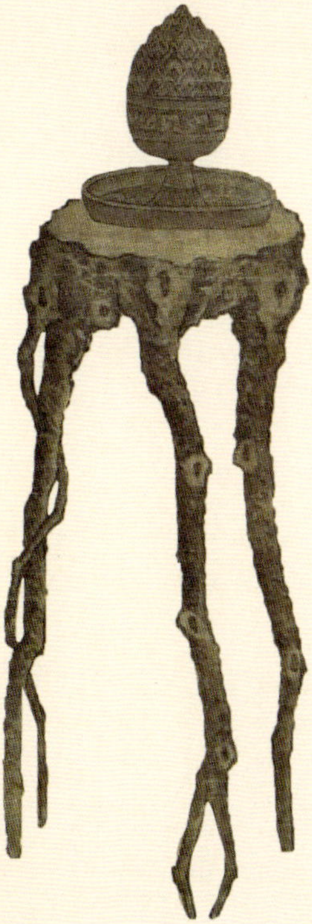

图三
王振鹏《伯牙鼓琴图》局部（元）
故宫博物院藏

〇一三 夹膝（隐几）

君御狐白裘，妾居缃绮帱。
粟钿金夹膝，花错玉搔头。
离别生庭草，征衣断戍楼。
蟏蛸网清曙，菡萏落红秋。
小胆空房怯，长眉满镜愁。
为传儿女意，不用远封侯。

◎唐·常理《古离别》

九枝灯在琐窗空，希逸无聊恨不同。
晓梦未离金夹膝，早寒先到石屏风。
遗簪可惜三秋白，蜡烛犹残一寸红。
应卷虾帘看皓齿，镜中惆怅见梧桐。

◎唐·温庭筠《晚坐寄友人》

夹膝是席坐凭倚的小矮几亦即隐几〔图一〕，唐人或称之为夹膝。《急就篇》『简札检署椠牍家』，唐颜师古注：『家，伏几也，今谓之夹膝。』《酉阳杂俎》前集卷十三『冥迹』之部云：『长白山西有夫人墓，魏孝昭之世，搜扬天下才俊，清河崔罗什弱冠有令望，被征诣州，夜经于此，忽见朱门粉壁，楼台相望。俄有一青衣出，语什曰：「女郎须见崔郎。」』女郎，墓主人也，乃曹魏元城令吴质之女。女遂『与什叙温凉，室内二婢秉烛，呼一婢令以玉夹膝置什前』。此『玉夹膝』，乃嵌玉为饰的隐几。常诗『粟钿金夹膝』，则即漆木夹膝上嵌饰以金粟粒做成的钿花。温诗『晓梦未离金夹膝』，意伏几而入梦，『金夹膝』似即取自常理诗。传李公麟《竹林七贤图·王戎》中的隐几，即后人〔当为明人〕对粟钿金夹膝之想象〔图二〕。

图一
《步辇图》
故宫博物院藏

图二
传李公麟《竹林七贤图·王戎》
故宫博物院藏

〇一四 竹夫人（竹几，青奴）

夫人承主爱，不在鸳鸯帏。庭枫飘一叶，满眼贮秋悲。

◎宋·王质《竹夫人二首》之一

竹夫人，是夏日寝卧用来祛暑之器，以细竹篾结作花眼，编就周身透空的一根长圆形竹笼，体轻而柔，炎夏时节寝卧依偎以取凉。宋人也称它竹几、青奴。前者见苏轼《送竹几与谢秀才》，后者见黄庭坚《赵子充示竹夫人诗，盖凉寝竹器，憩臂休膝，似非夫人之职，予为名曰青奴，并以小诗取之二首》。明王圻等编《三才图会》，其器用类所录竹夫人，与宋人笔下的形象一致〔图一〕。竹夫人又渡海去了东瀛，寺岛良安编《和汉三才图会》也绘有竹夫人图〔图二〕，云：『抱笼，俗谓竹几，夏月昼寝抱之以取凉，因得夫人名。』

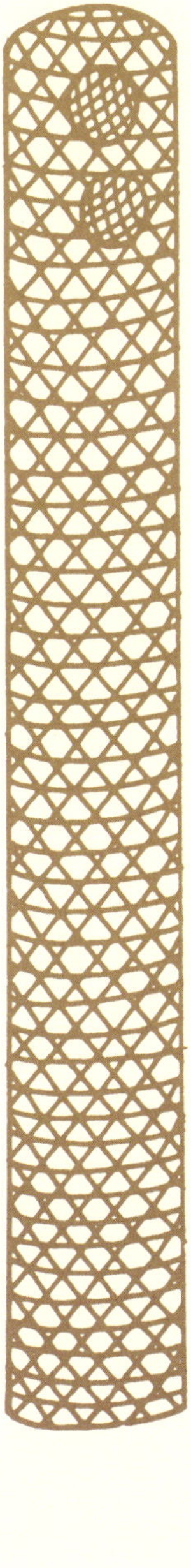

图一 《三才图会》中的竹夫人

图二 《和汉三才图会》中的竹夫人

〇一五 懒架

坐吟行看对清秋，懒架仍移近枕头。

◎宋·林逋《读王黄州诗集》

信旗君逐舟车动，懒架吾随枕簟移。

◎宋·魏野《夏日怀寄西川峡路淮南薛臧王三运使》

熏衣过后篝炉冷，展卷终时懒架横。

◎宋·陆游《初夏闲居八首》之五

我恰才搭伏定芙蓉懒架，恰合眼梦见他家，觉来也依旧隔天涯。

◎元·石子章《秦修然竹坞听琴杂剧》〔红绣鞋〕

懒架是榻上小憩之际，或枕首或搁足的器具，造型与传统式样的两足隐几近同，如江苏淮安杨庙镇宋墓出土的一件，其几面平直，两端微翘，高十六厘米，长一百二十厘米〔图一〕。《大宋宣和遗事·亨集》记徽宗微服会师师，『二人归房，师师先寝，天子倚着懒架儿暂歇，坐间忽见粧盒中一纸文书』云云，是它的用例之一。黄庭坚与人书云『桄榔压足懒架大是要物』，是它的用例之二。两种情形，宋元绘画中并见，前者如故宫博物院藏南宋册页《荷亭对弈图》，后者如宋《六逸图·边孝先》〔图二〕、南宋《槐阴消夏图》〔图三〕，等等。搁足之几的起源可追溯至唐。正仓院藏《天平胜宝八岁六月二十一日献物帐》：『右纳柒樻二合，并居榻足机。』『居榻足机』，与同时用作依凭的夹膝亦即隐几，高矮、长短，大约都有分别，应即宋元懒架前身。

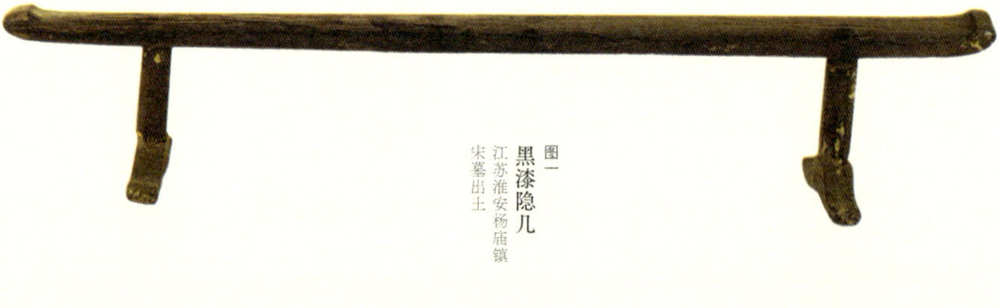

图一 黑漆隐几 江苏淮安杨庙镇宋墓出土

图二
《六逸图·边孝先》（宋）
故宫博物院藏

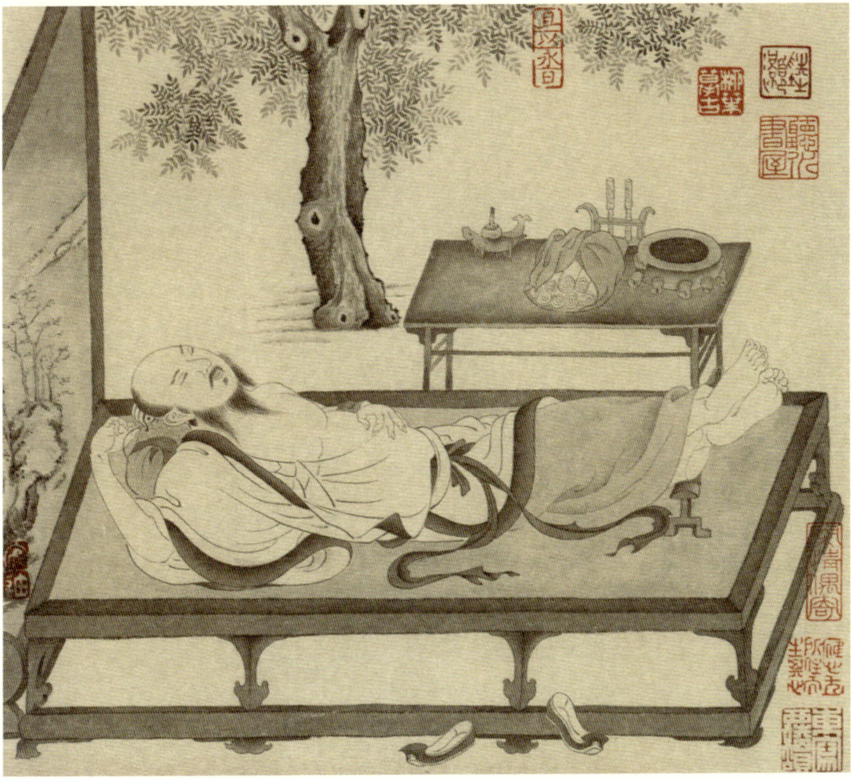

图三
《槐阴消夏图》（宋）摹本（陆灏摹）

养和

（乌龙养和，隐几，靠背）

寿木拳数尺，天生形状幽。
把疑伤虺节，用恐破蛇瘤。
置合月观内，买须云肆头。
料君携去处，烟雨太湖舟。

◎唐·皮日休《五贶诗》其四《乌龙养和》

养和名字好，偏寄道情深。
所以亲逋客，兼能助五禽。
倚肩沧海望，钩膝白云吟。
不是逍遥侣，谁知世外心。

◎唐·陆龟蒙《奉和袭美赠魏处士五贶诗·乌龙养和》

拂衣归憩旧烟萝，钟鼎山林竟孰多。
眼看空花皆是幻，心同古井肯重波。
清谈三尺竹如意，宴坐一枝松养和。
我亦行抛簪笏去，从君春日晒渔蓑。

◎宋·汪藻《寄呈寿基致政左司二首》其二

作为家具的养和，是倚坐之具，但在不同时代所指不同。皮陆唱和诗中的养和，实为隐几，《松陵集校注》（中华书局二〇一八年）释作『桐庐所产的靠背椅』，非。养和名称来自《邺侯外传》：唐肃宗时宰相李泌辞官求隐，于是『采怪木蟠枝，持以隐居，号曰「养和」』（《太平广记》卷三十八『李泌』条引）。这里说的养和，便是用一根虬曲的松枝，大体依它自然的形状，作成用来凭倚的隐几。和诗云『倚肩沧海望』，可知养和是置于身侧。之后宋人用唐代已有的名称而制作出来不同于隐几的另一件器具，即它不是用于前凭或侧倚，而是背靠。南宋林洪《山家清事》『山房三益』条：『采松樛枝作曲几以靠背，古名「养和」。』此所谓『古』，指唐代。『采松樛枝作曲几以靠背』，系《新唐书·李泌传》中语（『泌尝取松樛枝以隐背』，按《邺侯外传》不见『隐背』二字，近实），以切『山房』的隐居之趣。宋李纲『隐背时烦木童子』（《山居遣兴四首》其一），金宇文虚中『栖身一养和』（《和高子文秋兴二首》，中华书局版《中州集校注》释此『养和』曰：『靠背椅的别名。』），元张雨『更剪蟠枝作养和』（《自笑》），清汪琬『曲脚绳床木养和』，所咏都是此类。传宋李嵩《听阮图》，坐榻上面的主人公即背靠养和，此虽非松枝所作，但形制依然简朴〔图一〕。传李公麟《竹林七贤图·山巨源》所绘则是后人对松枝养和之想象〔图二〕。两幅画作应该都是出自明人。至明代，倚坐用的养和又称作『靠背』。明高濂《遵

图一
传李嵩《听阮图》局部
台北故宫博物院藏

图二
传李公麟《竹林七贤图·山巨源》（明）
故宫博物院藏

图三
《归去来图卷》局部
美国檀香山美术学院藏

图四
《王原祁艺菊图》局部
故宫博物院藏

曲脚绳床木养和，终朝示病似维摩。杀风景事君知否，刚到花时伏枕多。

◎清·汪琬《病中示客二首》其一

图五 黑漆描金靠背（清）故宫博物院藏

生八笺》卷八《起居安乐笺·下》『靠背』条：『以杂木为框，中穿细藤如镜架然，高可二尺，阔一尺八寸，下作机局，以准高低。置之榻上，坐起靠背，偃仰适情，甚可人意。』明陈洪绶《归去来图卷》所绘养和，可作为它的图解〔图三〕，当然它也是明人对陶渊明隐居生活的当代释义。作为雅尚，养和始终代表一种古典趣味与风致标格，清代亦然〔图四〕。至于清宫用器中的靠背〔图五〕，则是与炕桌、炕案、炕几配合使用的家具（清内务府档案中雍正七年十月廿一日，江宁隋赫德所进陈设单内有『仿洋漆填香炕椅靠背一座』）。诗人所咏『曲脚绳床木养和』虽然与此意趣不同，但形制应无大别。

〇一七

醉翁床（倚床）

酒后要息懒，假床其制新。
安排醉乡具，康济老夫身。
兼坐尚似倚，半眠尤可人，
山公不解此，倒载马蹄尘。

◎明·沈周《咏醉翁床》

醉翁床，即高濂《遵生八笺》卷八《起居安乐笺》所言『倚床』：『高尺二寸，长六尺五寸，用藤竹编之，勿用板，轻则童子易抬。上置倚圈靠背如镜架，后有撑放活动，以适高低。如醉卧、偃仰观书并花下卧赏，俱妙。』明仇英《饮中八仙歌图卷》中的扶手式躺椅，即此物（图一）。明人又或援『胡床』之古称名此醉翁床。吴宽《咏胡床》：『座上斜撑三尺床，病躯随意与低昂。睡来有枕还成梦，不用乌皮作隐囊。』

图一
《饮中八仙歌图》摹本

○一八

隐囊（丹枕，倚枕，引枕，迎枕，引手）

不逐城东游侠儿，隐囊纱帽坐弹棋。

◎唐·王维《故人张諲工诗善易卜兼能丹青草隶顷以诗见赠聊获酬之》

丛榆落碎钿，蔓柳扑轻绵。丽畹暗红雾，曲堤横翠烟。嘉树正阴合，好禽新语圆。东窗日已满，犹托隐囊眠。

◎宋·文同《东窗》

隐囊纱帽竹间亭，浊酒弦琴眼自青。

◎明·王世贞《吴峻伯过兼隐斋有作》

隐囊斜傍，渺然思落天际。

◎清·史承谦《念奴娇》

隐囊，靠枕。流行始自南北朝，沿用至明清（图一～四）。清桂馥《札朴》卷四『隐囊』条：『今床榻间方枕，俗呼靠枕，即隐囊也。……「隐」读如《孟子》「隐几」之「隐」。』隐囊的渊源在印度，系印度上流社会及巨富之家日常生活中的习用之具。汉译佛经中名作丹枕或倚枕。玄应《一切经音义》卷二『丹枕』条曰：『案天竺无木枕，皆以赤皮叠布为枕，贮以兜罗绵及毛，枕而且倚。丹，言其赤色也。』慧琳《一切经音义》卷四十九『倚枕』条：『倚枕者，大枕也。锦绮缯綵作囊，盛轻耎物，置之左右前后，尊贵之人倚凭，名为倚枕。』叠布，即棉布；兜罗绵即树棉或曰木棉。所谓『轻耎物』，当是棉花、毛絮之类。丹枕的使用也多见于印度造型艺术。南北朝时期丹枕入传。中土原有隐几，席

图二 白釉女俑（初唐）
大都会博物馆藏

图一
西安北周安伽墓出土围屏石榻局部
陕西历史博物馆藏

图三
大同东风里辽墓壁画
大同市博物馆藏

坐疲劳，隐几可藉凭倚，丹枕与隐几功用差似，却与枕的形制不同，东传之后遂以『隐囊』易『丹枕』。《颜氏家训·勉学篇》：南朝萧梁盛时，贵游子弟无不『坐棋子方褥，凭斑丝隐囊』。清江浩然《丛残小语》：『隐囊形制，未有详言者，盖即今之圆枕，俗名西瓜枕，又名拐枕，内实绵絮，外包绫缎，设于床榻，柔软可倚，正尚清谈、喜晏佚者一需物也。』《红楼梦》所云引枕、迎枕、引手，均为此物〔图五〕。

图四
禹之鼎《秋江放棹图》局部（清）
天津博物馆藏

图五
丁以诚、费丹旭《江郑堂小照》局部（清）
南京博物院藏

〇一九 枕屏（卧屏，床屏，围屏）

绳床竹簟曲屏风，野水遥山雾雨濛。长有滩头钓鱼叟，伴人闲卧寂寥中。

◎宋·苏辙《画枕屏》

山寒夕飙急，木落洞庭波。几叠云屏好，一生秋梦多。

◎宋·朱熹《祝孝友作枕屏小景以霜余茂树名之因题此诗》

枕山平远。记当年小阁，牙床曾展。围幅高深春昼永，寂寂重帘不卷。棹舣西湖，人归南陌，酒晕红生脸。困来无那，玉肌小倚娇软。堪恨身在天涯，曲屏环枕，此意何由见。想像高唐无梦到，独拥闲衾展转。物是人非，山长水阔，触处思量遍。愁遮不断，夜阑依旧斜掩。

◎宋·赵师侠《酹江月·题赵文炳枕屏》

枕屏，乃置于床榻的屏风，也称卧屏（温庭筠《春愁曲》『远翠愁山入卧屏』）、床屏（南宋黄庚《床屏墨竹》『淇澳新梢笔下分，枕屏墨晕点寒云。诗人纸帐眠清夜，不梦梅花梦此君』）、围屏（不过明清所谓『围屏』，多指大型的折叠屏风）。唐宋时代，枕屏的形制大别有二：一为多曲，一为独幅之插屏。枕屏常绘山水。苏轼答吴子野：『近有李明者，画山水新有名，颇用墨不俗，辄求得一横卷，甚长，长可用木床绕屏。』朱熹诗、赵师侠词，均同此，河南登封黑山沟北宋壁画墓侍寝图所绘绕床三面而展的多曲屏风，是此类〔图一〕。白居易《卯饮》『短屏风掩卧床头』，则为置于床头的独幅小屏，欧阳修《书素屏》『我行三千里，何处与我亲。念此尺素屏，曾不离我身』，『开屏置床头，辗转夜向晨』，同此形制。宋人《荷亭婴戏图》《风檐展卷图》《绣栊晓镜图》所绘床榻上的小屏〔图二〕，是此类。

图一
河南登封黑山沟北宋壁画墓侍寝图摹本

图二
《绣栊晓镜图》局部

〇二〇 茶床

惜与幽人别，停舟对草堂。
湖云侵卧位，杉露滴茶床。
山月吟时在，池花觉后香。
生涯无一物，谁与读书粮。
◎唐·朱庆馀《题任处士幽居》

幽室独焚香，清晨下未央。
山开登竹阁，僧到出茶床。
收拾新琴谱，封题旧药方。
逍遥无别事，不似在班行。
◎唐·张籍《和陆司业习静寄所知》

帘旌风卷绿波流，绣扇红鸾五彩楼。
撮角茶床金钉校，暗花香印锦纹头。
◎宋·王珪《宫词》其八

年年式宴集簪裳，百辟班联振鹭行。
曲谢臣邻尤跂望，司珍新奏玉茶床。
◎宋徽宗《宫词》其六十九

茶床是方便提挈擎举的小型家具。唐代指煎茶时措置诸般用器的四足小矮案，在陆羽《茶经》中称作『具列』，并述其形制与用途：『具列，或作床，或作架，或纯木、纯竹而制之，或木法竹，黄黑可扃而漆者，长三尺，阔二尺，高六寸。具列者，悉敛诸器物，悉以陈列也。』分别收藏于辽宁省博物馆与台北故宫博物院的《萧翼赚兰亭图》（旧题唐阎立本作，今多认为出自宋人之手）煎茶情景中均绘出茶床（图一、二）。宋代茶床则并非陈列茶具所专用，凡看食、看菜、匙筯、盐楪醋罇，亦皆以茶床为陈列之具，见《梦粱录》卷三『皇帝初九日圣节』条。出自禁中者，制作更为讲究，诗所以曰『司珍新奏玉茶床』，『撮角茶床金钉校』。茶床随行，且成为仪卫制度中的一项。《宋史》卷一四四《仪卫二》皇太妃出入仪卫，中有『诸司御燎子、茶床，快行

图一 《萧翼赚兰亭图》局部摹本

图二
《萧翼赚兰亭图》局部
辽宁省博物馆藏

图三
南宋虞公著夫妇合葬墓西墓室备宴图（拓本）

亲从四人』，这是哲宗绍圣元年以枢密院建言而增设的诸般事项之一。四川彭山南宋虞公著夫妇墓西墓室亨堂东西两壁分别安排出行图和备宴图。东壁备宴图分作上下两部，上方浮雕长方形高桌一，上有坐在温碗里边的酒注，又与之配合的酒台子一对。桌子的前方放着专用作盛酒的长瓶。图的下方，一边为『行具二肩』：一肩燎炉，炉上有炭火，上置两个用作点茶的长流汤瓶；另一边为形制小巧的茶床，上置带托子的茶盏。茶床与酒桌相对设，二者的区别恰好见得分明〔图三〕，而东西两壁的内容相互呼应。公著是左丞相忠肃公虞允文之子，以父荫补承事郎，历官至中奉大夫，其妻为丞相卫公留正之女。

〇二一

鸬鹚杓

（鸭头杓）

鸬鹚杓，鹦鹉杯，
百年三万六千日，
一日须倾三百杯。
◎唐·李白《襄阳歌》

鸬鹚杓，酒杓，柄端造型为鸬鹚头，流行于魏晋至隋唐。今人注此多引旧注云：『鸬鹚水鸟，其颈长，刻杓为之形。』似未谛。它的设计构思当来自鸭头杓。庾信『金船代酒卮』，清倪璠注引卢綝《八王故事》：『陈思有神思，为鸭头杓，浮于九曲酒池，王意有所劝，鸭头则回向之。』陈思王曹植的『神思』，乃与当日的饮酒方式相关。酒注出现之前，宴席上的盛酒之器为酒樽，樽里置杓，用来向杯中酌酒。席坐时代，举宴则人各一案席坐堂中，故酌酒须有专人执杓依次而斟，此即所谓『行酒』。作为风雅韵事的『曲水流觞』，便是由『行酒』而催生：它打破依次为巡的常规，别以酒杯止处为饮酒之序，因生出新的乐趣。山东临沂洗砚池晋墓出土一件漆杓，器身如船，外壁黑漆地上朱绘水波，柄为鸬鹚头，且特别突出了长嘴的特征〔图一〕。大同七里村北魏墓群二十九号墓壁画有女侍手提鸬鹚杓向酒樽中取酒的情景〔图二〕，唐代金银酒杓杓柄之端取式于鸬鹚头者〔图三〕，是此意匠之延续。

图一
漆杓
临沂洗砚池晋墓出土

图二
大同七里村北魏墓群二十九号墓壁画

图三
银凫鹢杓
河南偃师杏园唐墓出土

〇二二

铛（鎗）

湘东醽醁酒，广州龙头铛。玉樽金镂椀，与郎双杯行。

◎晋·无名氏《西曲歌·三洲歌三曲》之三

雪山童子调金铛，楚人茶经虚得名。

◎唐·皎然《饮茶歌送郑容》

暗网笼歌扇，流尘晦酒铛。

◎唐·刘禹锡《乐天少傅五月长斋广延缁徒谢绝文友坐成睽间因以戏之》

洞中见凿寻仙路，月里犹烧煮药铛。

◎唐·姚合《题崔驸马宅》

铛为温器，主要流行于魏晋至隋唐。《北史》卷七十《孟信传》：『乃自出酒，以铁铛温之。』铛亦或作鎗，其前身是汉魏时代的鐎斗〔图一〕，故下有三足。《太平御览》卷七五七引《东宫旧事》曰：『皇太子初拜，给龙头鎗。』同卷引《笑林》云：『太原人夜失火，欲出铜鎗，误出熨斗，便大惊怪曰：异事，火未至，已被烧失脚。』『广州龙头铛』，便仍是汉魏鐎斗常用的龙头柄。唐代亦然。皮日休《酒垆》『有鎗尽龙头』，龙头，指柄。唐代铛柄渐短，长柄则为铫子所用〔图二〕。铛可温酒，也可烹茶、煮药，因又呼作酒铛、茶铛、药铛。西安南郊何家村唐代金银器窖藏中有金铛、银铛各一，造型大体相同〔图三、四〕。

图一
青铜鐎斗（三国晚至西晋初）
浙江安吉高禹天子岗出土

图二
长柄银铫
洛阳伊川鸦岭乡
唐齐国太夫人墓出土

图三
金铛
西安南郊何家村窖藏

图四
银铛
西安南郊何家村窖藏

〇二三

玉烛

（令筹，笼筹，笼台，纛，令旗，枪筹，罚筹）

昭仪侍宴足精神，玉烛抽看记饮巡。倚赖识书为录事，灯前时复错瞒人。

◎前蜀·花蕊夫人《宫词》

此玉烛，指令筹。宋章渊《稿（一作槁）简赘笔》说酒令：唐人酒戏极多，『又有劝酒玉烛，酌酒之分数为劝』，即此。它也称笼筹，朱湾《奉使设宴戏掷笼筹》『一朝权入手，看取令行时』。镇江丁卯桥唐代金银器窖藏中有自铭『论语玉烛』的银鎏金龟负筹筒，亦即玉烛五十枝连笼台一具（图一），银鎏金纛一枝（图二），银鎏金令旗八枝。令旗之一顶端有矛（图四），此外七枝做成竹节形，其一上端接焊竹叶（图三）。纛，即刘禹锡诗所云『罚筹长竖纛』（《浙西李大夫示述梦四十韵并浙东元相公酬和斐然继声》）。令旗亦名枪筹。元稹《酬窦校书二十韵》『尘土抛书卷，枪筹弄酒权』，敦煌文书《高兴歌》『千车鹿脯作资财，百只枪筹是家产。无劳四家犯章呈，不明不快酒满盛』，皆言此物。如此一组，乃唐代酒令之一的『令筹』用具，即以筹宣令，以筹司饮。笼台所置玉烛亦即令筹五十枝，把《论语》词句按照字面之意编排为筹令，饮与不饮、劝与被劝、饮多饮少，均依筹令所规定的『饮、劝、处、放』四种情况行事，而分别以五分、七分、十分、四十分为依令饮酒之章程（图五）。分数即酒量单位，十分为满杯，四十分为满斟四杯。如『一箪食一瓢饮，自酌五分』，『死生有命富贵在天，自饮十分』，『不在其位不谋其正（政），录事五分』，『唯酒无量不及乱，大户十分』。唐皇甫松《醉乡日月》所述筹令规则，正是它的使用说明。该书《明府》一节

图一
银鎏金龟负『论语玉烛』笼台
镇江丁卯桥窖藏

图二
银纛
镇江丁卯桥窖藏

图三
银鎏金令旗
镇江丁卯桥窖藏

图四
银鎏金令旗
镇江丁卯桥窖藏

图五
银鎏金玉烛
镇江丁卯桥窖藏

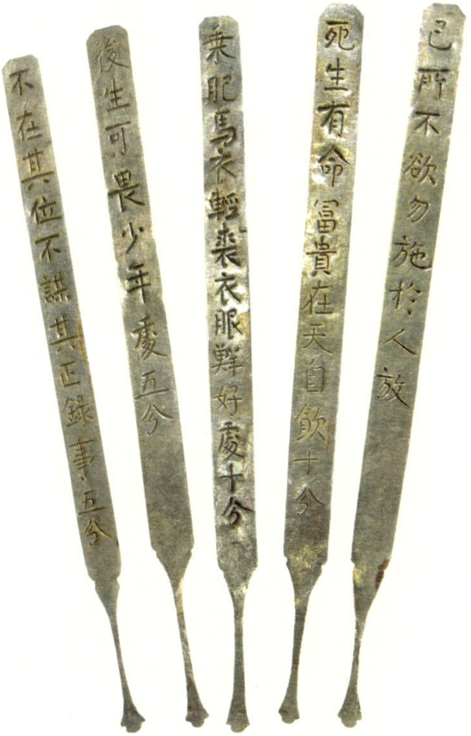

说道：『盖二十人为饮而一人为明府，所以观其斟酌之道。每一明府管骰子一双，酒杓一只。』《律录事》：『凡笼台，以白金为之，其中实以二十筹、二十旗、二十纛（一本作『其中实以筹一十枚，旗一，纛一』）。夫旗所以指巡也；纛所以指饮也；筹所以指犯也。』又《觥录事》：『有犯者，辄没其旗于前曰：某犯觥（法，先旗而后纛），犯者「诺」而收执之，拱曰：知罪。明府饷其觥而斟焉。犯者右引觥左执旗附于胸，律录事顾伶曰：命曲破送之。饮讫无坠酒，稽首以旗、觥归于觥主曰：不敢滴沥。复觥于位。后犯者捉以纛，叠犯者旗纛俱舞。』

〇二四

金叵罗

蒲萄酒，金叵罗。

◎唐·李白《对酒》

交河美酒金叵罗。

◎唐·岑参《酒泉太守席上醉后作》

珊瑚杓，金叵罗，倾酒淙淙如龙涡。

◎唐·敦煌曲子《高兴歌》

金叵罗，古今注家例引《北齐书·祖珽传》『神武宴僚属，于坐失金叵罗，窦泰令饮酒者皆脱帽，于珽髻上得之』，而注云酒器。然此酒器如何形制，究莫能名。蔡鸿生《唐代九姓胡与突厥文化》中的『得悉神与金叵罗』一节考证『破罗』一词乃外来语的一个对音，因此与音对应的字并不固定，不过它源出伊朗语 Padrōd，本是指碗、杯一类的容器似无问题。而『祖珽其人解四夷语，解弹琵琶，善为胡桃油以涂画，胡化既然如此之深，则他在座上所窃的金叵罗，大有为胡族酒器的嫌疑』。此说甚是。以出土实物为证，波斯萨珊以及粟特或粟特风的酒器可与之对应〔图一～三〕。初始阶段，异域之酒器入传中土，新奇一也；胡语入汉语，新奇二也。既有如此双重之新奇的来历，叵罗被诗人拈入诗中以求新异自然顺理成章，即便吟咏对象已是中土化的仿制品，乃至已非本来面目而只是制作精好的饮器，也不妨依然用作诗语。至于后世，则更是纯粹用典，而唐以后之人于此也未必皆能明其究竟，不过用来泛指酒器。如明于慎行《夏日东园方胥成小集》『炎天远道君何往，且醉花前金叵罗』；清朱彝尊《台城路·张鉴远酌春堂席上赋》『金叵罗深，玉屏风煖，一曲紫云歌彻』。

图一

银碗（圈足为中古波斯文铭）

新疆焉耆县老城村出土

图二

粟特银碗

弗利尔美术馆藏

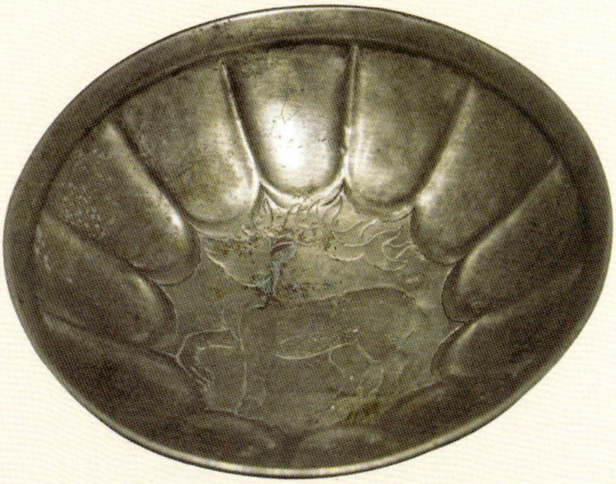

图三

鹿纹银碗

西安沙坡村出土

○二五

觥船

（罚爵，罚杯）

觥船一棹百分空，十岁青春不负公。今日鬓丝禅榻畔，茶烟轻飏落花风。

◎唐·杜牧《题禅院》

龟鹤齐称寿，觥船递献酬。

◎宋·韩驹《上赵倅生辰诗》

《杜牧集系年校注》（中华书局二〇〇八年）：『觥船，容量大之饮酒器。此处亦指酒船。晋毕卓好饮酒，曾云：「得酒满数百斛船，四时甘味置两头，右手持酒杯，左手持蟹螯，拍浮酒船中，便足了一生矣。」事见《晋书》卷四九本传。百分空，意为忘却一切世俗之事。』未确。杜诗『觥船一棹百分空』，乃以『一棹』而谐『船』意，实非用毕卓酒船之典。此觥船有别于平常的饮酒器，而不仅仅是大小之别，实质在于它是酒筵中公用的罚爵。觥，也作觵，初义为先秦礼器中的酒器。《诗·周南·卷耳》『我姑酌彼兕觥』，《毛传》：『兕觥，角爵也。』即仿犀角样式制成的饮器（图一）。《说文·角部》：『觵，兕牛角可以饮者也。』《卷耳》『兕觥』句《郑笺》：『觥，罚爵也。……旅醻必有醉而失礼者，罚之亦所以为乐。』『旅醻』，上古时代的饮酒仪式，即采用『接力』一般的方式递相酬饮，醉而失礼，便用兕觥作为罚酒之器饮失礼者，此饮器，称作『罚爵』。两汉仍存先秦遗风，由《后汉书》卷二十九《郅恽传》所记十月飨会故事可见东汉风俗。所谓『司正举觥』，唐李贤注：『觥，罚爵也，以角为之。』下文太守云『敬奉觥』，贤注：『遂受罚也。』此风相沿至唐而不衰，不同在于以其时酒令的发达而把传统的罚失礼易作罚违令，即一面沿用了觥原有的『罚爵』之义，一面用各种酒令将『罚之亦所以为乐』之举变作酒席

图一
兕觥
山西石楼县桃花者村出土

筵中的游戏。觥于是成为席间酒器中的罚杯，司掌罚酒者亦即游戏中的核心人物，因此名作觥使或觥录事。觥的式样不再以犀角式为主，而是以新奇为尚，初唐流行的被有异域色彩的金银多曲长杯遂成觥的主要样式〔图二、三〕，嗣后在此基础上很快完成中土化〔图四〕。以其造型约略如船，而名『觥船』，又因多为金银器，而称金船、银船。如白居易『银船酌慢巡』（《早春西湖闲游怅然兴怀……》），如黄滔『碧筹回处掷金船』（《江州夜宴献陈员外》）。刘禹锡《浙西李大夫示述梦四十韵并浙东元相公酬和斐然继声》，句云『罚筹长竖纛，觥盏样如舠』，可为『觥船』的使用情景以及觥船的样式作注。『觥船一棹百分空』之『分』，乃饮器容酒之量，同于杜牧诗《后池泛舟送王十》『为君蘸甲十分饮』之『分』。十分，固谓满杯，但它本是酒令中语。以出自镇江丹徒丁卯桥唐代金银器窖藏《论语》令筹为例，令筹分别以五分、七分、十分、四十分为量，如『四海之内皆为兄弟，任劝十分』，『择其善者而从之，大器四十分』。『觥船一棹百分空』，即是这一意义上的夸饰之词，而概括了『碧筹回处掷金船』的种种酒事。金银之外，觥船也颇见于瓷器〔图五〕。唐以后，『觥』依然是酒器的名称之一，但『觥』之名与实均有变化。它在具体使用的时候，含义已与唐代相异，不过旧义犹存书面语中而已。宋郑獬作《觥记注》，下列各目皆为历代酒杯，则以『觥』为名，只是把它作为酒杯之雅称。晏殊词《喜迁莺》『觥船一棹百分空，何处不相逢』，乃移用《题禅院》中成句，而彼原指罚盏，此代指酒杯。韩驹『龟鹤齐称寿，觥船递献酬』，是觥船为劝杯之泛称。

图二
金花银多曲长杯
白鹤美术馆藏

图三
银多曲长杯
维多利亚与阿尔伯特博物馆藏

图四
金花银酒船
西安博物院藏

图五
青釉酒船
长沙窑遗址出土

云罍

楚女梅簪白雪姿，前溪碧水冻醪时。
云罍心凸知难捧，凤管簧寒不受吹。
◎唐·杜牧《寄李起居四韵》

诗中之云罍，为饮酒器。《杜牧集系年校注》：『云罍，上有云雷纹之盛酒器。心，罍顶盖。』非。罍是先秦酒器之一种，《诗·周南·卷耳》『我姑酌彼金罍』，此『金罍』，为青铜制品。后世诗歌中将酒器呼作罍，泰半属于用典。唐李肇《国史补》卷中举陆羽诗『不羡白玉盏，不羡黄金罍』，或解此黄金罍『是用黄金做成的礼器』（《文史知识》二〇二三年第二期，页四〇），非是。唐孙棨《北里志》『俞洛真』条谓洛真时为席纠，颇善章程，郑仁表与诗曰：『巧制新章拍指新，金罍巡举助精神。时时欲得横波盼，又怕回筹错指人。』席纠，觥录事。章程，酒令之律。诗中的『筹』，指酒筹。金罍与筹前后呼应，无疑是酒宴行令所用罚盏，所以曰『巡举』。杜牧诗中的『云罍』，亦如是，在此应指金银杯盏。『心』，杯盏之内底心。水器内底心饰凸起之纹样，以求注水后物象有洸漾之效，是先秦青铜器已有的做法〔图一〕，为后世金银器、瓷器所沿用〔图二〕。

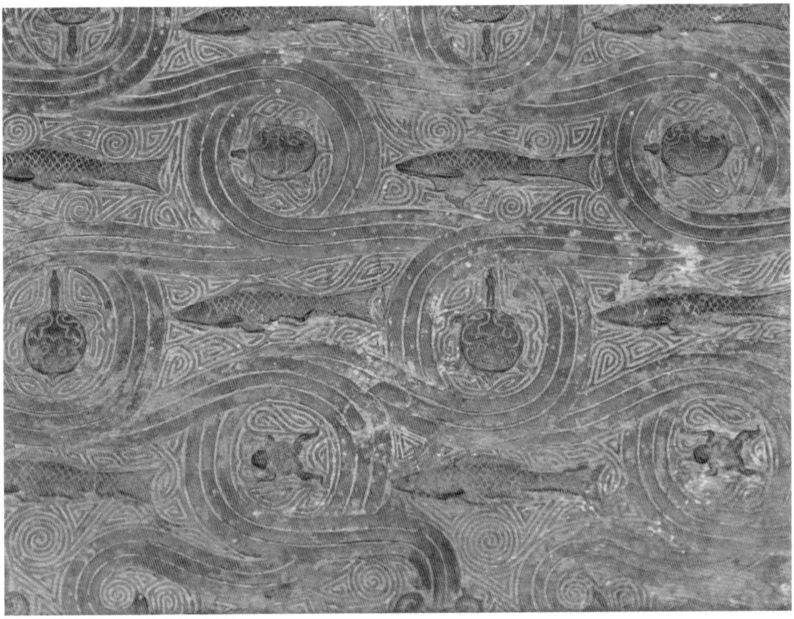

图一
铜龟鱼纹方盘（战国）
故宫博物院藏

图二
金花银酒船
呼和浩特和林格尔县出土

〇二七 牛头高一尺（罚杯，觥船）

染罗衣，秋蓝难著色。不是无心人，为作台邛客。花烧中潬城，颜郎身已老。惜许两少年，抽心似春草。今日见银牌，今夜鸣玉讌。牛头高一尺，隔坐应相见。月从东方来，酒从东方转。觥船饫口红，蜜炬千枝烂。

◎唐·李贺《河阳歌》

不用夸雄盖世勋，不须考证六经文。孰为诗史杜工部，谁是玄经扬子云。马上牛头高一尺，酒边豪气压三军。盐钱买得娼楼宿，鸦鹊鸳鸯醉莫分。

◎元·张昱《估客》

图三 西安南郊金泙沱村唐代壁画墓墓室壁画

《李长吉歌诗编年笺注》（中华书局二〇一二年）：『牛头，酒尊刻牛头形。《礼记·明堂位》：「尊用牺象。」孔颖达疏：「先儒云：刻尊为牺牛形，用以为尊。」』似未得其谛。李贺诗中的牛头，是以牛头为饰的角杯，式样仿自西亚『来通』（图一、二）。西安南郊金泙沱村唐代壁画墓墓室北壁东侧壁画有此形象（图三）。它是酒席中的罚杯，说见本书『觥船』条。《河阳歌》乃写狎官妓作长夜之饮。这里的『牛头』与『觥船』为同一物，前句正为后句写形，所谓『高一尺』，是极言其大。『酒从东方转』，即行令而传杯。『隔坐应相见』，既行令，人自难免饮罚杯，此筵所置罚酒之『觥船』，便是『牛头』。『觥船饫口红』之饫，本义是餍足。前人对『饫』用在这里因此很不理解，或推测是『沃』之误，但『沃』字在此更加解释不通。『觥船饫口红』，当视作拟人化的用法，即筵席上的罚爵因屡被唇吻而粘得太多口红，所以见出长夜之饮，饮之尽欢。唐以后，此式酒器不再流行。元张昱之『马上牛头高一尺』，则是用李贺诗之典，泛指酒杯。

图一 银来通

图二 银来通 华盛顿赛克勒博物馆藏

〇二八 酒榼

携持小酒榼，吟咏新诗句。同出复同归，从朝直至暮。

◎唐·白居易《秋日怀杓直》

驴鞍悬酒榼，僮背负衣囊。

◎宋·陆游《逆旅书壁二首》其一

粥鱼饷午催僧饭，酒榼行春酹墓松。

◎元·刘诜《再用韵酬同游诸公》

酒榼，方便携行的扁酒壶。名称长期沿用，但时代不同，造型有异。榼在汉代为酒器之通名，《说文·木部》：『榼，酒器也。』扁酒壶则称作椑，基本式样是细颈，小口，两肩一对系，穿绳后，小者可提挈〔图一〕，大者可肩抬。也有肖形者，如战国已有的取式于鱼者〔图二〕。汉代以后，椑名渐隐，代之以榼，特指用作盛酒的小口扁壶，有金银器，也有瓷器，传统之外又有新的创造。如鱼榼（白居易《家园三绝》其二『何如家酝双鱼榼，雪夜花时长在前』）、龟榼（白居易《东城晚归》『一条筇杖悬龟榼，双角吴童控马衔』）〔图三～五〕。宋元时代酒榼多用作酒器的雅称，便携式扁酒壶，则或名作酒鳖。林洪《山家清事》『酒具』条：『山径兀以蹇驴载酒，讵容无具。旧有扁提，犹今酒鳖，长可尺五而匾，容斗余，上窍出入，犹小钱大，长可五分，用塞，设两环，带以革，惟漆为之。和靖翁送李山人故有「身上只披粗直掇，马前长带古扁提」之句。』山西沁水县宋代墓室雕砖酒器图中，一件细颈平肩，宽腹，两肩各有一耳，上有提梁者，即酒鳖亦即酒榼。此外一种样式的扁壶，不设提梁，而是一侧置把手，一侧设口流。如分别出自北京旧鼓楼大街元代窖藏和新疆霍城县芦草沟广仁城的景德镇窑青花凤首扁壶，凤首为流，凤尾作柄，凤冠披垂的毛羽和凤尾之端分别随势做成扁壶肩部的一对系〔图六、七〕。如果忽略它在造型上的传承，渊源久长的一对系

图一
彩绘石骑马人（东汉）
河北望都出土

图三
唐三彩双鱼榼
扬州市扫垢山出土

图二
铜鱼榑
陕西榆林走马梁汉墓出土

至此便几乎难以识别。这一类样式的扁壶在元代仍然保留着『鳖』的俗称，即所谓『立鳖儿』，见朝鲜时代汉语教科书《朴通事谚解·下》。

图四
龟榼（唐五代）
出自印尼井里汶沉船

图五
三彩龟榼（辽）
济宁市中区东门小区出土

图六
青花凤首扁壶
北京旧鼓楼大街元代窖藏

图七
青花凤首扁壶
新疆霍城县芦草沟广仁城出土

〇二九

带酒玉昆仑

带酒玉昆仑。

◎唐·李商隐《魏侯第东北楼堂郢叔言别聊用书所见成篇》

『带酒玉昆仑』，古今注家于此莫衷一是。或据某个版本的异文『帶酒玉昆仑』而于『帶』字上求解，更加滞碍难通。《李商隐诗歌集解》：『玉昆仑指酒器，则「带酒玉昆仑」正言器中酒满，作「帶酒」反不可解。』否定『帶酒』，是也。云指『器中酒满』，未确。『带酒玉昆仑』，乃谓唐代流行的一类式样特殊的酒具，即造型为侍从捧酒器，所捧酒器为各式壶瓶，又或酒囊（此类器具的设计意匠可远溯上古，名品如长信宫灯），如长治西郊唐景云元年李度墓出土三彩侍女奉鸳鸯壶，开封博物馆藏唐三彩侍女奉鸭壶（图一、二）。三彩器唐代专用于随葬，但原是仿自生活用物。西安东郊唐乾封二年段伯阳墓出土白釉昆仑奉壶瓶，可与诗例相对照（图三）。玉器难得，不过它也见于带銙纹饰（图四），今可视作别一种呼应，而似美玉类珪璧，亦瓷器美质之一，看作美瓷之拟喻，也是一解。作为诗人之言，『昆仑』在此或概指异域仆从。后世则以『玉昆仑』为酒器之典，如清方正澍『临阶坐酌玉昆仑』（《一树》）。

图二
唐三彩侍女奉鸭壶
开封博物馆藏

图一
三彩侍女奉鸳鸯壶
长治西郊唐景云元年李度墓出土

图四
玉带銙
西安新城区韩森寨唐墓出土

图三
白釉昆仑奉壶瓶
西安东郊唐乾封二年段伯阳墓出土

〇三〇 背嵬（背峞）

取日虞渊战临平，鼓起金山鏖伏兵。既不画此背嵬军阵形，国容貂蝉佩葱珩，军容金甲马朱缨……。

◎宋·方回《韩蕲王湖上骑驴图为王孙亦颜赋》

斫硁钢刀飞白霜，贯阵背嵬纷解瓦。

◎元·张宪《岳鄂王歌》

拐子连珠断如草，背嵬先锋雄若貔。

◎元·杨维桢《岳王行》

背嵬，亦作背峞，诗中均指将帅亲随军。宋赵彦卫《云麓漫钞》卷七云：中兴四帅之一的韩世忠曾择优别置亲随军，名之曰『背峞』，『一入背峞，诸军统制而下，与之抗礼，犒赏异常，勇健无比，凡有坚敌，遣背峞军，无有不破者』。而背峞之得名原是来自酒器，『见范参政致能说，燕北人呼酒瓶为峞，大将之酒瓶，必令亲信人负之。范尝使燕，见道中人有负罍者，则指云：此背峞也。故韩兵用以名军。峞即罍，北人语讹故云，韩军误用字耳』。范致能，即范成大。『背罍』之『罍』，即有穿带的扁酒壶〔图一、二〕，前身为椑、为榼（见『酒榼』条）。它为亲随所负的情形也见于图画。吉林省博物馆藏金代张瑀《文姬归汉图》，一位抱持包袱的马上侍从身负穿带壶，正此盛酒之器〔图三〕，画家自是以当代经验仿写古人。明清绘画中仍然出现〔图四、五〕，可见风习之延续，虽然背峞故事或已被淡忘。

图一
暗黄釉穿带扁壶（辽）
辽宁省博物馆藏

图二
黑釉穿带背壶（金代）
开封博物馆藏

图三
《文姬归汉图》局部
吉林省博物馆藏

图四
《明宣宗行乐图》局部
故宫博物院藏

图五
《李煦四季行乐图》（清）
青州博物馆藏

〇三一

劝杯（劝盏，酒海）

昔仕闽江日，民淳簿领闲。同寮飞酒海，小吏擘蚝山。梦境悠然逝，羸躯独尔顽。所嗟晨镜里，非复旧朱颜。

◎宋·陆游《绍兴中予初仕为宁德主簿，与同官饮酒食蛎房甚乐，后五十年有饷此味者，感叹有赋。酒海者，大劝杯，容一升，当时所尚也》

劝杯是从唐代酒筵中的罚盏演变而来，为席间特用于敬酒与侑酒的公用饮酒器，宋代开始流行，延续至明清。劝杯，也称劝盏，虽然二者略有区别，即前者有柄而大，后者无柄而小，但界限通常很模糊。与席间人手一只的常制酒杯不同，劝杯或容量殊大，或形制特异，或材质珍奇，乃至今人看来形同工艺品，不似实用器。苏轼《减字木兰花·以大琉璃杯劝王仲翁》称此大琉璃杯云『海南奇宝。铸出团团如栲栳。曾到昆仑。乞得山头玉女盆』。《大宋宣和遗事·元集》：政和二年蔡京复太师，徽宗召蔡京入内苑赐宴，『又出嫔女鼓琴玩舞，劝以琉璃、玛瑙、白玉之盃』。周密《齐东野语》卷十八『章氏玉杯』：『一日宴聚，公出所藏玉杯侑酒。』陕西西安市第一中学出土北宋时代大琉璃杯，系无模吹制成型，高七点二厘米，口径十七点二厘米，远大于平常酒杯，可目之为宋人所云酒海〔图一〕。出自安徽休宁南宋朱晞颜墓的金葵花盏，高四点八厘米，口径十一厘米，器肖黄蜀葵之形，盏口以及花瓣之间又分别用折枝黄蜀葵做出装饰带，盏心錾刻花中花，中心高耸出花蕊，圈足底缘錾刻一周毬路纹〔图二〕。又或省却盏心花蕊，而依然有肖形之好〔图三〕。宋赵师律《齐天乐》『虚堂帘半卷，化工何限意，妆点时昼。裛真香葵倾劝盏，都把芳心为寿』。是诗人笔下葵花如劝盏，工匠手底劝盏如葵花。

图一
大琉璃杯（北宋）
西安市第一中学出土

图二
金葵花盏
安徽休宁南宋朱晞颜墓出土

图三
金葵花盏
山西怀仁县城东关旧城改造出土

○三二 螭盏

六年门外送苕溪，绕舍黄花独杖藜。
安有鹤觞逢白堕，新成螭盏得朱提。
流匙乍饱丰年玉，病齿全疏饤座梨。
欲问福城南去路，江山犹得助难题。

◎宋·李洪《秋晚闲咏》

朱提，指银。螭，又有俗称曰螭虎。金银螭盏的流行始于宋（图一、二），元代承继（图三），至明清而多为玉制品（图四、五）。有耳称杯，无耳称盏，螭盏其实多有耳，不过杯与盏时人并未严格界分，诗歌尤其如此。螭盏通常是以螭虎长身绕器腹，攀沿鋬首，鋬首处为耳，单螭成单耳，双螭成双耳。金银螭盏多制为夹层，故容酒不多。作为器皿装饰纹样，螭纹很早就用于先秦青铜礼器。好古乃宋代时尚之一，金银螭盏即此背景下的制作。它撷取古意而与时风相融，造型因此活泼而又有端重的气韵。

图一
银夹层螭盏
四川彭州宋代金银器窖藏

图二
金螭盏（宋）
遵义播州土司杨价夫妇墓出土

图三
银螭盏
江苏金坛湖溪元代窖藏

图四
青白玉螭盏
南京江宁将军山明沐启元墓出土

图五
青玉螭盏（明）
河南博物院藏

〇三三

蕉叶（金蕉，金蕉叶，蕉叶杯）

金蕉并为舞时空。

◎宋·张先《天仙子·观舞》

一尊聊罄金蕉叶。

◎宋·王之道《虞美人·和孔纯老送郑深道守严州》

尊前相顾惜参商，引十分蕉叶。

◎宋·高登《好事近·再和饯别》

璚蕤泛，蕉叶杯宽。

◎宋·葛立方《满庭芳·泛梅》

蕉叶，也称金蕉、金蕉叶、蕉叶杯，是形如蕉叶的饮酒器，唐代已经出现〔图一〕，主要流行于两宋。《苕溪渔隐丛话·后集》卷三十八引陆元光《回仙录》：『饮器中，惟鍾鼎为大，屈卮、螺杯次之，而梨花、蕉叶最小。』南京江浦南宋张同之夫妇墓出土一件银蕉叶，短茎作柄，打作精细的蕉叶浅浅弯成弧形以略足『杯』意〔图二〕，其实容酒有限，是所谓『蕉叶最小』。不过『蕉叶最小』并非通例。南京中华门外北宋长干寺真身塔地宫出土一件银釦水晶蕉叶杯，高四点一、长十八点七厘米〔图三〕，则即诗人所云『蕉叶杯宽』。

图一 金花银蕉叶 大都会博物馆藏

图二
银蕉叶
南京江浦南宋张同之夫妇墓出土

图三
银釦水晶蕉叶杯
南京北宋长干寺真身塔地宫出土

〇三四

台粘酒似饧

瓯泛茶如乳，台粘酒似饧。

◎唐·白居易《江州赴忠州至江陵已来舟中示舍弟五十韵》

似火浅深红压架，如饧气味绿粘台。

◎唐·白居易《蔷薇正开春酒初熟因招刘十九张大崔二十四同饮》

『台粘酒似饧』与『如饧气味绿粘台』，笺注者皆注『粘』而不及『台』。句中之『台』，乃指承酒杯酒盏的托盘（图一、二），托盘盘心通常有凸起的小圆台。唐张鷟《朝野佥载》卷一：『龙朔年以来，百姓饮酒作令云：「子母相去离，连台拗倒。」子母者，盏与盘也；连台者，连盘拗倒盏也。』此是从上古时的承器之案演变而来。《淮南子·诠言训》：『瓶瓯有堤。』高诱注：『堤，瓶瓯下安也。』安，古与案通。酒盏与托盘两事之组合，宋代习称台盏一副（见『金盏银台』条），但唐代这一名称尚未流行。

图一
银鎏金莲花纹承盘
长沙中南工业大学桃花岭唐墓出土

图二
银釦白瓷台盏
浙江临安晚唐水丘氏墓出土

〇三五

金盏银台（银酒台，台盏）

蕹叶葱根两不差，重蕤风味独清嘉。薄揉肪玉围金钿，浅染鹅黄剩素纱。台盏元非千叶种，丰容要是小莲花。向来山谷相看日，知是它家是当家。

◎宋·杨万里《千叶水仙花》

龙宫陈酒器，金盏白银台。

◎宋·洪适《水仙》

似倚兰舟并桂楫，羞称金盏共银台。

◎宋·舒岳祥《赋水仙花》

最是殷勤，捧出金盏银台笑。

◎宋·赵长卿《惜奴娇·赋水仙花》

金盏银台，水仙花之别称，得名于宋人。原初专指花开单瓣的一种，后渐成泛指。杨万里《千叶水仙花》诗前小序：『世以水仙为金盏银台，盖单叶者其中真有一酒盏，深黄而金色。至千叶水仙，其中花片卷皱密蹙，一片之中，下轻黄而上淡白，如染一截者，与酒杯之状殊不相似，安得以旧日俗名辱之。要之，单叶者当命以旧名，而千叶者乃真水仙云。』这里的『单叶』，系指花瓣而言，即植物学中的所谓『花被』。单瓣水仙花开白色，花被六裂平展如承盘，中心托起鹅黄色的副花冠好似酒盏一般。所谓『银台』，即银酒台（宋韩元吉《偶兴四首》其四『爱水仙成百计栽，三年一笑渐能开。金银岂是吾家物，借我虚名付酒台』），缘自承盏之盘中心有一个隆起的小圆台。酒盏与酒台一副，便称作台盏（图一），诗所以曰『台盏元非千叶种』。安徽六安嵩寮岩花石咀一号墓出土银水仙花台盏一副，银盏圆口，承盘造型为六瓣花，中心是略略凸起的浅台（图二）。作为台盏一副，盏与承盘的造型和纹饰通常为相互呼应，这一副则是以台、盏的不同造型而合成一朵水仙花。宋元以后，这一样式的酒器已不流行，但却成为咏水仙的典故，如明周宪王（北南吕·金字经）《咏水仙花》『黄蕊呈金盏，素英展玉台』。

图一
银台盏一副（宋）
杭州临安原高虹中小学出土

图二
银水仙花台盏一副（宋）
安徽六安花石咀一号墓出土

○三六

长瓶

（酒经，酒京，经瓶，京瓶，五经瓶）

遂令我每饮君家，不觉长瓶卧墙曲。

◎宋·欧阳修《会饮圣俞家有作兼呈原父景仁圣从》

欲求东斋铭，要饮西湖雪。长瓶分未到，小砚乾欲裂。

◎宋·苏轼《赵景贶以诗求东斋榜铭，昨日闻都下寄酒来，戏和其韵，求分一壶作润笔也》

幅巾萧散饯余龄，江左诸贤可乞灵。护枕小屏图紫阁，映窗矮卷写黄庭。旷怀与世元难合，幽句何人可遣听。一酌兰溪遗万事，时看墙底卧长瓶。

自注：偶得兰溪十余樽，清醇馥烈，殆不可名。

◎宋·陆游《龟堂独酌二首》其一

兴来买尽市桥酒，大车磊落堆长瓶。

◎陆游《长歌行》

长瓶，酒瓶。流行于宋元时期，后世言长瓶，则泛指酒瓶，与宋人所云长瓶造型不同。宋代长瓶俗称酒经、酒京、经瓶、京瓶、五经瓶。宋赵令畤《侯鲭录》卷三：『陶人之为器，有酒经焉。晋安人盛酒以瓦壶，其制，小颈环口，修腹，受一斗，可以盛酒。』南宋刻本《碎金》中『酒器』一项列有『酒经』。宋袁文《瓮牖闲评》卷六：『今人盛酒大瓶谓之京瓶，乃用京师京字，意谓此瓶出自京师，误也。京字当用经籍之经字。晋安人以瓦壶小颈环口修腹、受一斗、可以盛酒者，名曰经，则知经瓶者当用此经字也。』宋薛季宣《寒食遗兴》句云『延宾为屈五经瓶』，即此。但经瓶、酒经等名称很少入诗，宋人诗歌中每呼作长瓶。长瓶小口，短颈，耸肩，长身收腹，下为小底，上覆瓶盖（《欧阳修诗编年笺注》释曰『酒缸』，非）。有银器〔图一、二〕，有瓷器〔图三、四〕。广东佛山澜石宋墓出土褐彩长瓶，瓶腹四个开光各绘酒人图以点明用途。长瓶贮酒，可用来运送，如苏、陆诗所云。长瓶也可用于斟酒，宋赵彦卫《云麓漫钞》卷三：『今人呼劝酒瓶为酒京。』劝酒即斟酒。苏轼《蜜酒歌》『三日开瓮香满城，快泻银瓶不须拨』，拨，此指滤酒，银瓶当为长瓶。天津博物馆藏宋人《月下把杯图》，主仆五人，主人执手把杯，一个童子捧长瓶，一个童子捧果盘，又一个童子捧巾〔图五〕，可见长瓶的使用情形。长瓶之名偶尔也会借作他用，如宋程珌《汲井溉田民亦劳止歌以相之》『短绠长瓶高下飞，老农雨汗红淋漓』。

图一
龙牙蕙草纹银长瓶
南京江浦南宋张同之夫妇墓出土

图二
如意云头纹银长瓶
四川德阳孝泉镇清真寺宋代窖藏

图三
褐彩酒人图长瓶
广东佛山澜石宋墓出土

图四
『细酒』铭长瓶（元）
陕西神木县栏杆堡镇出土

图五
《月下把杯图》局部
天津博物馆藏

〇三七 金壶镟酒

(酒注,偏提,汤瓶,注子一副,汤罐)

歌钟列。公堂盛会酬佳节。酬佳节。皇恩宣布,早梅争发。舞场椎鼓催回雪。金壶镟酒琼酥热。琼酥热。今朝不饮,几时欢悦。

◎宋·朱敦儒《忆秦娥·至节赴郡会,教到》

浅浅红梅驿使传。乱剪鹅毛片。旋剖香橙列玳筵。玉液金壶旋。酒晕红,新妆面。人道是穷冬,我道是虚言。

◎元·关汉卿〔二十换头〕〔双调〕《新水令·挂打沽》

词中的『金壶』,指酒注。酒注,唐代名偏提。方以智《通雅》卷三十三《器用》:『偏提,酌酒注子也。』酒注造型原是得自汤瓶,唐李匡文《资暇集》云偏提『若茗瓶而小异』,可见其渊源。而它如果不是以注子一副的组合形式出现,与汤瓶的分别其实并不明显。唐代温酒多用铛,宋代易作烫酒,称为『煖盪』,或『镟酒』,镟,也写作旋,作为名词,它指『温酒之器』(宋戴侗《六书故》第四《地理》一『镟』条),《新编对相四言》中有状如小釜的『锡镟』〔图一〕,元杂剧中的『镟锅儿』也是此类。作为动词,它指烫酒,便是把酒注坐在盛放热水的温碗里面,『金壶镟酒琼酥热』,所云即此。酒注与温碗,分言之,是『注子一把』,『注椀一只』;合作一副,则称『注子一副』,如四川彭州南宋金银器窖藏中自铭『注子一副重叁拾壹两』的银注子〔图二〕。泸县出土宋墓石刻,侍女手中抱持便是同此式

图二
银注子一副
四川彭州金银器窖藏

图一
《新编对相四言》中的锡镟

图三
泸县宋墓石刻

样的注子〔图三〕。注子在元代已不流行，斟酒多用玉壶春瓶〔图四〕，当为关汉卿小令『金壶』之所指。温酒，则用镟锅。山西阳泉东村元墓西北壁壁画绘厅堂里前有女仆奉酒，中有伎乐演奏，窗边一个外翻马蹄的三足几上放置仰莲托的火盆，火盆上坐了镟锅，僮仆持瓶正待置于汤中〔图五〕，是镟酒情景。此外又有可温酒可烹茶且具提携之便的汤罐。元赵叔英《汤罐》：『花发柳塘春烫酒，雪深茅屋夜烹茶。提携斟酌皆如意，雅称西湖处士家。』

图四
山西洪洞水神庙元代壁画

图五
山西阳泉东村元墓西北壁壁画

〇三八

马杓

闻道巫山县，秋深好白醪。形神须此物，觞咏本吾曹。马杓胜鹦鹉，羊羹当蟹螯。暮寒催渴肺，径欲卖青袍。

◎宋·冯时行《就得胜寨遣人入巫山买酒》

银马杓中劝郎酒，看郎色似赤瑛盘。手双弹，舞罢胡笳十八般。

◎元·杨维桢《吴下竹枝歌》其五《白翎鹊操》

诗歌中的马杓，是挹饮相兼的酒器，宋代出现，元代流行，此后消泯。吴自牧《梦粱录》卷十六『酒肆』一节云杭城酒店有门前『挂草葫芦、银马杓、银大碗』为招牌者。元人汤式所作散曲有《赠玉马杓》一题。此『玉马杓』原是妓名，作者乃巧用双关借物咏人，玉马杓的样式与用途因此可略见大概，即所谓『雀尾样其实欠，鸬鹚名空自慊』，『泼新醅分开绿蚁，掬清波荡碎银蟾』，『好向他万花丛里为头儿占。休教人百味厨中信手儿拈』云云。可知马杓有柄好似雀尾炉，然而杓柄却未如雀尾炉那样长。它不是平常厨具中的马杓，也不是喂马用的马杓。它如同鸬鹚杓一样可用来酌酒，且始终与美酒相伴。出自赤峰敖汉旗敖吉乡新丘元代银器窖藏的一对银马杓，四出花口，内底心錾一株折枝茶花，外口沿錾刻卷云纹，一侧为龙首衔环柄，龙角虬曲，一长一短相叠而披垂，其中长角一只搭在银杓口沿〔图一〕。艾尔米塔什博物馆藏蒙元时期的龙柄金杓和银杓，也是大致相同的式样〔图二〕。柄均有环，当为携行之便。以时序论，艾尔米塔什博物馆藏品时代更早，晚出者或是依仿它的样式而制，惟细部处理稍作变化，而尺寸趋于小。

图一
银马杓
赤峰敖汉旗新丘元代银器窖藏

图二
金马杓
艾尔米塔什博物馆藏

〇三九

马盂

松陵木瘿，草堂竹根。
草堂不贫，仍有瓦盆。
在我窝兮不可挽，
自古英豪于此陷，不英不豪杯可衔。

◎宋·王质《栗里华阳窝辞·栗里杯觞及壶樽》（酒杯宜用猫头竹根，或松根、柏根坚老者亦佳，筀竹筒、柘木马盂、马瓢、长颈葫芦、扁腹葫芦，以轻稳为良）

魏晋以降，马盂多是作为军事装备中的水器，用作酒器的马盂，主要通行于宋元时代。吴自牧《梦粱录》卷十三『诸色杂货』云酒市有『马盂、屈卮』。明叶子奇《草木子》卷三述元代故事：『筵席则排桌，五蔬、五果、五按酒。置壶瓶、台盏、马盂于别桌，于两楹之间。』元墓壁画有此情景〔图一〕。元代金银制作的马盂造型比较一致，即素面，平底，无足，横长的一侧有流，流下焊接环柄〔图二、三〕，形制相同的瓷器也有不少〔图四〕。环柄便于手持，也便于携行，如宋洪迈《夷坚志·丁志》卷九《太原意娘》，曰意娘『衣紫，佩金马盂』。

图一
陕西蒲城洞耳村元墓壁画

图二
银马盂
合肥市小南门孔庙旧基元代窖藏

图三
银马盂
内蒙古博物院藏

图四
青花双凤纹马盂
甘肃临洮衙下乡寺洼村双上社出土

鹦鹉杯

去去归去来，还倾鹦鹉杯。

◎梁·吴均《赠别新林诗》

翡翠屠苏鹦鹉杯。

◎唐·卢照邻《长安古意》

君房鹦鹉杯，堪汝醉千日。
那似壶公壶，易入还易出。

◎明·王世贞《为胡元瑞题绿萝馆二十咏》其十一《螺杯》

鹦鹉杯，鹦鹉螺壳制作的饮酒器，是酒器之珍异者。《南州异物志》：『鹦鹉螺状似霞，杯形如鸟，头向其腹，视似鹦鹉，故以为名。』明曹昭《格古要论》卷六：『鹦鹉杯，即海螺盏，出广南，土人琢磨，或用银或用金厢足作酒杯，故名曰鹦鹉杯。』清屈大均《广东新语》卷十六：粤酒器有鹦鹉杯，『本海螺壳也，出琼州三亚港青栏海中，前屈而朱，如鹦鹉嘴然，尾旋尖处作数层，一穴相贯，甚诘曲，可以藏酒。』江苏邳州新河镇煎药庙西晋墓、南京象山东晋王兴之夫妇墓均出土鹦鹉螺杯〔图一、二〕。前者鹦鹉螺的整个轮廓外缘镶以鎏金铜边，又用铜泡在状似鹦鹉头处点出双眼，且以黑红两色相间绘出羽毛。鹦鹉杯色泽美丽，造型可爱，又以窍深宛曲而可以藏酒，因适合用作酒席间的罚酒或劝酒之器。唐段成式《酉阳杂俎》卷十二：『俄而酒至鹦鹉杯，徐君房饮不尽，属肇师，肇师曰：海蠡蜿蜒，尾翅皆张。非独为玩好，亦所以为罚，卿今日真不得辞责。』唐以后多用于劝酒。宋胡宿《鹦鹉杯》：『介族生螭蚌，杯形肖陇禽。曾经良匠手，见爱主人心。置在金樽侧，来从珠水浔。愿为仁者寿，再拜莫辞深。』『愿为仁者寿，再拜莫辞深』，意即以此杯上寿酒，末句系用唐方干《陪李郎中夜讌》『鹦鹉杯深四散飞』之典。

图一
鹦鹉螺杯
江苏邳州新河镇煎药庙西晋墓地出土

图二
鹦鹉螺杯
南京象山东晋王兴之夫妇墓出土

○四一

螺杯（螺盏，螺碗，红螺，碧螺春盌）

渌酒白螺杯，随流去复回。似知人把处，各向面前来。

◎唐·张籍《和韦开州盛山十二首·流杯渠》

幸不当官也去思，春江风日正舒迟。少留画鹢呼桃叶，卷尽红螺看柘枝。三爵劝酬三益友，四并除扫四愁诗。渭城景色朝朝是，不用丹青李伯时。

◎宋·胡寅《留别王元治师中谭纯益三首》其二

螺杯，螺壳制作的饮酒器，也称螺盏、螺碗，是酒器之殊异者。《清异录》卷下《器具》『九曲杯』条：『以螺为杯，亦无甚奇，惟藪穴极弯曲，则可以藏酒。有一螺能贮三盏许者，号九曲螺杯。』唐代多以螺杯为罚盏，即因它藪穴弯曲，可以藏酒，且不易饮尽。白居易《代书诗一百韵寄微之》『筹插红螺椀，觥飞白玉卮』，元稹《何满子歌·张湖南座为唐有熊作》『如何有熊一曲终，牙筹记令红螺盏』，俱言席间行酒令而以螺杯为罚盏。出自河南偃师杏园唐穆悰墓的螺杯，系螺壳一枚从中锯开，然后把周身打磨光洁。出土时，内有五颗石骰子〔图一〕。唐以后螺杯多用于劝酒，诗例『少留画鹢呼桃叶，卷尽红螺看柘枝』，是此情景。元张之翰《谢郑小溪螺杯》诗前小序记螺杯劝酒事云：『曩在泉南，诸士夫尝以海螺饮余，取江瑶柱为侑。北归十年，无复兹况。后访闽中郑小溪于燕都集贤东院，小溪为余出此杯酌官酿，酒再行，复举杯见赠。虽无江瑶柱，兴自不浅。』陕西蓝田北宋吕氏家族墓地出土螺杯一对，乃两枚天然螺壳，依其自然形状稍加刮磨修整而成光润的圜底杯，下设一对中空的环形座，亦为螺壳切剖而成〔图二〕。螺杯也不妨用于独酌。吴伟业《如梦令》：『镇日莺愁燕懒，遍地落花谁管。睡起爇沉香，小饮碧螺春盌。帘卷，帘卷，一任柳丝风软。』此碧螺春盌，也是螺杯。

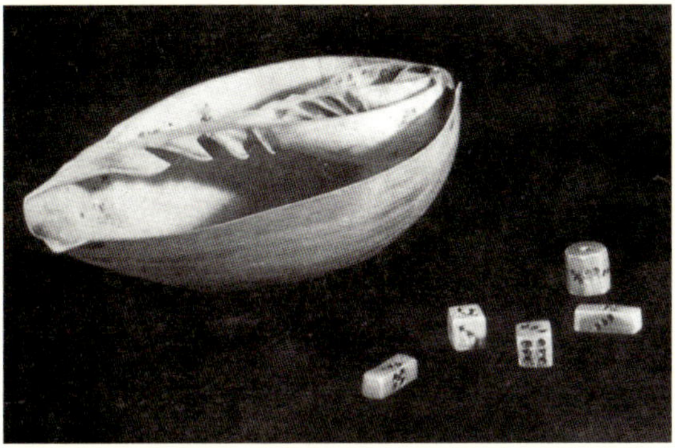

图一
螺杯与骰子
河南偃师杏园唐墓出土

图二
螺杯
陕西蓝田北宋吕氏家族墓地出土

○四二 汤瓶（茶瓶，瓶笙）

闲对斜阳数隙尘，何曾万事一关身。
汤瓶得火自相语，酒盏为人先作春。
◎宋·杨万里《晚照》

寂寂寥寥。洒洒潇潇。
淡生涯、一味逍遥。
傍临谷口，斜枕山腰。
有竹篱门，荆扫帚，草团标。
宽布麻袍。大绪长绦。
拄一条、曲律藤梢。
黄精自煮，苍术亲熬。
有瓦汤瓶，砂釜灶，葫芦瓢。
◎元·无名氏《行香子》

小雪无云宿暧赊，东窗日转半棂斜。
清泉砚滴含余绿，活火汤瓶涌细花。
歌哭古今归午枕，江湖图画泛星槎。
堂堂日月容相问，书卷留人几岁华。
◎清·王夫之《冬山即事》其三

汤瓶，即茶瓶，点茶器具，出现于晚唐，流行于两宋。汤瓶煎汤亦即煮水，候汤至老嫩适度，随之点茶，南宋《茶具图赞》中名之为『汤提点』。唐代汤瓶器身较矮，口流很短〔图一〕，之后汤瓶器身渐变修长，短流亦成长流〔图二〕。不过短流与长流的汤瓶在转变初期曾经并存，如河北宣化辽代壁画墓壁画所绘〔图三〕。汤瓶多陶瓷器，也有金属制品，如唐崔珏《美人尝茶行》『银瓶贮泉水一掬，松雨声来乳花熟』之银瓶，宋吴则礼《次公采赠太希先密云团韵》『快烧铜瓶作蟹眼』之铜瓶。苏轼《瓶笙诗·引》：『庚辰八月二十八日，刘几仲饯饮东坡。中觞闻笙箫声，杳杳若在云霄间，抑扬往返，粗中音节。徐而察之，则出于双瓶，水火相得，自然吟啸。盖食顷乃已。坐客惊叹得未曾有，请作《瓶笙诗》记之。』此作笙箫之音的双瓶，也是汤瓶。杨万里『汤瓶得火自相语』，即用此典。宋代图像中多有两个汤瓶坐在方炉亦即燎炉上的情景〔图四～六〕。明清以撮泡茶为主流，沏茶用茶壶，汤瓶已是古称或曰雅称，王夫之之诗所谓『活火』，出自唐李约说煎茶，亦非撮泡茶之讲求。

图一
「陈家茶店」汤瓶
长沙铜官窑遗址管理处藏

图二
李公麟《山庄图》局部
台北故宫博物院藏

图三
宣化辽墓壁画
（左出张匡正墓，右出张世古墓）

图四
汤瓶与方炉
江阴青阳镇里泾坝宋墓出土石椁

图五
《会昌九老图》局部（南宋）
辽宁省博物馆藏

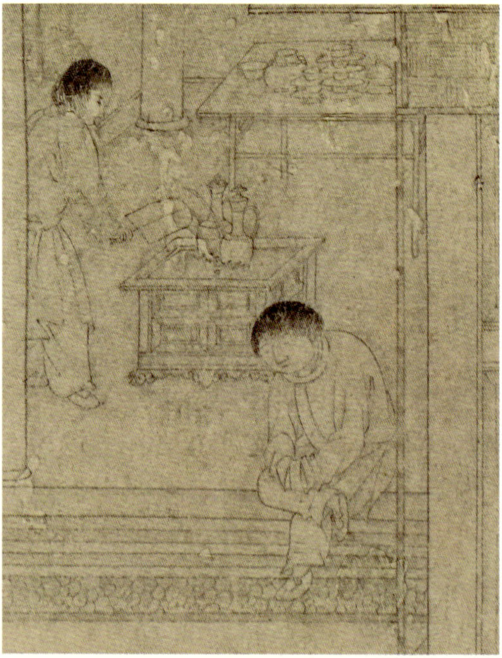

图六
《会昌九老图》局部（南宋）
故宫博物院藏

〇四三

风炉（灰承）

开缄试雨前，须汲远山泉。自绕风炉立，谁听石碾眠。轻微缘入麝，猛沸却如蝉。罗细烹还好，铛新味更全。花随僧箸破，云逐客瓯圆。痛惜藏书箧，坚留待雪天。睡醒思满啜，吟困忆重煎。只此消尘虑，何须作酒仙。

◎宋·丁谓《煎茶》

风炉小鼎不须催，鱼眼长随蟹眼来。深注寒泉收第一，亦防枵腹爆乾雷。

◎宋·黄庭坚《奉同六舅尚书咏茶碾煎烹三首》其二

风炉，唐宋时期主要用于煎茶，通常与石铫配套使用，黄庭坚诗『风炉小鼎』之『小鼎』，即指石铫。陆羽《茶经》卷中『四之器』：『风炉以铜铁铸之，如古鼎形』，『凡三足』，『其饰，以连葩垂蔓、曲水方文之类。其炉，或锻铁为之，或运泥为之。其灰承，作三足铁柈抬之』。河北曲阳县涧磁村出土定窑白釉风炉与铫子，是唐代之例〔图一〕，只是这一组煎茶之器尺寸很小，当非实用之具。河南巩义市天玺尚城唐墓出土绿釉煎茶俑，风炉上坐着茶鍑〔图二〕。上海博物馆藏南宋《莲社图》绘出风炉铫子的煎茶情景〔图三〕，画中风炉有莲花托座，或即《茶经》中说到的『灰

图一
白釉风炉与铫子
河北曲阳县涧磁村出土

惠山甘泉苦不冷，日铸茶香方是真。
广文唤客作妙供，石铫风炉皆手亲。
神清便欲排阊阖，且了吾人淡生活。
瓶芽分送已无余，杯水尚容消午渴。
◎宋·章甫《叶子逸以惠山泉瀹日铸新茶饷予与常郑卿》

图二
绿釉煎茶俑
河南巩义市天玺尚城唐墓出土

图三
《莲社图》
上海博物馆藏

承』。台北故宫博物院藏宋《人物图》中的风炉式样与此近同，莲花托座上绘有出灰口〔图四〕。宋以后烹茶方式改变，进入绘画的风炉煎茶多成表现士人风度的艺术语汇〔图五〕。在诗歌里，所谓『风炉』，则或是用典，或是写意境，或是用来泛指煮水之炉（明黄衷《苍梧雨中和定斋二首》其一『风炉煮蟹聊供具』）、取暖之炉（明苏葵《庆寿寺斋宿雪夜和马侍读韵》『雪压风炉暖气悭』）。

图四
宋《人物图》中的风炉

图五
元《子方扁舟傲睨图》中的风炉

〇四四

石铫

（石鼎，小鼎，龙头鼎）

蟹眼已过鱼眼生，飕飕欲作松风鸣。
蒙茸出磨细珠落，眩转绕瓯飞雪轻。
银瓶泻汤夸第二，未识古人煎水意。
君不见昔时李生好客手自煎，
贵从活火发新泉。
又不见今时潞公煎茶学西蜀，
定州花瓷琢红玉。
我今贫病常苦饥，分无玉盌捧蛾眉。
且学公家作茗饮，砖炉石铫行相随。
不用撑肠拄腹文字五千卷，
但愿一瓯常及睡足日高时。

◎宋·苏轼《试院煎茶》

吾人老怀丘壑清，洗君石铫盱眙城。
要煎淮水作蟹眼，饭饱睡魔聊一醒。

◎宋·吴则礼《周介然所惠石铫取淮水瀹茶》

石铫，煎茶器，诗人也称石鼎、小鼎。主要流行于两宋。慧琳《一切经音义》卷五十九『须铫』条释铫：『余招反，《广雅》：铜谓之铫。《说文》：温器也。以高上有环，山东行此音。又徒吊反，今江南行此音。铫形似鎗而无脚，上加踞龙为攀也。』两宋诗词所云『铫』，音和义，均取后者。此所言『鎗』，即铛。铛与铫，皆有柄，柄上或饰龙头，诗人因称它为龙头鼎，陆游《效蜀人煎茶戏作长句》『正须山石龙头鼎，一试风炉蟹眼汤』。铫有短流，铛多无；铛有三足，铫则否。诗词或曰折脚铛，也是指铫，式样略同熨斗，故宋释偈颂有『熨斗煎茶铫不同』（宗杲《偈颂一百六十首》其一百二）。宋代另有一种无柄铫，乃于铫上作出三股交合的提梁（图一、二）。陕西蓝田北宋吕氏家族墓地出土石铫（图三），外撇的口沿下方有三个花瓣式细耳，短流之侧为一对，另一个在与短流相对处，可知石铫的三个系耳是用来穿系提梁。石铫煎茶与汤瓶点茶不同，此是将碾碎的茶末投入水中

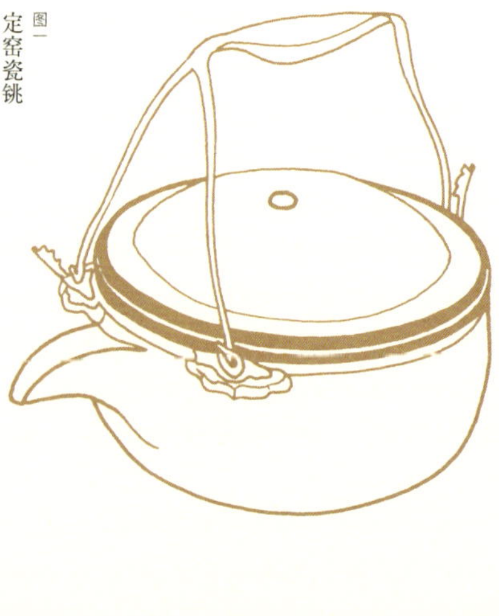

图一 定窑瓷铫

图二
银铫
四川德阳孝泉镇清真寺宋代窖藏

图三
石铫
陕西蓝田吕氏家族墓地出土

煎煮，多是用顾渚茶、日铸茶，故曾几诗中称之为『山芽』（《述侄饷日铸茶》『宝胯自不乏，山芽安可无。子能来日铸，吾得具风炉』），乃与贡茶之龙团凤团即诗所谓『宝胯』相对言。宋王观国《学林》卷八『茶诗』条云：『茶之佳品，其色白，若碧绿色者，乃常品也。茶之佳品，芽蘖微细，不可多得，若取数多者，皆常品也。茶之佳品，皆点啜之；其煎啜之者，皆常品也。』《试院煎茶》『银瓶泻汤夸第二』之『银瓶』，为汤瓶，此前数句皆言点茶；『未识古人煎水意』以下俱言煎茶，所以曰『砖炉石铫行相随』。石铫之外，尚多其他材质，或依质地称银铫、瓦铫，或依用途称茶铫、药铫。茶铫的短流加长（图四），式样即与明清茶壶无别，茶铫之名则始终沿用，如清陈维崧《倾杯乐·品茶》『借幽廊，支瓦铫，细商茶事』。不过清代的烹茶已是撮泡法。

图四
山西阳泉东村元代壁画墓壁画备茶图

茶筅

谁斫碧琅玕，影撼半庭风月。尚有岁寒心在，留得数茎华发。
龙孙戏弄碧波涛，随手清风发。滚到浪花深处，起一窝香雪。

◎宋·刘过《好事近·咏茶筅》

此君一节莹无瑕，夜听松声漱玉华。
万缕引风归蟹眼，半瓶飞雪起龙牙。
香凝翠发云生脚，湿满苍髯浪卷花。
到手纤毫皆尽力，多应不负玉川家。

◎元·谢宗可《咏物诗·茶筅》

茶筅，竹制的点茶器具，主要流行于宋元。烹茶法，元明以前可大别为二：其一煎茶，其一点茶。煎茶盛行于唐，陆羽《茶经》载其法最详；两宋盛行点茶，蔡襄《茶录》、宋徽宗《大观茶论》，乃点茶法经典。煎茶与点茶，皆须煎汤亦即煎水。前者煎汤于茶铫，后者煎汤于汤瓶。汤至火候恰好之际，若煎茶，则将细碾且细罗之后的茶末投入滚汤。若点茶，此前便须以小勺舀取茶末，在盏中调作膏状，于时以汤瓶冲点，边冲点边以竹制的茶筅或银制的茶匙在盏中回环搅动，即所谓『击拂』〔图一～三〕。点茶又称分茶。宋王千秋《风流子》『卷茵停舞，侧火分茶。笑盈盈，溅汤温翠盌，折印启湘纱。玉笋缓摇，云头初起，竹龙停战，雨脚微

图一 砖雕点茶图
陕西历史博物馆藏

图二
山西汾阳东龙观宋金墓壁画

图三
山西洪洞水神庙元代壁画

斜』，『竹龙』，即茶筅。陆游《疏山东堂昼眠》『吾儿解原梦，为我转云团』，句下自注云：『是日约子分茶。』约，名子约，放翁第五子。『转云团』，即点茶之击拂。点茶需要技巧，又以因击拂之法不同盏面泛起之乳花不同而有各种名目，自第一汤至第七汤而各有不同，以至于『注汤作字势嫖姚』（杨万里《澹庵座上观显上人分茶》）乃别成一种带有游戏性质的技艺。

〇四六 都篮

都篮携具向都堂，碾破云团北焙香。

◎宋·梅尧臣《尝茶和公仪》

饭后开都篮，旋烹今岁茶。

◎宋·刘挚《煎茶》

都篮碧溪侧，随意煮清泉。

◎清·王士禛《长白杂诗八首同宾公作·葛家洞》

艇子呼短棹，茶具携都篮。

◎清·王鸣盛《登缥缈峰望太湖》

都篮之称，见于陆羽《茶经》卷中『四之器』：『都篮，以悉设诸器而名之。以竹篾，内作三角方眼，外以双篾阔者经之，以单篾纤者缚之，递压双经作方眼，使玲珑。』其尺寸则高一尺五寸，长二尺四寸，阔二尺。宋人出行所携总装茶酒具的容器遂以此名之。由图像所见，都篮乃方身盝顶，内设隔层，正面有门两扇，可放在桌边（图一），可置于案上（图二），也可缚结带襻成为出行担子的一端（图三、四）。宋文彦博咏富弼所赠『游山器』即此物——『上公遗我游嵩具，匜盥杯盂色色全。拂拭便须延隐逸，洁清那敢污腥膻。行赍每度云岩侧，

图一 宋《文会图》中的都篮 台北故宫博物院藏

图二 山西陵川县附城镇玉泉村金墓壁画

图三
《春游晚归图》局部（宋）
故宫博物院藏

器使当居蜡屐前。林叟谿翁皆窃玩，山厨因此识嘉笾』（《某伏蒙昭文相公富以某方忝瀍洛之寄，因有嵩少之行，惠赐游山器一副，质轻而制雅，外华而中坚，匪惟便于赍持，实为林下之珍玩也，辄成拙诗一章报谢》）。诗末自注：『器悉以竹编而髹其中，轻坚精巧绝伦。』后世，都篮演变为提匣或曰提盒（图五），成为春盛担子的一端。明清诗歌中的『都篮』，率皆用《茶经》之典，实为春盛担子中的提盒之雅称。本条所举清诗之例即是。又如朱彝尊『都篮兼携茶酒具』（《柳巷杏花歌同严中允绳孙钱编修中谐作》）；钱载『春人相唤挈都篮』（《城西春游四首》其一）。而查慎行《林鹿原饷武夷茶》『都篮分得大窠茶』，《武夷采茶词四首》之四『手摘都篮漫自夸』，以都篮为置茶之器，乃诗人别赋其义。

图四
《西园雅集图》局部
纳尔逊博物馆藏

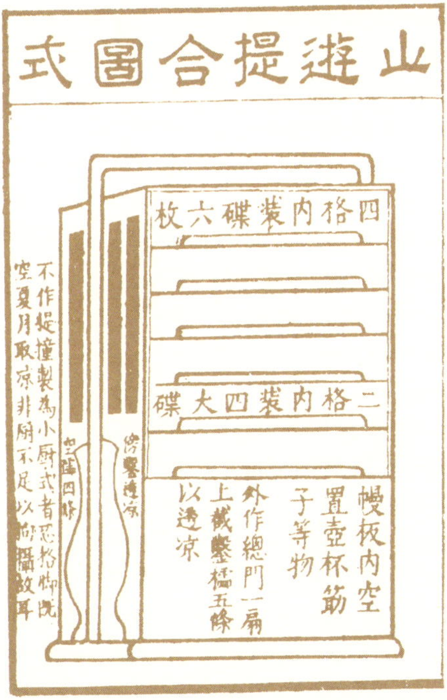

图五
高濂《遵生八笺》中的提盒图

〇四七 竹炉

博山沉水觉尘埃，旋斫凌云绿玉材。自拭锦绷含泪粉，要焚银叶返魂梅。意消未掩黄庭卷，火冷空馀白雪灰。应把熏衣闭深阁，流苏想见画屏开。

◎宋·释德洪《竹炉》

竹炉听雪坐蒲团，长笑诗人不耐寒。未办貂裘走南陌，肯来高处一凭栏。

◎宋·韩元吉《春雪得小诗五首且约客登赏心亭》其五

寒夜客来茶当酒，竹炉汤沸火初红。寻常一样窗前月，才有梅花便不同。

◎宋·杜耒《寒夜》

舍人雅尚寄名泉，为爱山僧手自煎。瓶响风中兼雨外，水评陆后更张前。空寮只许茶人住，一榻翻同竹祖眠。三百年来留宝墨，箫材无恙是天全。

◎清·厉鹗《惠山听松庵观王孟端竹炉诗画卷次吴文定公韵》

诗中所咏之物同以竹炉为名，但形制与用途各不相同。释德洪所咏乃焚香之熏炉，韩元吉诗为可便提携的取暖之炉，杜耒所咏则烹茶之炉。取暖的竹炉俗称烘篮，其名称列在《武林旧事》卷六『小经纪』条，南宋刻本《碎金·家生篇》『竹器』项中也举出此物。宋周去非《岭外代答》卷七《乐器门》『铜鼓』条：『广西土中铜鼓，耕者屡得之。其制，正圆而平其面，曲其腰，状如烘篮。』状类广西铜鼓的烘篮一直沿用到当代〔图一〕。清戴文俊《瓯江竹枝词》所咏鸡囱亦此物：『温岭南来气候温，缊袍一领长儿孙。潇潇寒食三朝雨，手捧鸡囱不出门。』自注：『《温州府志》：地气和暖，温岭以南与北不同，故名。细篾编小薰笼，包瓦器以蓄火，有提无盖，名曰鸡囱。』烹茶之炉至明清依然兴盛〔图二、三〕，且因明王绂的竹炉山房故事而更成诗材，厉鹗所咏即是。

图一 竹炉〔烘篮〕（当代）

图二
王问《煮茶图》局部（明）
台北故宫博物院藏

图三
竹编铜茶炉
故宫博物院藏

香囊（银囊，香毬）

红罗复斗帐，四角垂香囊。
◎《古诗为焦仲卿妻作》

郗家子弟谢家郎，乌巾白袷紫香囊。
◎唐·李叔卿《江南曲》

蹙金妃子小花囊，销耗胸前结旧香。
◎唐·张祜《太真香囊子》

雨送浮凉夏簟清，小楼腰褥怕单轻。微风暗度香囊转，胧月斜穿隔子明。
◎唐·元稹《友封体》

绣屏珠箔绮香囊。
◎宋·王观《临江仙·离怀》

比目香囊新刺绣，连隔座、一时薰透。
◎宋·周邦彦《迎春乐·携妓》

香囊是内置香料的容器，以织绣为多，也有金银制品，或随身佩带，或置于卧内。长沙马王堆西汉一号墓出土罗绮地『信期绣』香囊〔图一〕，内置茅香，同墓出土遣册载录为『熏囊』。诗例《江南曲》所谓『紫香囊』，系用谢安与谢玄故事，《晋书》卷四十九《谢安传》附《谢玄传》：『玄少好佩紫罗香囊，安患之，而不欲伤其意，因戏赌取，即焚之。』韩翃《送崔秀才赴上元兼省叔父》『风流近赌紫香囊』，亦用此事。唐代金银香囊则为焚香器具。元稹《友封体》『微风暗度香囊转』，所咏是此物。慧琳《一切经音义》卷六：『香囊者，烧香器物也，以铜铁金银玲珑圆作，内有香囊，机关巧智，虽外纵横圆转而内常平，能使不倾，妃后贵人之所用之也。』此即司马相如《美人赋》中说到的『服玩珍奇，金鉔熏香』，亦即《西京杂记》所云长安巧工丁缓作被中香炉，『为机环，转运四周，而炉体常平，可置之被褥』。唐人又或称之为香毬、银囊。如元稹《香毬》：『顺俗惟团转，居中莫动摇。爱君心不恻，犹讶火长烧』；白居易《青毡帐二十韵》『铁檠移灯背，银囊带火悬。深藏晓兰焰，暗贮宿香烟』。陕西扶风法门寺地宫出土一大一小两枚香囊，其一直径十二点八厘米，其一直径五点八厘米，外壳镂空作成花叶，鎏金圆光点缀于花叶丛中，扣合后以屈戌蝉翼轻绡玉缕稀，碧花瑶草斗芳菲。
◎元·吾丘衍《香囊》

欲织双鸳鸯，终日才成匹。
寄君作香囊，长得系肘腋。
◎明·郑旦《子夜歌三首》其三

香囊诗袋，尽施展、聪明手。
绣到叠飞双逐，羞涩停良久。
金针上，一线春情透。
◎清·奕绘《簇水》

图一
『信期绣』香囊
长沙马王堆一号西汉墓出土

锁闭，内心用轴心线相互垂直的内外两层持平环支承一个小香盂，以圆环转轴的彼此制约和香盂本身的重心影响，使香盂随炉展转而总能保持平衡（图二）。此物在同出的衣物账碑中记作『香囊二枚，重十五两三分』。唐代香囊也不乏织绣品，如张祜《太真香囊子》『蹙金妃子小花囊』。唐以后见于诗笔的囊，则近乎织绣品的一统天下。南京北宋大报恩寺塔地宫出土一枚绣罗囊，暗花罗上金线绣一对交颈鸳鸯，口边系一个同心结（图三）。『结子同心香佩带』（朱敦儒《浣溪沙》），宋人所咏，略同此类。出自内蒙古额济纳黑城遗址的一件，香囊作成葫芦形，下边缀一串同心结编结相连的长穗子，葫芦一面绫，一面罗，两面各绣花枝和人物，亚腰处打着同心结的扣（图四）。清代织绣大抵同于荷包，或者可以说，荷包不妨置香，《红楼梦》第四十三回曰茗烟对宝玉说道：『我见二爷时常小荷包有散香，何不找一找。』袭人的荷包里也盛着梅花香饼儿（第十九回）。而置香的荷包，既称作香荷包（如《儿女英雄传》第十五回『苏绣的香荷包』），亦可名作香囊。

图二
葡萄花鸟纹银香囊
西安南郊何家村唐代金银器窖藏

图三
暗花罗绣香囊
南京北宋大报恩寺塔地宫出土

图四
绫罗绣香囊
内蒙古额济纳黑城遗址出土

香毬

蓝田仙人采寒玉，蓝光照人莹如烛。
蟾肪淬刀昆吾石，信手镌花何委曲。
濛濛夜气清且嫮，玉缕喷香如紫雾。
天明人起朝云飞，仿佛疑成此中去。
◎宋·刘敞《戏作青瓷香毬歌》

手束柔荑调雁柱，袖翻纹锦出香毬。
◎宋·史浩《江倅出家乐》

香毬，主要指焚香之器，而形制不一。其一，造型如毬，内置平衡环，为金属制品，元稹《香毬》一诗所咏即此（唐人也称它为香囊，见『香囊』条）。史浩咏乐伎所谓『袖翻纹锦出香毬』，当指这一类。此式香毬沿用直到明清。明田艺蘅《留青日札》卷二十二『香毬』条：『今镀金香毬如浑天仪然，其中三层关棙，轻重适均，圆转不已，置之被中而火不覆灭，其外花卉玲珑而篆烟四出，真闺房之雅器也。』《金瓶梅》第二十一回曰潘金莲到了李瓶儿房里，瓶儿还睡在床上，『金莲就舒进手去被窝里，摸见薰被的银香球（毬）』，正是此物。中国国家博物馆藏明代铜香毬，通体是镂空梅花组成的六朵大团花和八朵小团花，炉心一个小铜盂，种种机括与唐代无别（图一）。此外一类，是毬形炉身、下有矮足的小香炉，即如宋赵九成《续考古图》中的『香毬』图（图二）。考古发现的实物，以瓷器为多（图三），大小不等，纹样与装饰手法各异，刘敞《戏作青瓷香毬歌》所咏，是这一类。北宋长干寺真身塔地宫出土银鎏金香毬，器身镂花可透发香气，上下两端均有环可用于悬挂，但造型并非正圆，且内里未设持平机括（图四），如果原初便是如此，则它只能是『居中莫动摇』，而不得『顺俗惟团转』，既不可怀袖，也不便『入被』。

图二 《续考古图》中的『香毬』

图一
明代铜香毬
中国国家博物馆藏

图四
银鎏金香毬
南京长干寺遗址北宋塔基地宫出土

图三
青白釉香毬
长兴雉城镇高山岭亭子山宋墓出土

〇五〇 香鸭（小鸭）

深帏金鸭冷，奁镜幽凤尘。

◎唐·李贺《兰香神女庙》

舞鸾镜匣收残黛，睡鸭香炉换夕熏。

◎唐·李商隐《促漏》

日映纱窗。金鸭小屏山碧。故乡春，烟蔼隔，背兰釭。宿妆惆怅倚高阁。千里云影薄。草初齐。花又落。燕双双。

◎唐·温庭筠《酒泉子》

写得鱼笺无限，其如花锁春晖。目断巫山云雨，空教残梦依依。却爱薰香小鸭，羡他长在屏帏。

◎唐·和凝《何满子》

香炉大致分作两种类型，其一封闭式，其一开敞式。前者有盖，后者则否。今一般称封闭式的炉为熏炉，开敞式的炉为香炉。香鸭是熏炉的一种〔图一、二〕，与两汉时期北方流行的鸭炉有渊源关系〔图三〕。存世实物以宋明时期为多。类似的还有鸳鸯炉〔图四〕，如李贺《黄头郎》『香出鸳鸯热』。宋代香鸭也

图一
铜香鸭
江西吉水南宋墓出土

螺甲割昆仑耳，香材屑鹧鸪斑。
欲雨鸣鸠日永，下帷睡鸭春闲。
◎宋·黄庭坚《有惠江南帐中香者戏答六言二首》其一

谁把工夫巧铸成，铜青依约绿毛轻。
自归骚客文房后，无复王孙金弹惊。
沙觜莫追芦苇暖，灰心聊吐蕙兰清。
回头却笑江湖伴，多少遭烹为不鸣。
◎宋·周端臣《青铜香鸭诗》

楼前处处长秋苔，俯仰璿杓又欲回。
残暑已随梁燕去，小春应为海棠来。
客愁天远诗无托，吏案山横睡有媒。
晴日满窗凫鹜散，巴童来按鸭炉灰。
◎宋·范成大《西楼秋晚》

图二
明成化素三彩鸭香炉
景德镇市珠山出土

图三
铜雁炉
河南南阳麒麟岗出土

图四
汝窑莲花鸳鸯炉
河南宝丰清凉寺汝窑址出土

图五 马王堆西汉墓出土竹熏笼与陶熏炉使用示意

用作薰衣，秦观《木兰花》『红袖时笼金鸭暖』，所咏即是，正如同当时的香毬。赵九成《续考古图》卷三著录一件『香毬』（见本书『香毬』条图二），曰：『荣询之所收。盘径黍尺六寸，高五寸，炉径四寸。凡熏香先著汤于盘中，使衣有润气，即烧香烟著殴而不散，古博山之类皆然。』所谓『润气』，即由热汤而生出来的水雾，香气溶于其中，氤氲缭绕，沾衣不去，自然留香弥久。清陈维崧《雨中花·咏薰笼》『一架红篝凉似水，相偎靠、玲珑莫比。斑竹无尘，疎篁偏瘦，小鸭中间睡』，小鸭，即指鸭炉。词中情景，西汉已可见（图五）。

○五一 角端

西狩获白麟，至死意不吐。代北有角端，能通诸国语。

自注：角端，北地异兽也，能人言，其高如浮图。

◎元·白珽《续演雅十诗》其五

玉门关外靖边尘，此兽能言即谏臣。不向水经图罔象，好从高阁画麒麟。

◎明·胡奎《角端》

角端，传说中的瑞兽。宋末元初以降，诗歌所咏多来自角端止兵故事，事见周密《癸辛杂识·续集上》『西征异闻』，陶宗仪《南村辍耕录》卷五『角端』，熊梦祥《析津志》『物产·瑞兽之品』，等等。《析津志》：『太祖皇帝行次东印度骨铁关，侍卫见一兽，鹿形马尾，绿毛而独角，能为人言：汝军亦回早。上怪，问于耶律楚叔。公曰：此兽名角端，日行一万八千里，解四夷语，是恶杀之象。盖上天遣云，以告陛下，愿承天心，宥此数国人命，定陛下无疆之福。即日下令班师。』太祖皇帝，即铁木真亦即成吉思汗。既为天下太平之瑞象（明郭钰《题刘履初所藏莫庆善鹰》『君不见天下太平角端语』），角端遂特别为秉政者所爱，制为熏炉用作厅堂陈设，尤以明清为盛（图一、二）。

图一
明角端铜炉
河南博物院藏

图二
青玉角端炉
原陈设于故宫养心殿

〇五二

小奁（螭奁，古奁）

黄姑青女交相忌。眼看尘土占芳蕊。急扫满阑金。小奁熏水沈。博山银叶透。浓馥穿罗袖。犹欲问鸿都。太真安稳无。

◎宋·侯寘《菩萨蛮·木犀十咏：熏沉》

睡起小奁香一缕。

◎宋·吕本中《蝶恋花·春词》

《吕本中诗集校注》（中华书局二〇一七年）：『小奁，古时盛放香炉的笼子。』下举侯寘词。非是。两首词中的『小奁』，均指香炉。奁炉造型的来源之一是汉代酒樽，即直筒形、下有三足的一种〔图一〕。主要流行于宋元的奁式香炉，多为单色釉的瓷器〔图二、三〕，也有金属制品，器身每以数道弦纹为饰。陆游《雨中至西林寺》『珍重山僧迎客意，螭奁一缕起微熏』，则指奁炉外壁贴塑螭纹（或释此『螭奁』为『螭形为饰的熏香铜匣』，非）。诗人又称这一样式为『古奁』，陆游《斋中杂题》『棐几砚涵鸜鹆眼，古奁香斫鹧鸪斑』。宋代作为妆具的奁盒也常取直筒式，故宋词中的『小奁』或指妆盒，如秦观《沁园春》『念小奁瑶鉴，重匀绛蜡』。奁盒也用来递送物品，如文彦博《诗谢留守王宣徽远惠牡丹》『姚黄左紫状元红，打剥栽培久用功。采折乍经微雨后，缄封仍在小奁中』。谢薖《送香与董彦速二首》其一『试炷博山元不俗，小奁分供在家僧』。

图一
汝窑奁式炉
故宫博物院藏

图二
龙泉窑奁炉
出自新安元代沉船

图三
『胡傅铜温酒樽』（汉）
山西右玉大川村出土

○五三 软香（香佩）

广寒夜捣玄霜细。玉龙睡重痴涎坠。
斗合一团娇。偎人暖欲消。
心情虽软弱，也要人拷搦。
宝扇莫惊秋，班姬应更愁。

◎宋·史达祖《菩萨蛮·赋软香》

软香，是和合众香制成的各式佩香或曰香佩，流行于宋代。周密《武林旧事》卷三：端午禁中分赐后妃诸阁、大珰近侍『软香、龙涎佩带』。杨皇后《宫词》『角黍冰盘饤饾装，酒阑昌歜泛瑶觞。近臣夸赐金书扇，御侍争传佩带香』，末语所咏即此物。香佩也可用作扇坠。詹玉《庆清朝慢》『红雨争妍，芳尘生润，将春都揉成泥』，『梅不似，兰不似，风流处，那更著意闻时，蓦地生绡扇底』，所咏便是软香扇坠。出自常州武进村前乡南宋五号墓的一枚香佩两厘米厚，直径六厘米，外缘包镶錾花银边，银边一侧结一个小环，小环内贯一个大环以为佩系〔图一〕。蔡絛《铁围山丛谈》卷五所云『金玉穴，而以青丝贯之，佩於颈』，『坐此遂作佩香焉』，即此类。

图一

软香

常州武进村前乡南宋墓五号墓出土

内家新制

（龙涎香品，龙涎花子）

捣麝成尘，薰薇注露，风酣百和花气。品重云头，叶翻蕉样，共说内家新制。波浮海沫，谁唤觉、鲛人春睡。清润俱饶片脑，芬馡半是沉水。

◎宋·李彭老《天香·宛委山房拟赋龙涎香》

词中的『内家新制』，即南宋初期宫廷制作的香饼，配方为沉水，龙脑，麝香，蔷薇水或蔷薇水的代用品（『薰薇注露』可泛指蒸花），名作龙涎香品或龙涎花子。『云头』，则即香品之一的东阁云头。南宋顾文荐《负暄杂录》『龙涎香品』：『绍兴光尧万机之暇，留意香品，合和奇香，号东阁云头。其次则中兴复古，以古腊沉香为本，杂以脑麝、栀花之类，香味氤氲，极有清韵。』《百宝总珍集》卷八『龙涎香』条所冠口诀云『龙涎花子有多般』，口诀之下曰：『复古、云头、清燕，此三等系高庙、孝宗、光宗在朝合之者。』香饼冠以『龙涎』，意在说明它的制作原料中有龙涎一味，或者只是添得依仿龙涎风味的『龙涎香品』，实际多数情况是取后者，因为真品龙涎不惟价格极昂，且非轻易可得，即便在宫禁它也不是寻常之物。出自常州武进村前乡南宋五号墓的一枚香饼，四点五厘米见方，正面模印『中兴复古』四个字，『中』字的空处一个规整的小圆孔，当是用作穿线佩系，背面一左一右微微隆起蟠屈向上、身姿相对的两条龙〔图一〕。此即『内家新制』之一的『中兴复古』。推测村前乡南宋墓群的主人是官至副相的毗陵公薛极及其亲属。

图一
内家香
常州武进村前乡南宋墓五号墓出土

〇五五

笔格（笔架，石架阁）

英华表玉笈，佳丽称蛛网。
无如兹制奇，雕饰杂众象。
仰出写含花，横抽学仙掌。
幸因提拾用，遂厕璇台赏。

◎梁简文帝《咏笔格诗》

独怜中书君，飘泊无定止。
谁将素琅玕，实此锦绣篚。
瑶山列群峰，玉笋连厥趾。
置君丘壑间，未觉形神滓。
光联玉蟾蜍，含冻共棐几。
玲珑小九华，一一名可指。

◎宋·李纲《叔易得水晶笔格赋诗见寄，因次其韵。顷与叔易弈而胜，得其铜兽炉，制度甚古，携行常置几案间，今此格宜以赠远，与炉为伴，故卒章及之》

峰连笔格安空翠，泉入茶垆斗谷帘。

◎元·张雨《快雨喜晴而开阳室适成赋诗自慰》

笔格，置笔的座子，唐以后多称笔架，如杜甫『笔架沾窗雨，书签映隙曛』（《题柏大兄弟山居屋壁二首》其二），宋人作《文房图赞》又戏称为石架阁。笔格式样之一，为长方形支座，两端各一外撇的支柱，支柱间横一道平梁，平梁上面做出两或三个圆孔，笔即插入圆孔内。此式南北朝时出现，流行直到宋元〔图一～三〕。南宋赵希鹄《洞天清禄·笔格辨》：『象牙、乌木作小桉，面上穴四窍，下如座子，洗笔讫，倒插桉上，水流向下，不损烂笔心。』这是南北朝以来传统笔格的基本样式。式样之二，为群峰耸峙式。《洞天清禄·笔格辨》：『灵璧、英石自然成山形者可用，于石下作小漆木座，高寸半许，奇雅可爱。』诗人所咏多为此类。天然巧石不易得，则以其他材料仿制〔图四〕，诗例之水晶笔格即其一。两宋大为风行，元代继之〔图五、六〕，遂成此后笔格的主要样式。

图一
青釉笔格（北朝）
河北赞皇西高村赵郡李氏家族墓出土

图二
木笔格
新疆阿斯塔那二〇六号唐墓出土

图三
传李公麟《龙眠山庄图》局部
故宫博物院藏

图四
石雕笔格
浙江诸暨南宋董康嗣墓出土

图五
水晶笔格（元）
浙江海宁智标塔出土

图六
墨石山水人物笔格（元）
无锡博物院藏

○五六

笔筒（裘鐘）

毛颖归休日，裘钟爱客时。亳州贤刺史，聚族好相依。

◎清·蒋琦龄《戏咏笔筒》

此为可以集束置放毛笔的笔筒〔图一〕。这一类笔筒出现的时代很晚，宋人说文房诸器，不及笔筒。宋以及宋代以前说到『笔筒』，均指收笔所用的笔套。三国吴陆玑《毛诗草木鸟兽虫鱼疏》『螟蛉有子』：蜾蠃『取桑虫负之于木空中，或书简（《尔雅翼》引作卷）笔筒中，七日而化为其子』（韩偓《安贫》『案头筠管长蒲卢』，即用此典）。所谓『笔筒』，乃笔套，即秦汉时期常见的两根竹管连在一起而在其中置放一对毛笔的双筒套。晋干宝《搜神记》卷四『持一百钱、一双笔、一丸墨置石室中』，是两晋时代的笔仍多以『双』为计量。辽代尚有置放一对毛笔的双筒银套〔图二〕。宋《传信适用方》有『治喉闭如圣散』一味，末云服药『用笔筒灌在喉中』，这里的笔筒，也是笔套。宋无名氏《致虚杂俎》云『（王）献之有班竹笔筒名裘鐘（钟）』，则为笔罩。『裘』，此指毛笔，『钟』是形容笔筒上锐下阔之造型。诗例『裘钟』句即援此典，却错用于『聚族好相依』的笔筒。日本正仓院藏唐代斑竹杆毛笔和竹笔罩〔图三〕，方为雅称『裘钟』者。陈放桌案『聚族好相依』的笔筒，蔚成风气在明清，它与竹刻的发达密切相关，虽然兴盛之后便有了各种质料的作品，竹刻独领风骚之外，又有木雕、牙雕，漆器、瓷器，等等。

图一

明三松款竹刻穿针乞巧图笔筒

嘉定博物馆藏

图二
银笔筒
敖汉旗新地乡英凤沟七号墓出土

图三
斑竹笔及笔罩

〇五七

砚床（砚几）

延英引对碧衣郎，红砚宣毫各别床。天子下帘亲考试，宫人手里过茶汤。

◎唐·王建《宫词》

诗中之床，分别是承砚的砚床与置笔的笔床。《王建诗集校注》（巴蜀书社二〇〇六年）释此砚床为『放置笔砚的架子』，未确。席坐时代『床』的概念很宽泛，凡上有面板、下有足撑者，不论置物、坐人，或用来睡卧，它都可以名之曰床〔图一〕，乃至水井周边用栏杆围起一方下有台基的空间亦名井床〔图二〕。砚床也名砚几，渡海入唐的新罗崔致远为高骈代笔致幽州李可举的礼单中，即有『金花平脱银装砚匣并砚几一具』（《桂苑笔耕集》卷十）。陕西历史博物馆藏唐墓出土陶砚，系砚与砚床连做〔图三〕。辽代犹存唐风。河北宣化辽墓壁画里书桌上绘有风字砚，下承带束腰的须弥座式砚床〔图四〕。内蒙古阿鲁科尔沁旗辽耶律羽之墓出土风字砚，配以金花银砚盒。砚盒依石砚之势而成上宽下窄的造型，盒身下有牙床脚，是砚盒又兼砚床之用〔图五〕。高坐具走向成熟之后，唐式砚床就不多见了。

图一
鼓床
陕西彬县五代冯晖墓出土砖雕

图二
陶井床（三国魏）
辽阳市北园车骑壁画墓出土

图三
陶砚（唐）
陕西历史博物馆藏

图四
砚与砚床
河北宣化辽墓壁画

图五
金花银砚盒盒身
内蒙古阿鲁科尔沁旗辽耶律羽之墓出土

〇五八 太湖砚

谁截小秋滩，闲窥四绪宽。
绕为千嶂远，深置一潭寒。
坐久云应出，诗成墨未干。
不知新博物，何处拟重刊。

◎唐·陆龟蒙《奉和袭美赠魏处士五砚诗·太湖砚》

太湖砚，即叠山砚，是宋代砚山与笔山之先声。皮日休《五砚诗·序》：『有龟头山叠石砚一，高不二寸，其仞数百，谓之太湖砚。』其《太湖砚》一首句云『求于花石间，怪状乃天然。中莹五寸剑，外著千叠莲。月融还似洗，云湿便堪研』。则此砚几如山石盆景一般。西安西郊中堡村唐墓出土一件三彩山池，略圆而向内抱尖的一方水池，环池一屏翠峰，重叠中显出山的肌理和岁月之蚀，三五只鸟儿悠游于山间池畔〔图一〕。与它同出的尚有一所三彩陶宅院，此原是后院中的一座假山石。它是缩微的明器，叠石砚的样式与之近同。故宫博物院藏唐十二峰陶砚便是依仿叠山砚的制作〔图二〕，可为太湖砚的切近之参照。

图一
三彩山池
西安西郊中堡村唐墓出土

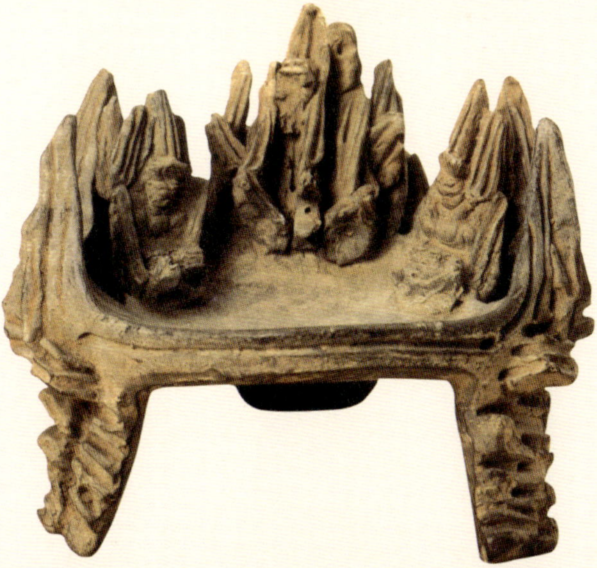

图二
唐十二峰陶砚
故宫博物院藏

○五九

风字砚

剪裁岩屏作风字，琢磨水镜成月魄。

◎宋·范祖禹《谢子瞻尚书惠墨端溪砚二首·端溪砚》

新安山水窟，泽大生龙蛇。举世被其利，何有蛭与蛙。山高溪水清，其芒利如暇。尝闻右军砚，风字琢丰奢。是名为水箕，朵颐骇呛呀。

◎元·王恽《觅风字歙砚诗赠侍其府尹》

辛苦羚羊峡，东西割紫云。青花因水见，白叶与天分。沐浴乘佳日，精华得大文。裁成风字好，珍重一贻君。

◎清·屈大均《赠祁七奕仪水岩砚》

风字砚，琢为风字样的石砚，此式亦似箕，故又名箕砚，诗所以曰『是名为水箕』。唐代已出现〔图一、二〕，两宋更为流行，此后仍有制作。宋以前，砚材的选择并不十分严格，普通是陶砚，唐代端、歙虽已开采作砚材，但很是稀罕。石砚和砚石的讲究自宋始，赏鉴一着眼于它的发墨，一在于肌理形状的天然之巧，如端砚的鸲鹆眼，如龙尾砚的金星与蛾眉。砚的造型依然是很少雕琢的古朴，而特别有着线条的简练与流畅，风字砚即其一〔图二〕。

图一 虢州紫石砚（唐）
三门峡市区出土

图二
唐『闻人』铭箕形紫石砚砚背
长沙赤岗冲出土

图三
端石风字砚
南京南宋张同之夫妇墓出土

〇六〇 经架（卧读书架）

坐夏日偏长，知师在律堂。多因束带热，更忆剃头凉。苔色侵经架，松阴到簟床。还应炼诗句，借卧石池傍。

◎唐·项斯《寄坐夏僧》

经架侵窗雨，茶烟衬竹风。

◎明·释宗泐《一室》

经架是用来展卷读经的器具。山西晋城青莲寺出土北齐乾明元年昙始造像碑座，其中一侧榜题『波林罗』之下方是坐在方榻上的僧人，右侧一个卷持佛经、下有独立式足的器具，便是经架〔图一〕。经架也可用于读书。杨炯《卧读书架赋》：『伊国工而尝巧，度山林以为格。既有奉于诗书，固无违于枕席。朴斫初成，因夫美名。两足山立，双钩月生。从绳运斤，义且得于方正；量枘制凿，术仍取于纵横。功因期于学殖，业可究于经明。不劳于手，无费于目，开卷则气杂香芸，挂编则色连翠竹。风清夜浅，每待蘧蘧之觉；日永春深，常偶便便之腹。』『其始也一木所为，其用也万卷可披。』初唐时候，印刷术尚未发明，书皆卷轴式，阅读则须双手卷持，自

图一 北齐乾明元年昙始造像碑座局部 晋城博物馆藏

图二
紫檀金银绘书几

然不很方便。卧读书架的设计构思，与经架相同。日本正仓院藏一件『紫檀金银绘书几』，书几通体以金银丝嵌饰花草，小小的方座上一根立柱，柱上一根横木，横木两端各有一个圆托，圆托里侧则为短柱，柱上两个可以启闭的小铜环。若展卷读书，便可启开铜环，放入卷轴〔图二〕。此所谓『书几』，读经，读书，都很合用。如用于前者，即可称经架；用于后者，则可称书架。更早提到此类用具的是敦煌文书中的道教文献，即约当南北朝中期的《长乐经》（S.4610）。『金银作步郭，读经先安钳。琉璃作南雅，紫金团銮验。』此所谓『金银作步郭』，当指嵌饰金银的架、座构件，『钳』与『紫金团銮』，均指柱上可以启闭的铜环。

〇六一

方水滴子

质由良冶就，心向主人倾。
外做片金制，中藏勺水清。
兔毫芳露染，龙尾湿云生。
终令双眸炯，曾窥妙女成。

◎宋·万俟绍之《方水滴子》

水滴子，宋人也称水滴，即文房用器之一的水盂。磨墨时，注水入砚，作书作画之际，斟酌浓淡，随时调节。就实用而言，水滴的要求是保持『水清』，当然尚须注水如涓滴，因配置一柄小勺。南宋赵希鹄《洞天清禄》：『白玉或瓘子玉，其色既白，若水稍有泥淀及尘污，立见而换之，此物正堪作水滴，上加绿漆荷叶盖盖之，盖侧作小穴，以小杓柄嵌穴中，永无尘入。』这里说的是玉，方水滴子乃金属制品，其质自然远逊，不过防尘作用却无不同。出自南京江浦黄悦岭南宋张同之夫妇墓的铜方水滴子，四方形，口圆有盖，其上一个莲苞钮，盖侧开出一个小缺口，缺口里插一柄银水匙〔图一〕。浙江诸暨南宋董康嗣夫妇墓出土石雕水滴通高四点五厘米，长十厘米。高低前后，峰峦十数，环抱一湖，而成容水之盂，盂有盖，盖以龟为钮，足成水意。盖缘之端做出一个小窍，当是为了插一柄取水的小勺而又不入灰尘〔图二〕，与张同之墓出土铜方水滴子的设计构思一致。

图一
方水滴子
南京张同之夫妇墓出土

图二
石雕水滴
浙江诸暨南宋董康嗣夫妇墓出土

〇六二

水壶子

良匠曾陶莹，多居笔砚中。
一从亲几案，常恐近儿童。
卓立澄心久，提携注意通。
不应嫌器小，还有济人功。

◎唐·贯休《水壶子》

《贯休歌诗系年笺注》（中华书局二〇一一年）注『水壶子』曰：『此指书写磨墨用的盛水器。』又『卓立』句，注云：『卓立，超群独立。杜甫《天育骠图歌》：「矫矫龙性含变化，卓立天骨森开张。」澄心，中心清澈。陆龟蒙《移石盆绝句》：「移得龙泓潋滟寒，月轮初下白云端。无人尽日澄心坐，倒影新篁一两竿。」提携：张九龄《白羽扇赋》「提携密迩，摇动馨香」。注：水壶出水口。』——无论于水壶子之物，抑或水壶子构造之种种，《笺注》似乎均未得要领。

诗例所咏水壶子，为砚滴。出自温州市郊锦山的瓯窑曲流砚滴，造型为瓜棱小壶，瓜棱下边探出卷曲的长流，中腰被瓜腹伸出一个合掌的圆环抱住，扁宽的半环式壶柄上贴饰一只蝉〔图一〕。小壶口流多曲，便于控制水流，口流根部做出两手捧持的样子也有小心慢倾之意。弯柄表面贴饰一只蝉则暗寓水清，与诗所谓『澄心』是一样的。此器即水壶子，为五代物。

图一
瓯窑曲流砚滴（水壶子）
温州市郊锦山出土

〇六三

蟾蜍砚滴

铸出爬沙状，儿童竞抚摩。背如千岁者，腹奈一轮何。器较瓶罂小，功于几砚多。所盛涓滴水，后世赖余波。

◎宋·刘克庄《蟾蜍砚滴》

叶叶寒清粟粟黄，何年月斧落吴刚。秋风误到人间世，幽蟼难藏天上香。渺立尘氛群玉府，独餐沆瀣碧云乡。生来不并凡红紫，合在蟾蜍砚滴旁。

◎宋·方岳《木犀》其二

贮水以供研磨的文房用器，可统称为水盂。水盂式样很多，砚滴是其一。一般是指进水口和出水口都很小、近于半封闭式的一种，造型多取式于与水有关的动物。两汉魏晋时期已经出现，但彼时尚未有『砚滴』之名。《西京杂记》卷六云晋灵公冢有玉蟾蜍一枚，『大如拳，腹空，容五合水，光润如新。王取以为书滴』（『书滴』句，《太平御览》卷六〇六引作『王取以成水滴砚』）。此所谓『王』，指汉广川王刘去。《太平御览》卷六〇六《文部》『水滴器』一项引傅玄《水龟铭》：『铸兹灵龟，体象自然，含源未出，有似清泉。润彼玄墨，染此弱翰。申情写意，经纬群言。』广西梧州出土西汉口衔杯的铜兔（图一），河南焦作嘉禾林场出土西晋口衔耳杯的铜辟邪，衔杯处一个细孔用于滴水，辟邪背上耸出短柱，顶端的覆莲中心是一个与器身相通的进水孔（图二）。玄武为北方之灵，北方在五行中属水，兔则为月的象征，『月者水也』（语见《论衡·说日篇》）。被用作『书滴』的玉蟾蜍，傅玄笔下的『水龟』以及上述铜兔、铜辟邪，又魏晋时期多为陶瓷制品的蛙水盂（图三～四），皆可视作后世蟾蜍砚滴的先声。大致可以认为蟾蜍砚滴的名称出现在晚唐，李煜有《金铜蟾蜍砚滴铭》，句云『舍月窟，伏棐几。为我用，贮清泚』，可知与取兔为式一样，也是取意于『月者水也』。至两宋蟾蜍砚滴方大为盛行，虽同为蟾蜍，但形态各异，各见制作之巧，而仍以陶

图一
铜兔砚滴（西汉）
广西梧州出土

图二
铜辟邪砚滴（西晋）
河南焦作嘉禾林场出土

瓷器为多〔图五～六〕。刘克庄笔下的金属制品，有浙江龙游寺底袁村南宋墓出土三足蟾蜍砚滴〔图七〕，依然是月宫祥瑞。『生来不并凡红紫，合在蟾蜍砚滴旁』，以至于歌咏桂花，蟾蜍砚滴却做了主人。

图三
青瓷蛙水盂（三国吴）
南京沧波园丰盛地块出土

图四
越窑蛙水盂（东晋）
杭州博物馆藏

图五
越窑蟾蜍砚滴（北宋）
浙江省慈溪市文物管理委员会藏

图六
青白瓷蟾蜍砚滴
四川遂宁金鱼村南宋窖藏

图七
三足蟾蜍铜砚滴
浙江龙游寺底袁村南宋墓出土

〇六四 牛水滴（砚滴）

铜牛肚里虽无物，中有深深似涧渊。
牧童不暇闲吹笛，苦为诗人滴砚泉。
◎宋·邵清甫《牛水滴》

水滴即砚滴。诗人所咏牛水滴造型为牧童骑牛，它的设计构思当来自此际颇多佳制的以村童牧牛为题材的绘画，而着眼于与书房主人的田园之思相合。黄庭坚《牧童》：『骑牛远远过前村，吹笛风斜隔垄闻。多少长安名利客，机关用尽不如君。』诗虽然不是咏砚滴，却很能见出牛水滴之趣。浙江泰顺元代窖藏有粉青釉牛水滴〔图一〕，韩国新安海底中国元代沉船遗物里有景德镇窑青白釉和青白釉铁斑纹牛水滴〔图二、三〕，几件造型大体相同，后者乃行销海外。

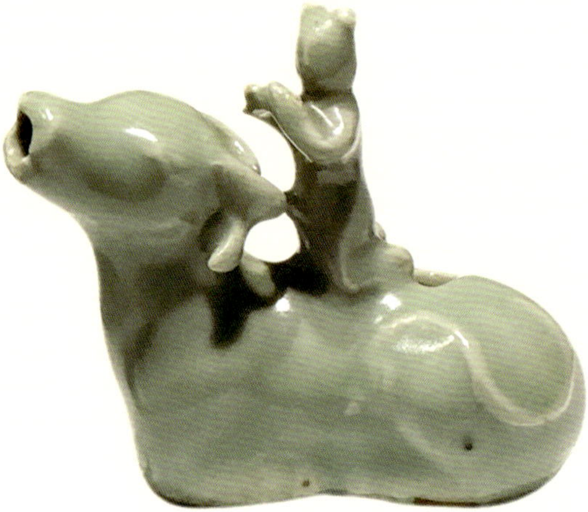

图一
粉青釉牛水滴
浙江泰顺元代窖藏

图二
青白釉牛水滴
出自新安元代沉船

图三
青白釉铁斑纹牛水滴
出自新安元代沉船

〇六五

压纸（镇纸）

镇浮须假重，刻石作狻猊。偶以形模好，儿童竞见知。

◎宋·刘子翚《书斋十咏·压纸狮子》

压纸即镇纸，宋薛绍彭《论笔砚间物》『镇纸须金虎』，亦为压纸。宋代开始流行。它是从席坐时代用作押席角的石镇、玉镇、铜镇变化而来〔图一〕，坐具改变之后，席镇也逐渐改换用途。苏轼诗『夜风摇动镇帷犀』（《四时词四首》其四），用杜牧『金盘犀镇帷』句意指押帷的犀镇。若为文房用具，便是用来镇押纸或绢帛的两个角。或旧物利用，或模仿旧式，两宋压纸多为造型浑圆的各种『象生』：犀牛、狮、虎、羊、兔，又或蟾蜍、辟邪之类。黄庭坚诗『海牛压纸写银钩』（《六舅以诗来觅铜犀，用长句持送，舅氏学古之余复味禅悦，故篇末及之》），宋任渊注：『海牛，犀也。』所咏乃犀牛镇纸。宋张镃《陆编修送月石砚屏》『镇纸恰称金犀牛』，句下自注：『新得古铜犀牛。』则此系『古为今用』。浙江诸暨南宋董康嗣墓出土石雕犀牛压纸一对〔图二〕，衢州南宋史绳祖墓出土玉兔压纸〔图三〕，海宁智标塔出土水晶狮子压纸〔图四〕。出自陕西蓝田北宋吕氏家族墓地吕义山墓的一枚白石狮子，便是诗人所咏『刻石作狻猊』的狮子压纸〔图五〕。宋人画作中也可见到压纸的陈放和使用，如南宋《女孝经图》〔图六〕。明代诗人笔下仍有此物，如曾棨《蓟门秋夜四首》其三『彩毫银管墨花香，镇纸狻猊紫石光』。

图一
错金银豹镇
河北满城汉墓出土

图二
石雕犀牛压纸
浙江诸暨南宋董康嗣墓出土

图三
玉兔压纸
浙江衢州南宋史绳祖墓出土

图四
水晶狮子压纸一对（元）
浙江海宁智标塔出土

图五
白石狮子压纸
陕西蓝田吕氏家族墓地出土

图六
《女孝经图》（南宋）
故宫博物院藏

〇六六

书镇（压尺，界尺，隔笔简，边都护）

铁尺平如砥，银花贴软枝。成由巧匠手，持以镇书为。弹压全繄尔，推迁实在台。不能柔绕指，方册最相宜。

◎宋·韦骧《花铁书镇》

书镇，也称压尺，又多称界尺，可镇书也可压纸，流行始于宋代。李昭玘《寇彦时自历下归携古铁刀白石压尺见赠因以二诗答之·白石压尺》：『素质并琳琅，磨砻若截肪。动摇风莫虑，点污墨须防。色带泉流润，声含磬韵长。愿登青玉案，时助写云章。』张方平《谢人赠玉界尺》『美玉琢温润，界尺裁方直。非惟立规矩，亦以端简册』。书镇如尺，不过中间作出捉手，捉手常取兽形，材料多为玉、石和铜，通常成对。界尺初有别号，称作『由准氏』，见《清异录》。又称作『隔笔简』，宋《国老谈苑》卷一：太宗『以柏为界尺，长数寸，谓之隔笔简，每御制或飞宸翰，则用以镇所临之纸』。南宋林洪作《文房图赞》为诸物委以官职，界尺即得名『边都护』〔图一〕，诗咏铁书镇、玉界尺，也均取此意。书镇的出现与写字作画使用纸张的大小变化相关。宋代书画用纸尺幅较前明显增大，乃至出现几丈长的匹纸，辽宁省博物馆藏宋徽宗《草书千字文》，便是写于长逾三丈的整幅描金云龙笺。梅尧臣有诗报谢欧阳修赠澄心堂纸二幅，起首言道，南唐名品澄心堂纸国破后为宋廷所得，却因『幅狭不堪作诏命』，遂『弃置大屋墙角堆』（《永叔寄澄心堂纸二幅》），可见唐宋朝廷用纸大小的不同。发生在唐宋之际的这一变化，与书案由小向大的演变正是同步。陕西蓝田北宋吕氏家族墓地吕大雅墓出土铁书镇〔图二〕，南京江浦黄悦岭南宋张同

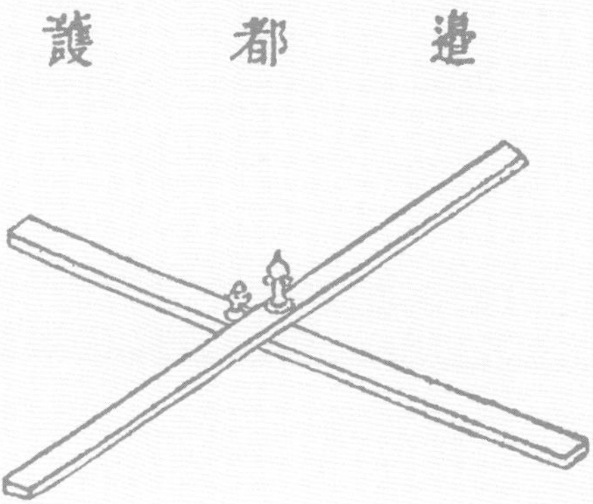

图一
《文房图赞》中的边都护

图二
铁书镇
陕西蓝田北宋吕氏家族墓地出土

图三
铜书镇
南京江浦黄悦岭南宋张同之墓出土

图四
铜书镇
福州茶园山南宋许峻墓出土

之墓〔图三〕、福州茶园山南宋许峻墓出土铜书镇〔图四〕，式样均与《文房图赞》中的『边都护』大体一致。铁书镇长三十一点二厘米，宽一点七厘米，通体光素无纹，中有一个蘑菇头的捉手，正是『铁尺平如砥』。同墓出土有陶砚。许峻墓的一对系与笔、墨、砚同出，书镇中间一个小兽为捉手，正面装饰两道精细的『香印纹』（名见《营造法式》卷三十三《彩画作制度图样》）。美国纳尔逊博物馆藏宋马远《西园雅集图》中可见压纸与压尺的同时使用〔图五〕。

宋人所谓『书镇』，明代也称镇纸。陆深《经筵词二十首》其九：『横经几子赭罗裙，小对团龙簇绣云。抬向御前安稳定，黄金镇纸两边分。』自注云『近座上有金尺二条用以镇压讲章』。明代镇纸制作转精，因使它不仅为实用物，且可成案头清玩。上海宝山区顾村朱守城墓出土玉钮黄花梨木镇纸和玉钮紫檀木镇纸各一条〔图六、七〕，贴伏在上的玉雕仿佛压纸与压尺的合一，而木的朴雅与玉的温淳，在此又正好共同完成质地与造型的完美结合。

图五
《西园雅集图》局部
纳尔逊博物馆藏

图六
玉钮紫檀木镇纸
上海宝山区明朱守城墓出土

图七
玉钮黄花梨木镇纸
上海宝山区明朱守城墓出土

〇六七

步摇／步摇花

头安金步摇，耳系明月珰。

◎晋·傅玄《艳歌行有女篇》

飞燕啼妆罢，顾插步摇花。

◎南朝·王枢《徐尚书座赋得阿怜诗》

珠华萦翡翠，宝叶间金琼。剪荷不似制，为花如自生。低枝拂绣领，微步动瑶瑛。但令云髻插，蛾眉本易成。

◎南朝·沈满愿《咏步摇花》

图一 长沙马王堆一号西汉墓出土帛画 湖南省博物馆藏

诗例中的步摇，即步摇花，系簪钗之一种，特色在于簪钗之端的饰物使插戴者行步而颤摇。汉史游《急就篇》『冠帻簪簧结发纽』，唐颜师古注：『簧，即步摇也。』步摇的名称出现在汉代，虽然《古文苑》所收宋玉《讽赋》中有『主人之女，垂珠步摇』之句，不过该书晚出，此篇系于宋玉并不可靠。东汉刘熙《释名·释首饰》『步摇，上有垂珠，步则摇动也』。长沙马王堆一号西汉墓出土帛画所绘墓主人，头上插一枝花树一般的饰物〔图一〕，当系步摇之属。金步摇或是用片材剪制而成，沈满愿所咏即是。甘肃凉州红花村出土东汉晚期的一枝金步摇，花枝披垂四片肥大的叶子，叶尖做出小圆环，环内原当缀物。八条细茎擎出花蕾三个，花朵四枚，一只口衔摇叶的小鸟停在当心一茎，尾羽之端也有用于悬挂坠饰的小环〔图二〕。出自张掖高台地埂坡魏晋四号墓的金步摇，是五枚叶片合抱的一束，五根花茎从中心宛转探出，穿起金箔制成的花朵，然后在花心里绕作环状。此环当是用于悬缀摇叶〔图三〕。两例都是剪制而成的金叶间『金琼』，均可名作『步摇花』。步摇自两汉延续至元明，就实物而言，虽然时代不同式样有所不同，但摇颤的特色始终保持〔图四～七〕。就名称而言，明清诗歌中的步摇，实多为簪钗之泛指。

图二
金步摇花（东汉）
甘肃凉州红花村出土

图三
金步摇花残件
甘肃高台地埂坡魏晋四号墓出土

图四
银镶玉花叶步摇
合肥西郊南唐墓出土

图五
金步摇局部
株洲市攸县丫江桥元代窖藏

图六
银鎏金花枝鹦鹉步摇（唐）
山西永济西厢村出土

图七
银鎏金累丝镶宝步摇（明）
山东兖州谷村镇栗园古墓出土

○六八

步摇冠

银烛附蝉映鸡羽，黄金步摇动襜褕。

◎北周·王褒《日出东南隅行》

步摇如飞燕，宝剑似舒莲。

◎陈朝·沈炯《长安少年行》

虹裳霞帔步摇冠，钿璎累累珮珊珊。

◎唐·白居易《霓裳羽衣歌》

王褒与沈炯诗中的步摇，指流行于两晋南北朝时期的步摇冠，即一类以摇叶为饰的金冠。《晋书》卷一〇八《慕容廆载记》曰慕容跋魏初率其部入居辽西，『时燕代多冠步摇冠』。步摇冠颇有来自域外的元素。顿河下游新切尔卡斯克的萨马尔泰女王墓中出土一件金步摇冠，年代为前二世纪。出自阿富汗北部席巴尔甘大月氏贵族墓地六号墓的步摇冠，时代为一世纪。出自内蒙古通辽市科尔沁左翼后旗毛力吐嘎查的东汉金凤鸟步摇，从形制看，它应是冠顶之饰〔图一〕。包头市达茂旗西河子窖藏有马头为山题和牛头为山题的金步摇各一对，时代为西晋〔图二〕。又有发现于辽西地区三燕墓地形制相类而风格不同的十余枝金步摇〔图三〕，多为前燕立国之前的墓葬。此外有辽宁北票西官营子北燕文成帝冯跋长弟冯素弗墓出土金步摇冠饰〔图四〕，同出尚有一枚金蝉珰。萨马尔泰即史书所称奄蔡。《史记·大宛列传》曰『奄蔡在康居西北可二千里，行国，与康居大同俗』，又曰康居『与月氏大同俗』。步摇冠和摇叶即由此一路东传，而依不同的水土蕃衍出不同的花木。相对而言，流行于三燕时期慕容鲜卑的步摇冠面貌比较清晰。它有来自异域的影响〔图五〕，但与原型却是相差很远。原有的生命树的色彩在传播途中已经褪色，造型至此也完全改变。诗歌中留下的一二影像昭示它为男子所服，这一风习又或延续到北朝。王褒原出于世家

图一
凤鸟形金步摇冠饰
通辽科左后旗毛力吐嘎查出土

图二
金步摇一对之一
包头市达茂旗西河子窖藏

图三
金步摇
辽宁北票房身村二号墓出土

图四
金步摇冠架
北燕冯素弗墓出土

大族琅琊王氏，自南梁入西魏，再入北周，现存作品大部分写于北朝时期。这一首未知写作时间，不过『银烛附蝉映鸡羽，黄金步摇动襜褕』当非南朝服饰，因为黄金步摇在南朝是女性插戴。沈炯也曾一度入西魏。虽然诗作与冯素弗的时代相去百余年，但即便不是眼前实景，却也是并不失真的历史记忆。入唐，此类步摇冠已迹近消泯。白居易所咏『虹裳霞帔步摇冠』乃女乐妆束，与此类步摇冠不是一物。不过契丹仍有用摇叶妆点金冠的做法〔图六〕。宋绶等使辽还朝，言契丹风俗，述及衣服之制，其中说道『汉魏时辽人步摇冠之遗象』，当即指此。

图五
步摇冠
阿富汗席巴尔甘六号大月氏墓出土

图六
银鎏金冠
辽宁凌源小喇嘛沟辽墓出土

○六九 春胜

请爷书春胜，春胜宜春日。

◎唐·李商隐《娇儿诗》

螺髻凝香晓黛浓，水精鸂鶒贴轻风。
金钗斜戴宜春胜，万岁千秋绕鬓红。

◎唐·和凝《宫词》

春牛春杖。无限春风来海上。
便丐春工。染得桃红似肉红。
春幡春胜。一阵春风吹酒醒。
不似天涯。卷起杨花似雪花。

◎宋·苏轼《减字木兰花·己卯儋耳春词》

春不尽。处处与情相趁。
谁道刘郎家恁近。一年花不问。
双剪画罗春胜。今夜月圆如镜。
怎得酒阑心易定。试将金液镇。

◎宋·赵彦端《谒金门》

春胜，也称人胜，立春时节的应令节物，材质不一，如丝罗，如金银，如玉，或书『宜春』等吉语贴于门户，或制为金玉饰件悬缀钗头。自隋唐流行至明代。丝罗者，称綵胜；金银者，称金胜、银胜或概称金胜。它是由之前人日的华胜演变而来。南朝梁宗懔《荆楚岁时记》：人日，『剪綵为人，或镂金簿为人以贴屏风，亦戴之头鬓。又造华胜以相遗』，隋杜公瞻注：『人入新年，形容改从新也。华胜起于晋代，见贾充《李夫人典戒》，云像瑞图金胜之形，又取像西王母戴胜也。』西王母胜的造型源自织机，其繁体为勝，乃縢之假，又名摘，原是织机上面的一个构件，即缠卷经丝的一根木轴，安置在机架的顶端或后部，木轴两端有钮〔图一〕。所谓『瑞图金胜』，《太平御览》卷七一九《服用部二一》『花胜』条引《晋中兴书》：花胜，『一名金称，《援神契》曰：神灵滋液，百珍宝用，有金胜。晋孝武时，阳谷氏得金胜一枚，长五寸，形如织胜』。北燕冯素弗墓出土造型如胜杖的金饰片，长六点四厘米〔图二〕，是作为瑞应的织胜。『瑞图金胜』尚见于初唐铜镜〔图三〕。唐代春胜式样或方，或斜方，又或两个斜方相叠，式同斗四莲花藻井〔图四〕。河北定州静志寺塔基地宫出土一枚悬坠于银钩的金花银春胜，边长九厘米，两个斜方交错相叠处的四个角，对称安排『春鸡』和『春燕』各一对。春胜中心一只牛〔图五〕。

图一
织机上的胜
江苏泗洪出土东汉画像石

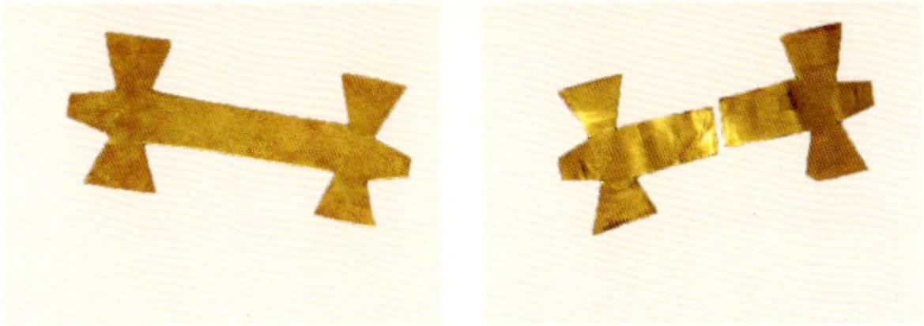

图二
金胜
辽宁北票北燕冯素弗墓出土

图三
唐祥瑞生肖镜局部
许昌博物馆藏

图四
人胜残件局部
正仓院藏

图五
金花银春胜（唐）
河北定州静志寺塔基地宫出土

图六
玉春胜
浙江临安吴越国康陵出土

图七
双鸾衔胜花枝镜
京都泉屋博古馆藏

唐诗所云『金胜』〔戴叔伦《和汴州李相公勉人日喜春》『年来日日春光好，今日春光好更新。独献菜羹怜应节，遍传金胜喜逢人』〕，此即式样之一。杭州临安吴越国二世王钱元瓘元妃墓亦即康陵出土一枚玉春胜，长约两厘米，周环花枝，两面中间的方框内分别阴刻吉语『千秋万岁』『富贵团圆』〔图六〕。『万岁千秋绕鬓红』者，乃此类。此外，春胜也是唐代装饰领域里的流行纹样，如铜镜〔图七〕，如衣饰〔图八〕。王建《长安早春》所以曰『暖催衣上缝罗胜』。与唐代两个斜方上下交错相叠不同，辽宋的典型式样，是一对斜方在同一平面或纵或横交相错叠，此或名作叠胜〔图九〕。出自江苏宜兴北宋

图八
唐贞顺皇后陵石椁线刻画

图九
琥珀叠胜盒
阜新红帽子辽塔地宫出土

图一〇
银春胜
江苏宜兴北宋法藏寺地宫出土

图一一
凤衔方胜玉簪（明）
出自兰州白衣寺塔天宫

法藏寺塔基的镂花银春胜一枚，叠胜中间做成一个上方莲叶下方莲座的吉语牌，其上打制『宜春耐夏』四个字〔图一〇〕。发现于兰州白衣寺塔天宫的明代玉簪，簪脚是一竿竹，其端一只口衔珠方胜的小鸟，方胜下方系着珠子坠脚〔图一一〕，是明代春胜的式样之一。

○七○

春幡／珠幡

闲庭见早梅，花影为谁裁。碧烟随刃落，蝉鬓觉春来。代郡嘶金勒，梵声悲镜台。玉钗风不定，香步独徘徊。

◎唐·温庭筠《咏春幡》

宫里玉钗长一尺，人人头上戴春幡。

◎唐·敦煌曲子词

晓策羸骖趁谢恩，君王昨夜赐春幡。涂金剪綵虽云异，竞戴还同拜禁门。

◎宋·强至《谢春幡》

中使传宣下紫宸，镞头浓染御香云。綵幡耐夏宜春字，宝胜连环曲水纹。痴似土牛鞭不动，老登金马愧无闻。强簪华发知难称，只有新诗颂万分。

自注：幡胜用镞头纸贴。

◎宋·杨万里《秀州嘉兴馆拜赐春幡胜》

诗例中的春幡和珠幡，都是立春时节的应令插戴。风习形成于晚唐，两宋为盛，且纳入礼制，朝廷颁赐贵胄百官的春幡通常出自文思院制作，而以质地不同区别尊卑，见《宋会要辑稿·礼六二》『节赐』一节。北宋高承《事物纪原》卷八《岁时风俗部》『春幡』条：立春之日，『今世或剪綵错缉为幡胜，虽朝廷之制，亦缕金银或缯绢为之，戴于首，亦因此相承设之。或于岁旦刻青缯为小幡样，重累凡十余，相连缀以簪之』。孟元老《东京梦华录》：『春日，宰执、亲王、百官，皆赐金银幡胜。』诗之涂金剪綵，即高承所云『缕金银或缯绢为之』。宋以后，风习在民间依然延续，但已是余响。唐代春幡实例，有出自河北定州静志寺塔基地宫者，长约二十厘米，顶端以镂空花结为云题，其上一枚水晶花片为提系，银幡底端镂作流苏，正中连珠框里錾『宜春大吉』〔图一〕。江苏宜兴北宋法藏寺塔基出土镂花银春幡一枚，春幡中间一方用于装饰吉语的牌记，上覆倒垂的莲叶，下承仰莲座，吉语牌上打制『宜春耐夏』四个字。银幡背面墨书『符向二娘捨银番聖一首，乞保扶家眷平善』〔图二〕。『番聖』，即幡胜。四川宋墓石刻有簪首缀幡的盛妆妇人〔图三〕。珠幡也见于宋人吟咏，宋陈元靓《岁时广记》卷八《立春》引无名氏《春》词『乍破腊、风传春信。綵鸡缕燕，珠幡玉胜，并归钗鬟』。兰州市白衣寺塔天宫出土一对明代银簪，乃小缀珠幡，玉搔首、触帘散点晴雪。几箭红兰，恰共水仙俱发。为约檀心磬口，和瘦影、伴成三绝，湘屏掩、整整斜斜，一般冷淡香骨。

◎清·顾贞观《万年欢·人日用史梅溪韵》

图一
金花银春幡（唐）
河北定州静志寺塔基地宫出土

图二
银春幡
江苏宜兴北宋法藏寺地宫出土

图三
宋墓石刻局部
合江博物馆藏

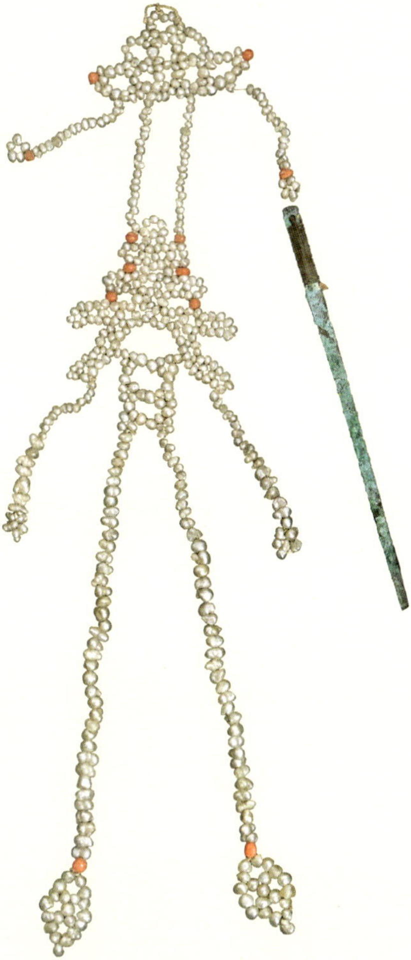

图四
珠幡胜一对之一（明）
出自兰州白衣寺塔天宫

珠幡胜。银簪簪首悬缀珠挑牌，其一上端以一枚下覆的荷叶为花题，下方系一个点题的『春』字（图四）；其一花题下缀一对带叶的石榴，石榴下连珠花，两件珠挑牌都垂系坠脚如幡脚。

○七一 灯毬

新年佳节喜相重，屈指元宵五日中。
雪柳巧装金胜绿，灯毬斜映玉钗红。
◎宋·周必大《立春帖子·皇后阁》

缕金剪綵。茸绾同心带。
整整云鬟宜簇戴。雪柳闹蛾难赛。
休夸结实炎州。且看指面纤柔。
试问苦人滋味，何如插鬓风流。
◎宋·侯寘《清平乐·咏橄榄灯毬儿》

图一
《簪花仕女图》局部
辽宁省博物馆藏

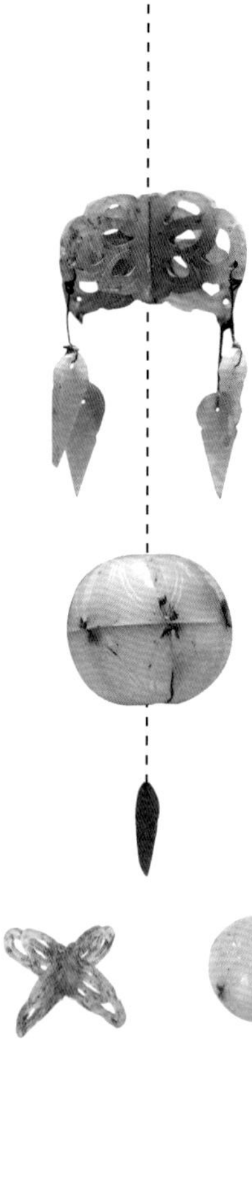

图二
玉灯毬构件与组合
五代吴越国康陵出土

诗中斜映玉钗、词里插鬓风流的灯毬，皆为正月的应令插戴，风俗盛行于两宋，而灯毬的插戴，唐五代已经出现〔图一～二〕。周密《武林旧事》卷二：『元夕节物，妇人皆戴珠翠、闹蛾、玉梅、雪柳、菩提叶、灯毬。』陆游《老学庵笔记》卷二：『靖康初，京师织帛及妇人首饰衣服，皆备四时。如节物则春幡、灯毬、竞渡、艾虎、云月之类。』宋金盈之《新编醉翁谈录》卷三《京城风俗记》曰：正月，『妇人又为灯毬、灯笼，大如枣栗，加珠翠之饰』。陈元靓《岁时广记》卷十一引词曰：『灯毬儿小，闹蛾儿颤，又何须头面。』河北定州北宋净众院塔基地宫出土大如枣栗的银灯毬一挂〔图三〕。山东济宁汶上县宝相寺塔北宋地宫善男信女施舍物中的银灯毬形若橄榄〔图四〕。四川宋墓石刻有簪戴灯毬的女子形象〔图五〕。而这一世俗插戴，也用于庄严同时代的佛像〔图六～七〕。

图四
金棺银椁系坠的银灯毬
济宁汶上县宝相寺塔地宫出土

图三
银瓶上的灯毬
定州净众院塔基地宫出土

图五
宋墓石刻局部
泸州博物馆藏

图六
铜鎏金佛像冠饰残件
奈良国立博物馆藏

图七
木造观音坐像（南宋）
日本京都涌泉寺藏

钗符（珠囊，钗头艾虎儿）

丹篆钗符小，朱丝臂缕鲜。都无邪可辟，祇有寿方延。
◎宋·周必大《端午帖子》其三《太上皇后阁》（淳熙六年）

瑞麦登时物，香蒲荐寿祺。珠囊新样小，蹙就葛覃诗。
◎宋·崔敦诗《淳熙六年端午帖子词》其二《皇后阁》

年年重午泛菖蒲，儿女搔头亦篆符。忍复研朱如羽客，懒能切玉醉狂夫。长歌楚些冤何有，却忆山人讽已无。田里萧萧方渴雨，小轩清望老怀孤。
◎宋·韩淲《重午》

灵篆贮纱囊，薰风绿鬓旁。
◎明·高启《端午席上咏美人钗符》

钗符是端午用来辟邪镇恶的插戴，自家簪戴之外，且相互赠遗。南宋吴自牧《梦粱录》述重午宫中故事：是日『内更以百索綵线，细巧镂金花朵，及银样鼓儿、糖蜜韵果、巧粽、五色珠儿结成经筒符袋，御书葵榴画扇，艾虎纱匹段，分赐诸阁分、宰执、亲王』；『所谓「经筒符袋」者，盖因《抱朴子》问辟五兵之道，以五月午日佩赤灵符挂心前，今以钗符佩带，即此意也』。民间也不例外，即如韩淲《重午》所咏。江西德安南宋周氏墓发现一枝金钗，出土时插在墓主人发髻一侧，钗梁缀一个三厘米见方的罗制小袋，小袋外面是小珍珠做的网罩〔图一〕。墓主人右手持桃枝，桃枝上边系两个粽子。帖子词『珠囊新样小，蹙就葛覃诗』，钗梁所缀之物即此类。词所谓『新样』，乃指珠囊系以米珠缉为《诗》句。钗与珠囊合作一副，便是『钗符』之俦，亦即端午佩带之节物。重五钗符又有艾虎。宋王珪《端午内中帖子词》其九《太上皇后阁》『钗头艾虎辟群邪』，史浩《卜算子·端午》『符箓玉搔头，艾虎青丝鬓』，刘克庄《贺新郎》『儿女纷纷夸束结，新样钗符艾虎』，所咏皆是。江苏宜兴北宋法藏寺塔基出土一枚银鎏金佩饰，系用扣合在一起的两枚银片制成，一面镂作密叶环抱的一弯折枝牡丹，一面打作伏在山坡草丛间的一只虎，顶端穿一个小环用于系缀，底部可以开合。高四点五厘米〔图二〕。此即端午时节的『钗头艾虎儿』

图一
钗符
江西德安南宋咸淳十年周氏墓出土

图二
艾虎
江苏宜兴北宋法藏寺地宫出土

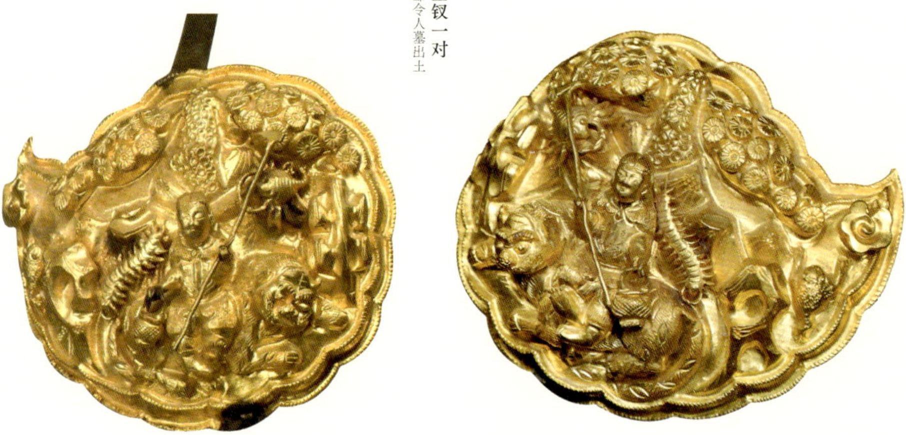

图四
仙人降五毒金钗一对
江苏江阴青阳明邹令人墓出土

（赵长卿《减字木兰花》『欲问归期，来戴钗头艾虎儿』）。既可开合，自亦不妨纳入『篆符』。此风延续至明清，如明叶宪祖《碧莲绣符》杂剧第六折『这绣符呵，先年重午钗畔萦』。清陈维崧《虞美人·端午闺词》『灵符贴上香云腻，绣虎钗头睡』。明刘若愚《酌中志》：五月初一起至十三日止，宫眷内臣穿五毒艾虎补子蟒衣，『门上悬挂吊屏，上画天师或仙子、仙女执剑降五毒故事』。台北故宫博物院藏一幅传元人《天中佳景图》（实当为明清），榴花枝梢挂一个艾叶幡胜，一对角黍，又是艾虎、艾人和一对香袋〔图三〕。江苏江阴青阳邹令人墓出土仙人降五毒金钗一对，钗首的云朵上，仙人云肩、草叶裙，一手持长柄斧，一手提篮，侧身翘脚骑在艾虎背，虎额上錾出一个『王』字。肩膀处一只蜈蚣，斧头下边一只蝎子〔图四〕。是直接做成钗首纹样的『钗头艾虎儿』。

图三
《天中佳景图》局部
台北故宫博物院藏

〇七三

闹蛾

一箭和风，秾熏许多春意。
闹蛾儿、满城都是。
向深闺，争剪碎、吴绫蜀绮。
点妆成，分明是、粉须香翅。
玉容似花，全胜故园桃李。
最相宜、鬓云秋水。
怎教他，却去与、庄周同睡。
愿年年，伴星毬、烂游灯市。

◎宋·史浩《粉蝶儿·元宵》

雾翅烟须，向云窗斗巧。
宫罗轻剪，翩翩鬓影，侧映宝钗双燕。
银丝蜡蒂，弄春色、一枝娇颤。
谁网得、金玉飞钱，结成翠羞红怨。
灯街上元又见。
闹春风簇定，冠儿争转。
偷香傅粉，尚忆去年人面。
妆楼误约，定何处，为花留恋。
应化作，晓梦寻郎，采芳径远。

◎元·张翥《一枝春·闹蛾》

闹蛾是正月里的应令插戴，从元夕到上元，而以上元为盛。如此习俗兴盛于宋元且延续至明清，不过用作饰品的闹蛾唐代已经出现（图一、二）。闹蛾以『蛾』名，但式样与名称皆与蝶混用。范成大《上元纪吴中节物俳谐体三十二韵》『花蝶夜蛾迎』，句下自注：『大白蛾花，无贵贱悉戴之，亦以迎春物也。』史浩词咏闹蛾所以用庄周梦蝶之典。蛾与蝉亦界限不清（见『金蝉』条与『孟家蝉』条）。宋金盈之《新编醉翁谈录》卷三记京城风俗，曰上元时节妇人『又插雪梅，凡雪梅皆缯楮为之，又有宜男蝉，状如纸蛾而稍加文饰』。金（图三）、玉、银、罗、鹅毛、纸，都是制作闹蛾的材料，或戴在当心，或簪在鬓旁，或缀于头巾（图四），不限男女。

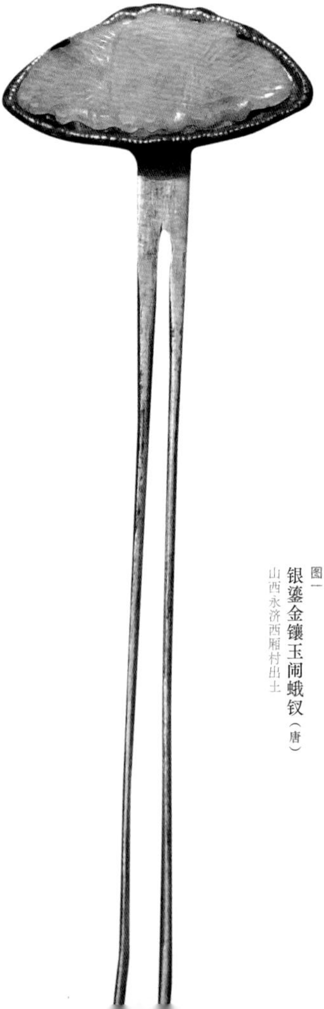

图一
银鎏金镶玉闹蛾钗（唐）
山西永济西厢村出土

玉云侧掠轻移袖，怕着新蛾闹扫垂。

自注：宫蛾春日咸头戴闹蛾，掠风撩草，须翅生动。

◎明·蒋之翘《天启宫词》

图二

银鎏金闹蛾（唐）

陕西历史博物馆藏

图三

金闹蛾

湖北麻城北宋阎良佐夫妇墓出土

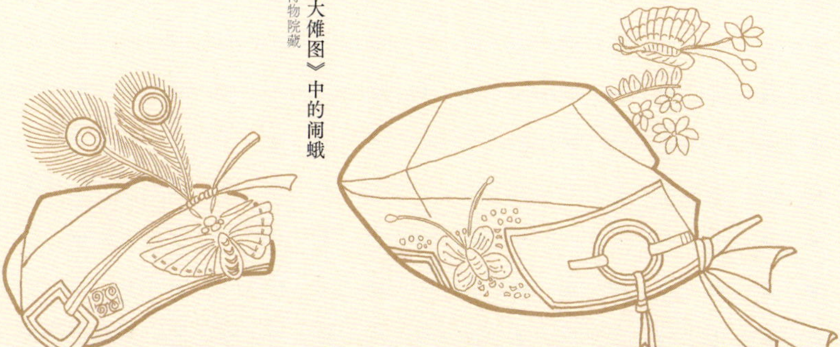

图四

宋《大傩图》中的闹蛾

故宫博物院藏

瑱

鬒发如云，不屑髢也。玉之瑱也，象之揥也。

◎《诗·鄘风·君子偕老》

诗例之瑱，为耳饰，又称作珥。《说文·玉部》：『珥，瑱也。』《诗》中屡有提及的『充耳』，亦此物。旧说瑱或充耳为冕冠两侧当耳处以为『塞听』之象征的悬饰亦即黈纩，却于《诗》《礼》无徵。所谓『以黄绵大如丸，悬冠两边，当耳』（《文选》卷三《东都赋》薛综注），其制起于后汉，很有可能是受到西域大月氏传来之步摇冠耳旁挂饰牌的影响。至于丧仪中所用的瑱，则别是一种葬玉，初与耳饰之瑱无关。先秦时代作为耳饰的瑱，佩戴方式当是贯耳，河南信阳长台关一号楚墓出土木俑，耳垂有穿，穿中间插了一支小小的竹签子。竹签即代表穿耳之瑱〔图一〕，斯德哥尔摩远东古物馆藏战国铜人耳垂各贯一支『小棒』，也是相同的表现方式〔图二〕。降至两汉，耳饰多称珥，称珰（《释名·释首饰》『穿耳施珠曰珰』；《苍颉篇》『耳珰垂珠者曰珥』），并成为女子特有的装饰〔图三、四〕，而佩戴方式依然古风〔图五、六〕。

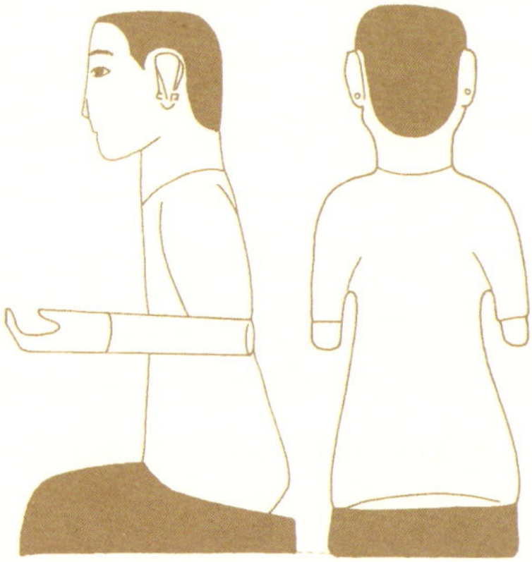

图一 河南信阳楚墓出土木俑

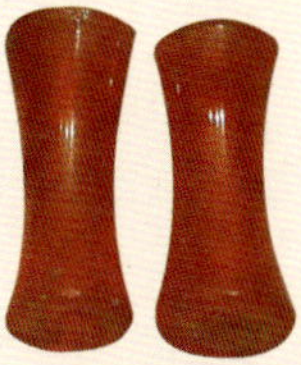

图四
玛瑙耳珰（东汉）
广州河南晓港大元岗出土

图三
琉璃耳珰
辽宁辽阳汉墓出土

图二
战国铜人
斯德哥尔摩远东古物馆藏

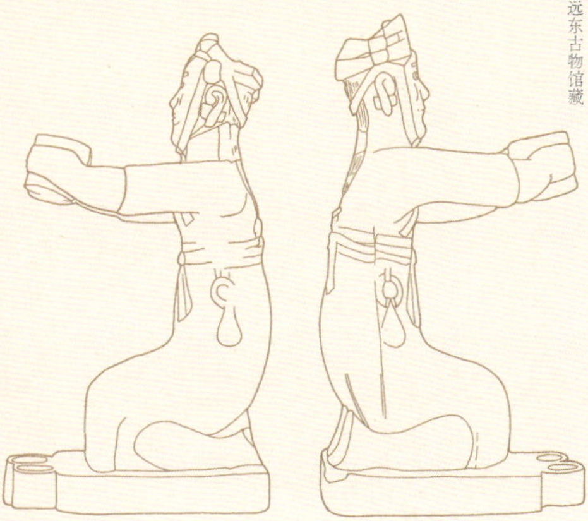

图六
东汉陶舞俑局部
成都六一一所汉墓出土

图五
洛阳西汉卜千秋墓壁画摹本

○七五

珠环（八珠环）

手形罗袖良难，腕弱不胜珠环。
◎三国魏·曹植《妾薄命》其二

珠环约素腕，翠羽垂鲜光。
◎晋·傅玄《艳歌行有女篇》

珠环垂两耳，翠凤翘钗梁。
◎宋·曹勋《美女篇》

飘摇红罗带，窈窕秦珠环。
◎明·顾璘《独不见》

宫髻发一尺，明珠环两枚。
◎明·徐渭《抱琴美人图》

佩纫秋兰，衣装石竹，双蝉鬓映珠环。
◎明·李开先《裴淑英断发记》第二出〔满庭芳〕

图二
金脚四珠环
辽宁鞍山倪家台崔源家族墓出土

珠环，早期多指腕饰，如曹植、傅玄所咏。宋以后多指耳环。清宫南薰殿旧藏《宋仁宗后坐像》中曹皇后与两位宫人所戴耳饰，正是『珠环垂两耳』〔图一〕。元明时期珠环的式样与此前相异，且常依珠的数目不同而别有名称，如四珠环、八珠环。其初始当是由元代特重大珠〔《析津志》有说〕而来。四珠是耳环一副共四珠〔图二〕。八珠，《朴通事谚解·上》『一对八珠环儿』，注云：『以珍珠大者四颗连缀为一只，一双共八珠。』珠环被纳入明代舆服制度，从考古发现来看，多出于藩王及皇亲贵戚和重臣显宦墓〔图三〕。明代容像所见也是如此〔图四〕。明成化《新刊全相说唱张文

图一
《宋仁宗后坐像》局部
清宫南薰殿旧藏

贵传》形容静山大王之女青连公主『耳带八珠环一对，珠花朵朵称时新』；崔时佩、李日华《西厢记》（南西厢）第七出《对谑琴红》『俺小姐一锭墨光摇两鬓，八珠环巧挂双钩』，都是用来见出身分。若镶宝，则名宝环。《醒世恒言》第二十三卷《金海陵纵欲亡身》：『那女待诏在身边摸出一双宝环放在卓子上，那环上是四颗祖母绿镶嵌的，果然耀日层光，世所罕见。』

图三
金镶宝八珠耳环
明益庄王夫妇墓出土

图四
明顾璘之妻沈氏容像局部
南京市博物总馆藏

〇七六

丁香环子（金丁香）

头上嵌珠子天鹅绒云髻，
要借介一个，
芙蓉锦绫子包头借介一方。
兰花头玉簪要借一只，
丁香环子借介一双。

◎明·冯梦龙编《山歌·杂咏长歌·烧香娘娘》

丁香环子，指丁香耳环，是耳环式样最简单且尺寸最小的一种，流行于明清。《冯梦龙民歌集三种注解》（中华书局二〇〇五年）：『丁香环子，叮咚响的耳环，隐实示虚趣说为「丁香」。』非。此所谓『丁香』，是指桃金娘科的丁香，作香料或入药，其近成熟的果实名为『鸡舌香』，花蕾别名丁香（图一）。北魏贾思勰《齐民要术》卷五《种红蓝花、栀子》：『俗人以其似丁子，故为丁子香也。』丁子，即后世之钉子。李渔《闲情偶寄·声容·首饰》：『饰耳之环，愈小愈佳，或珠一粒，或金银一点，此家常佩戴之物，俗名丁香，肖其形也。』湖北蕲春蕲州镇刘家咀明永新王墓、南京中华门外邓府山明王克英夫人墓出土者，均为金丁香（图二、三），亦即丁香环子。

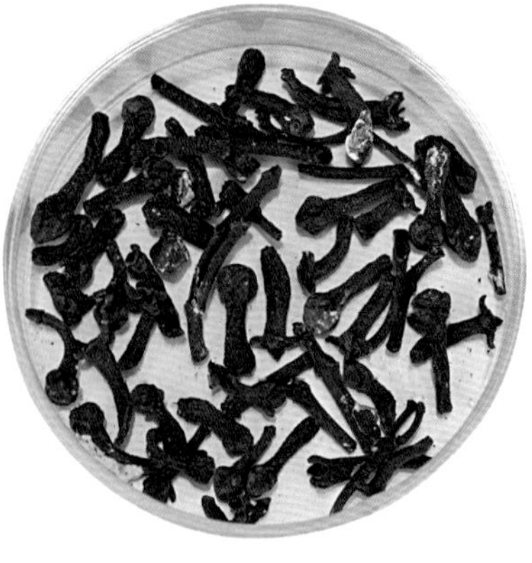

图一
丁香
南京市北宋大中祥符四年长干寺塔出土

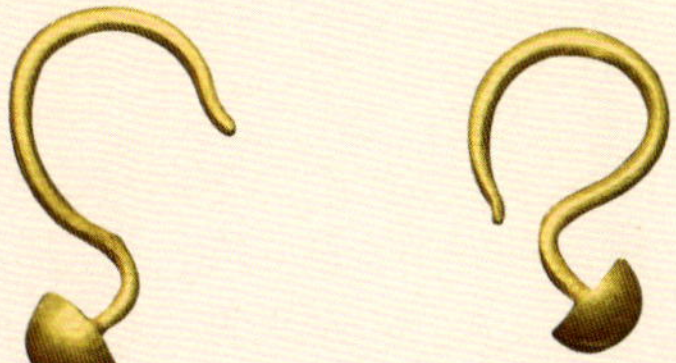

图二
金丁香耳环
蕲春蕲州镇刘家咀明永新王墓出土

图三
金丁香耳环
南京中华门外邓府山明王克英夫人墓出土

缠臂金（金缠臂，钏，缠钏）

纤手搓来玉数寻，碧油轻蘸嫩黄深。
夜来春睡浓于酒，压褊佳人缠臂金。
自注：乃捻头，出刘禹锡《嘉话》。
◎宋·苏轼《寒具》

调朱弄粉总无心，瘦觉宽馀缠臂金。
别后大拚憔悴损，思情未抵此情深。
◎宋·朱淑真《恨别》

缠臂金，也称金缠臂，金银制作的腕饰，可概称为钏。宋戴侗《六书故》：『钏，金约臂也。』隋唐之前，金钏银钏多为形制简单的环，曹植《美女篇》『攘袖见素手，皓腕约金环』，繁钦《定情诗》『何以致拳拳，绾臂双金环』，这里的金环便是金钏。约腕之钏常常不止一枚，故诗歌每言『琼闺钏响闻』（谢朓《夜听妓》二首之一），『钏响逐弦鸣』（梁简文帝《赋乐名得箜篌》），是以多钏同戴而碰触作响。魏晋南北朝时期出现多环连续的钏（图一、二），当与这种佩戴方式相关，时或名跳脱，繁钦《定情诗》『何以致契阔，绕腕双跳脱』。此为唐宋所承续。苏诗用作拟喻寒具的『缠臂金』即此物（图三），宋人又俗称缠钏，见南宋刻本《碎金》。缠钏有环少环多、缠丝或细或粗以及装饰或简或繁之别，但共同的做法是在镯头用粗丝缠作活环与下层的连环套接，因可以它的左右滑动来调节松紧。缠钏的流行一直延续到明，而多以通名『钏』为称（图四）。至于明清诗歌中的缠臂金，当可视作用典。如『娱宾只奏钧天乐，饬妓何劳缠臂金』（明区越《访友》），『背灯佯溜搔头玉，隔座亲舒缠臂金』（清孙原湘《密意》其一）。

图一
金钏（东晋）
南京雨花门大树城出土

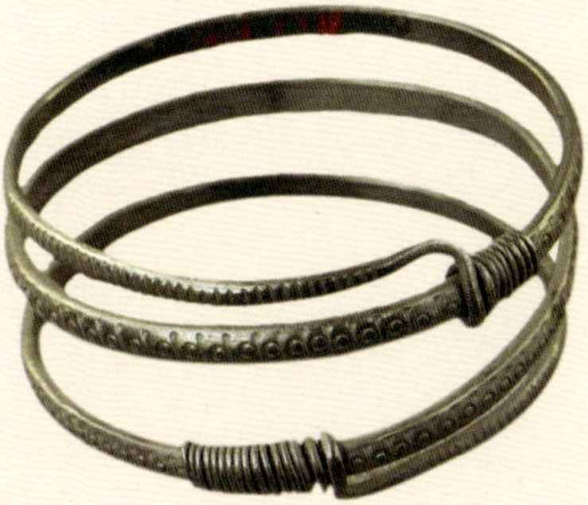

图二
银钏
贵州平坝马场南朝墓葬出土

图三
缠臂金
湖北黄石河口镇南宋吕氏墓出土

图四
鈒花金钏
北京定陵出土

碧甸指环（约指，指镯，指鋜，戒指）

一点苹星落指尖，分明界破玉纤纤。
眼看翠靥侵银甲，手弄花钿出镜奁。
怀宝自知承宠厚，赐环谁妬受恩兼。
凤仙更索柔荑染，红绿争春色倍添。

◎明·瞿佑《碧甸指环》

指环，手饰。也称约指（汉繁钦《定情诗》『约指一双银』）、指镯、指鋜，元以后又有俗称曰戒指。碧甸，此即绿松石，『红绿争春』，点明其色。洛阳曹魏大墓出土石楬记有『碧窴（钿）指环一』，但实物未见。从考古发现来看，早期中土制作的指环多为并无他饰的圆箍，或金（图一），或银，或玉。宋代，金鋜成为聘礼中的『三金』之一（此外为金钏、金帔坠），说见吴自牧《梦粱录》卷二十『嫁娶』条。环面嵌宝，宋代方稍稍流行，至元明而兴盛。南宋商贾所作《百宝总珍集》卷五『蠇子』条云，『小者多嵌指鋜间』。蠇，也作剌，红宝石之类。《朴通事谚解·上》『一对窟嵌的金戒指儿』，注云：『窟嵌者，指环之背剜空为穴，用珠填穴为饰。』出自湖州三天门宋墓的金镶绿松石戒指便是碧甸指环（图二），元代，它成为最常见的样式（图三）。明代依然流行（图四）。

图一
金指环一对之一
合肥隋开皇三年墓出土

图二
金镶绿松石戒指
浙江湖州三天门南宋墓出土

图三
金镶绿松石葫芦式戒指
石家庄元史天泽家族墓出土

图四
金镶绿松石戒指
湖北钟祥明梁庄王墓出土

○七九

战篦金凤

花花，满枝红似霞。
罗袖画帘肠断，卓香车。
回面共人闲语，战篦金凤斜。
唯有阮郎春尽，不归家。

◎唐·温庭筠《思帝乡》

《温庭筠全集校注》（中华书局二〇〇七年）：『篦，指插在女子发髻上的金背小梳。战，颤动。金凤，指金凤钗。句意谓女子回头与人闲语时，梳篦颤动，金凤钗斜。《归国遥》有「小凤战篦金飐艳」之句，可参。』此释篦与金凤，皆非。战篦金凤，乃言金凤簪。篦，也写作錍或鎞，是一种广长而薄、下端收细的簪子。唐寒山《诗三百三首》其三十五『罗袖盛梅子，金錍挑笋芽』，明董纪《效香奁体二首》其二『试将红叶题诗了，闲把金錍剔指尖』，均指此物。唐代簪钗以轻倩为特色之一，簪首之饰或镞镂，或掐丝，虽纹样繁复，而轻薄依然〔图一、二〕，故每每随步迎风微颤。『小凤战篦金飐艳』，亦同此情形。

图一
鹦鹉衔璎珞金花簪
湖北安陆唐吴王妃杨氏墓出土

图二
银鎏金鸟啄蝴蝶花叶步摇
山西永济西厢村出土

〇八〇 篦刀

碎剪香罗浥泪痕。鹧鸪声断不堪闻。马嘶人去近黄昏。整整斜斜杨柳陌，疏疏密密杏花村。一番风月更销魂。

◎宋·无名氏《浣溪沙·蔡州瓜陂铺有用篦刀刻青泥壁为词》

篦刀，辞书或释作『形如篦的刀』，非。篦刀之『篦』，通鎞，见前『战篦金凤』条。篦刀造型则即尺来长的窄刀身，刃端尖细，刀鞘有环耳以为佩带。南宋刻本《碎金·服饰篇》『男服』项下列有『篦刀，宝索』。元叶子奇《草木子》卷三下《杂制篇》云北人之王公贵族皆佩『小篦刀』。辽陈国公主墓出土玉柄银刀与琥珀柄银刀各一〔图一〕，均为篦刀。内蒙古巴林左旗白音乌拉苏木辽韩氏家族墓出土石人像、陕西蒲城洞耳村元墓壁画中人物皆腰佩篦刀〔图二、三〕。篦刀最初以河间所造为精，庄绰《鸡肋编》卷上：『河间善造篦刀子，以水精美玉为靶，鈒镂如丝发。』

图二
石人像
内蒙古巴林左旗白音乌拉苏木辽韩氏家族墓出土

图三
陕西蒲城洞耳村元墓壁画

图一
琥珀柄银刀
辽陈国公主墓出土

〇八一 鹦哥架（莺哥架）

清晨早起梳妆罢，梳上了油头，
罩上了冰纱。
又听得卖花的人儿转过了妆楼下。
他吆喝灯草花儿了，卖翠花儿了，
一分一厘不让价。
叫了声丫鬟你与我买花，
我要买栀子茉莉，
还代（带）着江西腊，
还要买翠蓝蝴蝶，
一嘟噜葡萄，
螂螂笼儿鬓边斜带（戴）的鹦哥架。

◎清·《霓裳续谱》卷四〔寄生草〕《清晨早起梳妆罢》

双把儿头红绳儿扎紧盘如意，
歪抿着偏顶络穗儿搭拉在鬓角。
耳垂儿边赤金钳子悬珠坠，
鬓角儿旁珠挂儿一枝挂莺哥。

◎清·子弟书《调春戏姨》

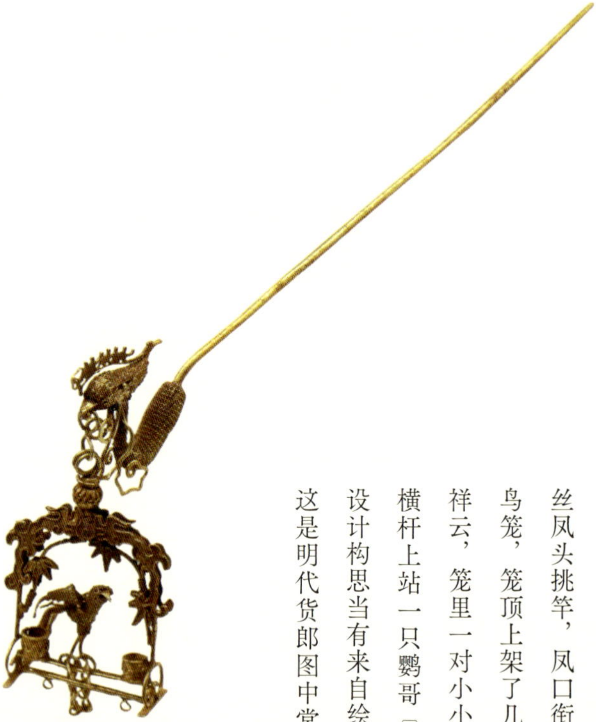

图二
金累丝鹦哥架（清）
首都博物馆藏

鹦哥架，或作莺哥架，簪钗式样之一，流行于清代〔图一〕。首都博物馆藏金累丝鹦哥架，簪首是一枝金累丝凤头挑竿，凤口衔环，环下缀一个鸟笼，笼顶上架了几竿竹，上面覆着祥云，笼里一对小小的鸟食罐，中间横杆上站一只鹦哥〔图二〕。鹦哥架的设计构思当有来自绘画的启发，因为这是明代货郎图中常见的形象〔图三〕。

图一
清周西林仕女图册
安徽博物院藏

图三
明佚名《货郎图》局部
东京国立博物馆藏

○八二

帽环（巾环，得胜环，二胜环，鬟环）

结束弓刀鞍马间，精神矍铄我犹顽。褒衣博带休相笑，前带头巾金帽环。

◎宋·刘过《柬胡卫道》其二

帽环，亦名巾环、鬟环，别名得胜环，即头巾环子，通常是成对使用，宋代多为武人装束。它的流行大约是由北及南，由辽金而宋元。宋苏轼《谢陈季常惠一揞巾》：『夫子胸中万斛宽，此巾何事小团团。半升仅漉渊明酒，二寸才容子夏冠。好戴黄金双得胜，休教白苎一生酸。臂弓腰箭何时去，直上阴山取可汗。』宋施元之注：『按世人巾裹，以黄金为大环，双系其带，谓之得胜环，疑用此事。』又有二胜环故事，岳珂《桯史》卷七：秦桧以绍兴十五年得赐宅第及银绢千万，『有诏就第赐燕，假以教坊优伶，宰执咸与。中席，优长诵致语，退，有参军者前，褒桧功德。一伶以荷叶交倚从之，诙语杂至，宾欢既洽，参军方拱揖谢，将就倚，忽堕其幞头，乃总发为髻，如行伍之巾，后有大巾环，为双叠胜。伶指而问曰：「此何环？」曰：「二胜环。」遽以朴击其首曰：「尔但坐太师交倚，请取银绢例物，此环掉脑后可也。」一坐失色』。情节相似的记述又见宋张端义《贵耳集》、赵溍《养疴漫笔》，乃绍兴初杨存中制二胜玉帽环献高宗，旁有伶人云云。所谓『叠胜』，即两个菱形环相套叠。总发为髻，覆巾如行伍巾之式，然后把巾之两端分别穿入叠胜环的两边，环于是可以用作固定，一面又可以调节松紧。巾环尺寸不大，直径一般为两三厘米，有金，有银，也有玉〔图一、二〕。《水浒传》第七回：只见墙缺边立着一个官人，『头戴一顶青纱抓角儿头巾，脑后两个白玉圈连珠鬓环』。出自杭州元鲜于枢墓的玉巾环〔图三〕，即同此式。

图一
金巾环（宋）
安徽六安皖西博物馆基建工地出土

图二
银巾环
湖南临澧柏枝乡南宋窖藏

图三
玉巾环
杭州元鲜于枢墓出土

○八三 帽顶

诏南有客三十强，壮心锐欲穷远方。辔按追风俊叱拨，舟乘破浪轻艅艎。绝伦帽顶猫睛嵌，异样绦环玛瑙装。资生有利随时逐，遇景无妨判醉偿。

◎明·李昌祺《题赵敬重游钱塘卷》

赐来大帽号烟墩，云是唐王古制存。金顶宝装齐戴好，路人只拟是王孙。

◎明·严嵩《扈跸南巡自出京至在途蒙恩赉诸物各恭纪一绝以志荣感其酒馔牲品等物尤多盖不能悉纪也》其十七《赐烟墩帽并金厢宝石帽顶一座》

帽顶起于元代。元代蒙古贵族戴各种笠帽，即《黑鞑事略》所谓『冬帽而夏笠』，顶以金镶珠宝玉石为饰，形成一代风气。在传世元代帝王、太子像中即可见到不同样式的金镶宝帽顶〔图一〕，李诗所云『猫睛』即宝石中的珍物，所谓『一线中横，四面活光，轮转照人』（明田艺蘅《留青日札》）。不过中原汉族从此风者似乎不多，入明之后在皇室和权贵中稍稍流行，因此《明史·舆服志》里特别对帽顶的质地作出有关等级的规定，诗所以曰『路人只拟是王孙』。如诗所咏，帽顶通常是金银为托座，上嵌珠玉宝石〔图二〕。明人绘《宣宗行乐图》《宪宗调禽图》《宪宗元宵行乐图》中，都可以见到帽端装饰金镶宝帽顶的形象〔图三〕，此帽即严嵩诗中的烟墩帽。

图二 金镶无色蓝宝帽顶 明梁庄王墓出土

图一
元文宗太子像
故宫博物院藏

图三
《宪宗调禽图》局部（明）
中国国家博物馆藏

〇八四

网巾（网巾圈）

乌纱未解涤尘烦，一网清风两鬓寒。
筛影细分云缕滑，棋纹斜界雪丝乾。
不须渔父灯前结，且向诗翁镜里看。
头上任渠笼络尽，有时怒发亦冲冠。

◎元·谢宗可《网巾》

白头难掩雪霜踪，纤手穿成络索同。
映带暮年微矍铄，遮藏秋色久蓬松。
牵丝袛讶蛛临户，览镜翻惭鹤在笼。
便与黄花相见好，不愁破帽落西风。

◎明·蓝仁《赋网巾》

巾带儿，我和你本是丝成就。
到晚来不能勾共一头，
遇侵晨又恐怕丢着脑背后。
还将擎在手，须要挽住头。
怎能勾结发成双也，
天，教我坐着圈儿守。

◎明·冯梦龙编《挂枝儿》卷八《咏部·网巾带》

网巾是成年男子用于罩发的发网，出现于元代，通行于明代。长发以玉或金银短簪挽结于顶，其上再罩网巾，此为明代男子首服中不可或缺的一项。网巾的制作多以马尾或线，也有绢布。谢肇淛《五杂组》卷十二《物部四》：『网巾以马鬃或线为之，功虽省而巾冠不可无矣。北地苦寒，亦有以绢布为网巾者，然无屋终不可见人。』此所谓『屋』，即覆于发髻之上的各类饰物，如巾，如冠。『无屋终不可见人』，即露髻见人为失礼。《三才图会》中的网巾图把网巾带、网巾口边的一对网巾圈以及带和圈与网巾的系结方式，都画得很清楚〔图一〕。网巾圈的材质，或玉，或金，或银和银鎏金，明佚名著《如梦录》记开封故事曰：靠近周府东角楼处有结帽匠，俱是工正所人，『周府时常发出破网巾一二十顶洗补，上定金圈及羊脂玉、碧玉、玛瑙、紫金等圈，其宝无比』。周府，即周藩王府。网巾圈体量甚小，直径在一厘米上下，山东淄博周村汇龙湖明代墓地一号墓出土一枚金环，直径零点八厘米，出土位置在墓主人耳边，环上且残存一小截织物〔图二〕，此金环即网巾圈。江苏太仓浮桥浮南大队出土一对小金圈〔图三〕，从尺寸和样式来看，也是网巾圈一对。

结识私情要像个网巾圈，日夜成双一线牵。两块玉合来原是一块玉，当面分开背后联。

◎明·冯梦龙编《山歌》卷六《咏物·网巾圈》二首之一

图一
《三才图会》中的网巾

图二
金网巾圈
山东淄博周村汇龙湖明代墓地一号墓出土

图三
金网巾圈
太仓浮桥浮南大队出土

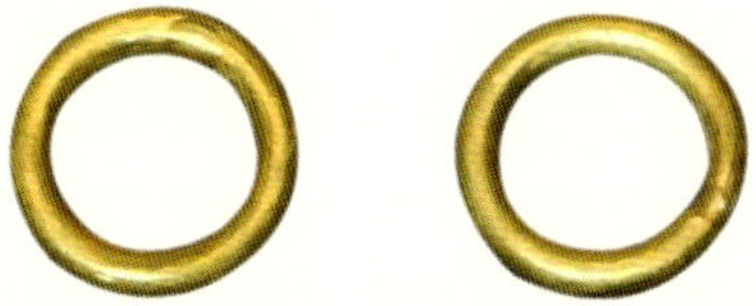

〇八五 万钉宝带烂腰环

（九环带，蹀躞带）

万钉宝带烂腰环，赐宴新陪一笑欢。
金马并游年最少，玉堂初直夜犹寒。
自嗟零落凋颜鬓，晚得飞翔接羽翰。
今日遽闻催递宿，不容多病养衰残。

◎宋·欧阳修《子华学士傈直未满遽出馆伴病夫遂当轮宿辄成拙句奉呈》

白发垂两鬓，黄金腰九环。

◎欧阳修《与子华原父小饮坐中寄同州江十学士休复》

《欧阳修诗编年笺注》（中华书局二〇一二年）：『烂腰环，耀眼的学士腰带。环，泛指圆圈形物。《战国策·齐策五》：「军之所出，矛戟折，环弦绝。」姚宏注：「环，刀环。」』实未得要领。『万钉宝带烂腰环』，乃以古写今。系腰的革带带表装缀金玉带銙（或作胯），带銙下端垂环以系佩物之带，此名蹀躞（亦作鞢䪆）带。垂环的带銙，目前见到最早的实例为东汉物，它的普遍施用则在魏晋南北朝时期，流行范围也包括朝鲜和日本。纳入中原政权的舆服制度之后，便以銙下垂环的多少以别尊卑。《旧唐书·舆服志》曰『隋代帝王贵臣，多服黄文绫袍，乌纱帽，九环带，乌皮六合靴』，『天子朝服亦如之，惟带加十三环以为差异』。南宋叶廷珪《海录碎事》卷五《衣冠服用部·带绅门》分别有『万钉带』和『九环带』两项。一曰：『杨素破突厥，隋文帝赐万钉宝带。』一曰：『李德林修律令，赐九环金带。』前者见《隋书》卷四十八《杨素传》，后者见《隋书》卷四十二《李德林传》，可知万钉宝带与九环金带之赐，实为荣宠。陕西咸阳底张湾北周若干云墓出土八环蹀躞玉带，西安南郊何家村唐代窖藏中有九环蹀躞玉带。完整的一副十三环蹀躞带，发现于扬州西湖镇曹庄隋炀帝陵，带銙为金镶玉，方銙十三，下边各缀玉环〔图一〕。蹀躞带用于垂系蹀躞的环与銙相连，带銙与带鞓的固定，多取用金钉。若干云墓出土的八环蹀躞带，便是由

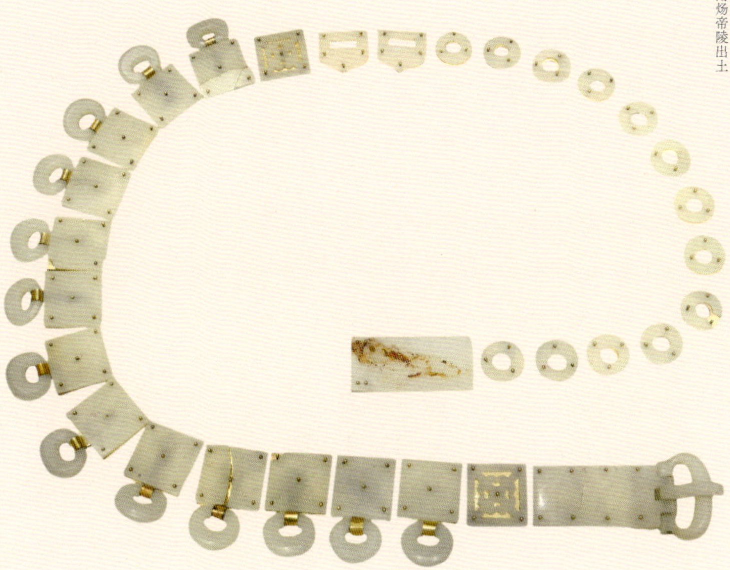

图一
十三环蹀躞带
扬州西湖镇曹庄隋炀帝陵出土

图二
八环蹀躞带（部分）
咸阳底张湾北周若干云墓出土

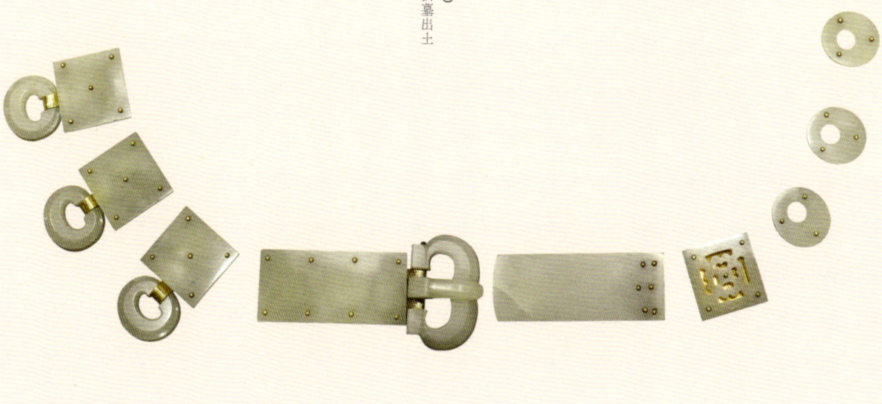

纵横排列的小金钉把玉带銙与带鞓和衬板固定在一起，各个玉銙用于固定的金钉数目不等，或三或五，或六或八〔图二〕，『万钉宝带』，实为状写如此形制的夸饰之辞。蹀躞带最为流行的时期是北周至隋与初唐，中晚唐时，革带多已不系蹀躞，惟装缀带銙。唐代带銙重玉，两宋带銙尚金，而带銙下端宋代不再系环。宋王得臣《麈史》卷上：『胯且留一眼，号曰古眼，古环象也。』江西遂川郭知章墓出土荔枝纹金带具一副十三件：带扣二、带銙十、鉈尾一，十枚带銙中的一枚桃形銙有一个花瓣为饰的圆孔，即所谓『古环象』之『古眼』〔图三〕，墓葬年代为政和四年。欧诗提到的时为翰林学士的韩绛之金带，应即如此式样的一件，而『万钉宝带烂腰环』，乃是用典。『黄金腰九环』，亦然。

图三

银鎏金荔枝纹带銙

江西遂川北宋郭知章墓出土

宝带垂鱼（重金）

曾居别乘康吴俗。
民到于今歌不足。
骊驭征鞭。
一去东风十二年。
重来却拥诸侯骑。
宝带垂鱼金照地。
和气融人。
清雪千家日日春。

◎宋·张先《偷声木兰花》

宝带垂鱼，即宋人所谓『重金』。江少虞《宋朝事实类苑》卷二十五《官职仪制》『赐金带』条：『国朝，翰林学士得服金带，朱衣吏一人前导。两府则朱衣吏两人，金笏头带佩金鱼，谓之重金。居两制久者，则曰：「眼前何日赤，腰下甚时黄？」处内廷久者，又曰：「眼赤何时两，腰金甚日重？」』宋之鱼袋是从唐代鱼符制度而来，但已是存其形，无其实，即『鱼袋』非『袋』，亦无鱼符，不过一枚拱形饰件，其上贴附錾刻鱼纹的『金鱼』或『银鱼』〔图一〕。由福州茶园山宋端平二年墓出土木仿真金鱼袋以及有五枚方团金銙的笏头带〔图二〕，可见其式。故宫博物院藏《春游晚归图》中的骑乘者，腰排方金带銙下隐隐露出红鞓，腰间侧后有纵向悬垂的一节，乃红鞓上凸起两枚拱形金饰，正与出土实物一致〔图三〕，此即『重金』，亦即『宝带垂鱼』。苏轼《渔家傲》『美酒一杯谁与共，尊前舞雪狂歌送。腰跨金鱼旌旆拥。将何用，只堪妆点浮生梦』。龙榆生《东坡乐府笺》注金鱼句：『杜甫《陪郑广文游何将军山林》「银甲弹筝用，金鱼换酒来」。』此为旧式笺注的做法，即揭明此前之用例，然而杜诗之『金鱼』与坡词之『金鱼』形制实不同。

图一
鱼袋之『饰鱼』
浙江兰溪市灵洞乡宋墓出土

图二
木仿真『金笏头带佩金鱼』（排列方式应为四枚方銙分列于五枚方团銙两侧）
福州茶园山南宋端平二年墓出土

图三
《春游晚归图》局部
故宫博物院藏

〇八七 绦环

竹里幽栖不掩关，解将应俗等居山。
风流彭泽羲黄上，诗力苏州季孟间。
官缚犹存紫公服，客来肯靳玉绦环。
雪儿小直珠千斛，可但疏帘见一斑。

◎宋·陈造《题潘德久竹居》

连城价重虽非玉，千古名存寿此山。
野服闲居颇相称，无端因得玩如环。

◎宋·陈文蔚《以寿山石绦环寄赵昌甫将以廿八字》

宝环分赐黄金烂，珠颗匀圆石瑰奇。
如龙水兽疑腾跃，什袭寻常不敢窥。

◎明·严嵩《嵩荷蒙圣眷，便殿召对，西苑宿直，偕勋辅五臣，其果茗酒馔天厨日给，金币器物尚方珍赐不可胜纪，间纪数事，得近体诗二十九首》其三《赐金嵌宝石斗牛绦环》

绦环为括结丝绦之物，流行肇始于宋。丝绦用于燕居之服，宋人称作道服、野服，诗例『野服闲居颇相称』，即此。『其所便者，但取束带足以为礼，解带足以燕居』（罗大经《鹤林玉露》卷二述朱熹语），诗所以曰『客来肯靳玉绦环』。北宋贺铸《玉钩环歌》句云『良工得玉蓝溪窟，相璞命形心匠出。螳螂倔彊疑有骨，颈系一环犹莫屈。镜湖老狂厌袍笏，素裰纁縚须此物』。『螳螂倔彊疑有骨，颈系一环犹莫屈』，即此诗小序中所云『苍玉螳螂钩』，『素裰』，指道服，『纁縚』，即丝绦。诗所咏颈系一环的苍玉螳螂钩，便是一副玉绦环。中国国家博物馆藏一副元代玉螳螂钩环，钩身碾制龙纹，背后桥形钮的方孔内套一玉环，是与诗人笔下之物近同的样式〔图一〕。形制简单者，造型多取剑环〔图二、三〕。明代风气尚奢，绦环以金镶宝为时尚〔图四〕，严诗所咏即此类。严嵩记嘉靖帝赐物诗又有《赐花线绦并金厢宝石提系》，诗云：『五纹丝线织绦长，金作绦环七宝装。就中独有猫睛贵，觑看中间一线光。』北京定陵出土金镶珠宝叠胜绦环，中间一颗猫睛〔图五〕，为万历帝物。

图一 玉螳螂钩环一副（元）
中国国家博物馆藏

图二
玉绦环
金华金东区曹宅镇郑刚中墓出土

图三
玉绦环
山西大同元冯道真墓出土

图四
金镶宝绦环
明梁庄王墓出土

图五
金镶珠宝叠胜绦环
北京定陵出土

〇八八 道服（野服，直裰，鹤氅）

颁条京辅近吾君，政术高于召信臣。
道服日斜披鹤氅，药畦春暖步龙鳞。
归朝莫指三年调，化俗应苏一郡人。
愿作淮阳去思颂，与君刊石慰陈民。

◎宋·王禹偁《和陈州田舍人留别》其五

眼前竹石皆自得，物外气象容谁探。
公余时来兴清切，幅巾道服双筇节。

◎宋·韦骧《明月庵》

春风饯我帝城东，一日名园四美同。
刺锦屏开黄玉朵，牡丹栏压彩云丛。
莺声高树当筵绿，棣萼繁枝映酒红。
鹤氅多情东道主，江湖虽远梦还通。

◎明·谢廷柱《三月廿七日饮饯姚中书之园亭林德绪陈允默二秋官兰谷兄竹泉弟咸在定之酒半更道服劝饮甚欢》

道服，道人之衣，亦为士人燕居之服，又称野服、直裰。宋郭若虚《图画见闻志》卷一《论衣冠异制》：『晋处士冯翼，衣布大袖，周缘以皂，下加襕，前系二长带，隋唐朝野服之，谓之冯翼之衣，今呼为直裰。』今所见图像多为宋元明时期，以葛巾、道服、筇竹杖为典型形象（图一、二），亦宋诗所谓『支筇野服是家常』（赵抃《次韵毛维瞻白云庄三咏》其二）。道服对士人的意义，在于有身在庙堂心在田园的从容。宋范仲淹《道服赞》『道家者流，衣裳楚楚。君子服之，逍遥是与』，既言道服所从来，复言服此之寄意。元赵孟頫《自写小像》对幅有明宋濂题赞：『珠玉之容，锦绣之胸，乌巾鹤氅，云屦霜筇，或容与于沤波水竹之际，或翱翔于玉堂金马之中。』『鹤氅』，道服别称之一，王禹偁诗所以曰『道服日斜披鹤氅』。宋释文莹《湘山野录》卷中：钱思公（惟演）『兼将相之位，帅洛，止以宾友遇三子，创道服、筇杖各三。每府园文会，丞相则寿巾紫褐，三人者羽氅携筇而从之』。『羽氅』，即前文之『道服』，也即鹤氅。道服腰间不束带，便略如氅衣，因从道士之衣的鹤氅借意。

图二 赵孟頫《自写小像》（局部）
故宫博物院藏

图一
王绎、倪瓒《杨竹西小像》局部
故宫博物院藏

○八九

卷发如虿

彼都人士，垂带而厉。彼君子女，卷发如虿。我不见兮，言从之迈。（四章）

匪伊垂之，带则有余。匪伊卷之，发则有旟。我不见兮，云何盱矣。（五章）

◎《诗·小雅·都人士》

虿，郑笺：『螯虫也。尾末揵然，似妇人发末曲上卷然。』《说文·虫部》『虿』与『蟜』，同训为毒虫，则蟜即虿，以其尾之夭蟜上曲，而又谓之蟜。『发则有旟』，郑笺：『女非故卷此发也，发于礼自当有旟也。旟，枝旟扬起也。』旟即飞鸟形的干首（见本书『干旄』条），两边飞翘，适同虿尾弯起的样子。卷发如虿是一种特别的修饰，先秦时代都邑上流社会的审美习俗之一，其形象多见于商周至西汉制作的玉饰（图一～四）。此后这一发式虽然不再流行，但它很有可能是后世礼冠之博鬓的渊源。

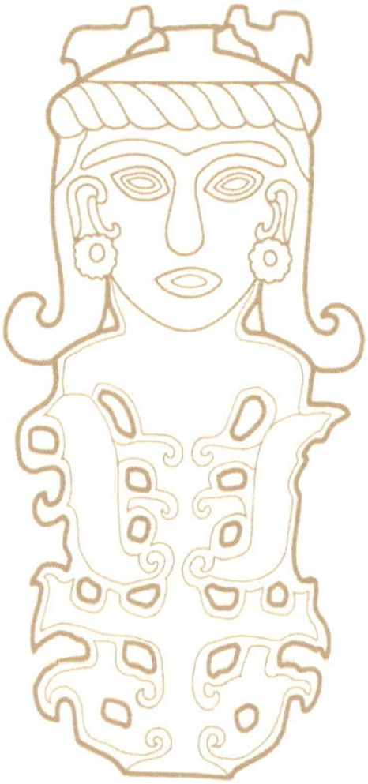

图一 玉饰（商周）

图三
玉饰（战国）
华盛顿弗利尔美术馆藏

图二
玉饰（西周）
山西曲沃晋侯墓地六三号墓出土

图四
玉饰（战国至西汉）
南昌海昏侯墓出土

〇九〇

三角童

（双鬟梳顶髻）

酒熟固可喜，酒尽亦陶然。
有客则剧谈，无客枕书眠。
饥啜羹不糁，闲玩琴无弦。
摘嗅砌下花，掬弄涧底泉。
啄木抱蠹蘖，搏黍鸣桑颠。
欣然为一笑，世故何足捐。
无人骂郑虔，亦无嘲孝先。
回顾三角童，吾与汝忘年。

◎宋·陆游《放言》

三角童，头绾三角儿的孩儿〔图一〕。《清平山堂话本·西湖三塔记》，曰奚宣赞往西湖游玩，『看见一个女儿，如何打扮：头绾三角儿，三条红罗头须，三只短金钗，浑身上下，尽穿缟素衣服』。唐代女孩儿已经有此妆束，刘禹锡《同乐天和微之深春二十首》『何处深春好，春深幼女家。双鬟梳顶髻，两面绣裙花』，洛阳涧西谷水唐墓出土三彩女俑〔图二〕，便正同于诗里的形象。

图一 《冬日婴戏图》

图二
三彩女俑
洛阳涧西谷水唐墓出土

○九一

闹角儿（三十六髻）

闹角儿，梳得好。
妙手奇功，悟后呈些巧。
个个疏来无倚靠。
各各惺惺，虮虱须教少。
张打油，李鮑老。
见我风狂，鼓掌呵呵笑。
此个机关人怎晓。
返老还童，内外成颠倒。

◎金·马钰《苏幕遮》

闹角儿，角多之意，为小儿发式之一，即头上『撮数小角儿』（见宋《道山清话》），主要流行于宋代（图一）。因系小儿所梳，故词曰『返老还童』。此又名三十六髻。周密《齐东野语》卷十三『优语』条：宣和中『童贯用兵燕蓟，败而窜。一日内宴，教坊进伎为三四婢，首饰皆不同』，其中一人『满头为髻如小儿，曰童大王家人也』，问其故，道『大王方用兵，此三十六髻也』。是以『三十六髻』谐『三十六计』为讽。

图一
《冬日婴戏图》局部（宋）
台北故宫博物院藏

〇九二

一窝丝（一窝丝杭州攒）

香风细，绣幔开，
春困佳人睡起来，百般娇杏脸堪描。
一窝丝凤髻微歪，海棠未足妖邪态。
乜斜饧眼娇声嗌，倦倚帏屏整绣鞋。

◎明·秦时雍〔南北双调合套〕《张雪仙昼眠》〔南黄钟啄木儿〕

一窝丝，也称『一窝丝杭州攒』，女子的发式之一，多见称于明代，元薛氏姊妹《苏台竹枝词》『一緺凤髻绿如云』或其前身。一窝丝的样式有若明代流行的一种同名甜食，高濂《遵生八笺》卷十六《饮馔服食笺·下》列出『一窝丝方』，云『糖卤下锅熬成老丝，倾在石板上』，『待冷将稠，用手揉拔扯长』，『拔至数十次，转成双圈』，二人对扯，『扯拔数十次，成细丝，却用刀切断分开，绾成小窝。其拔糖上案时，转折成圈』（清陈维崧有诗《咏窝丝糖》，序曰『糖出大内遗制，今西山一老中监尚能为之，后恐遂失传矣』，即此物）。可知发髻式样的要义在于转折成圈。上海博物馆藏明吴伟《铁笛图》、辽宁省博物馆藏明佚名《宫装图》中的女子发式是其概〔图一、二〕。

图一
吴伟《铁笛图》局部
上海博物馆藏

图二
明佚名《宫装图》局部
辽宁省博物馆藏

○九三

斜红

分妆间浅靥，绕脸傅斜红。

◎梁简文帝《艳歌篇》

重叠鱼中素，幽缄手自开。

斜红余泪迹，知著脸边来。

◎唐·元稹《鱼中素》

《新编元稹集》（三秦出版社二〇一五年）：『斜红，指人头上所戴的红花。』下引梁简文帝诗。非是。诗例中的斜红，指女子面妆，虽先见于南朝诗歌，但流行主要在唐代。晚唐罗虬《比红儿诗》『一抹浓红傍脸斜』，亦此之谓。河南安阳市果品公司家属楼基建工地唐墓墓室壁画中的女子头耸高髻，或高髻覆巾，或插梳挽簪，两颊各涂两抹斜红〔图一、二〕，即为诗中所咏面妆。『斜红余泪迹，知著脸边来』，笺染红泪，原是泪流斜红所致。白居易《时世妆》『斜红不晕赭面状』，则是讥刺反常的妆容，故末云『髻堆面赭非华风』。

图一、二 安阳市唐赵逸公墓壁画

斜雁

匀脸安斜雁，移灯想梦熊。

◎唐·李贺《恼公》

小雁斜侵眉柳去，媚霞横接眼波来。

◎唐·韩偓《席上有赠》

《李长吉歌诗编年笺注》（中华书局二〇一二年）：『斜雁，即钗钿。』《韩偓集系年校注》（中华书局二〇一五年）：『小雁，比喻笑时两眉形如小雁状。』两释皆非。诗中『斜雁』，乃贴面之花钿，为面靥式样之一。韩诗『小雁』句，即谓笑起来带得颊间小雁斜上。唐刘恂《岭表录异》、段公路《北户录》均记有『鹤子草』的故事，后者卷三『鹤子草』条：『鹤子草，蔓花也，其花麹尘色，浅紫蒂，叶如柳而小短，当夏开，南人云是媚草。……采之曝干以代面靥，形如飞鹤状，翅羽觜距无不毕备。』则唐代面靥中又有类于斜雁的飞鹤样。敦煌莫高窟第九八窟东壁女供养人群像，粉面贴饰成对的小鸟〔图一〕，亦斜雁之属。壁画为五代时期。

图一 敦煌莫高窟第九八窟东壁女供养人（范文藻摹）

〇九五

宝袜（腰巾，腰綵，圆腰，袜肚）

宝袜菊衣单，蕉花密露寒。

◎唐·李贺《追赋画江潭苑四首》其二

宝袜是女子裹在腰间、覆于长裙之外的饰物，因又名腰巾、腰綵、圆腰、袜肚。今涉及此物的众多诗歌注本，或释作抹胸，或云束在腰间的带子，皆非。五代马缟《中华古今注》卷中『袜肚』一条，言袜肚『盖文王所制也，谓之腰巾，但以缯为之。宫女以綵为之，名曰腰綵。至汉武帝以四带，名曰袜肚。至灵帝赐宫人蹙金丝合胜袜肚，亦名齐裆』。所云『文王所制』，乃求之过远。其流行约始于南北朝。梁刘缓『袜小称腰身』（《敬酬刘长史咏名士悦倾城诗》），北周庾信『小衫裁裹臂，缠絃掐抱腰』（《梦入堂内》）、『小鬟宜粟瑱，圆腰运织成』（《夜听捣衣》），隋炀帝『宝袜楚宫腰』（《喜春游歌二首》其二），唐徐贤妃（太宗才人）《赋得北方有佳人》『纤腰宜宝袜，红衫艳织成』，句意都十分明确。又有唐张鷟《游仙窟》中的『红衫小撷臂，绿袜细缠腰』，乃『小衫裁裹臂，缠絃掐抱腰』之化用。山西运城万荣县唐薛儆墓出土石椁线刻画中的侍女，上服窄袖裹臂之短衫，下系窣地之长裙，长裙之上，有织物紧束楚腰（图一、二），此物即宝袜。墓主人薛儆是唐睿宗之婿，入葬年代为开元九年。

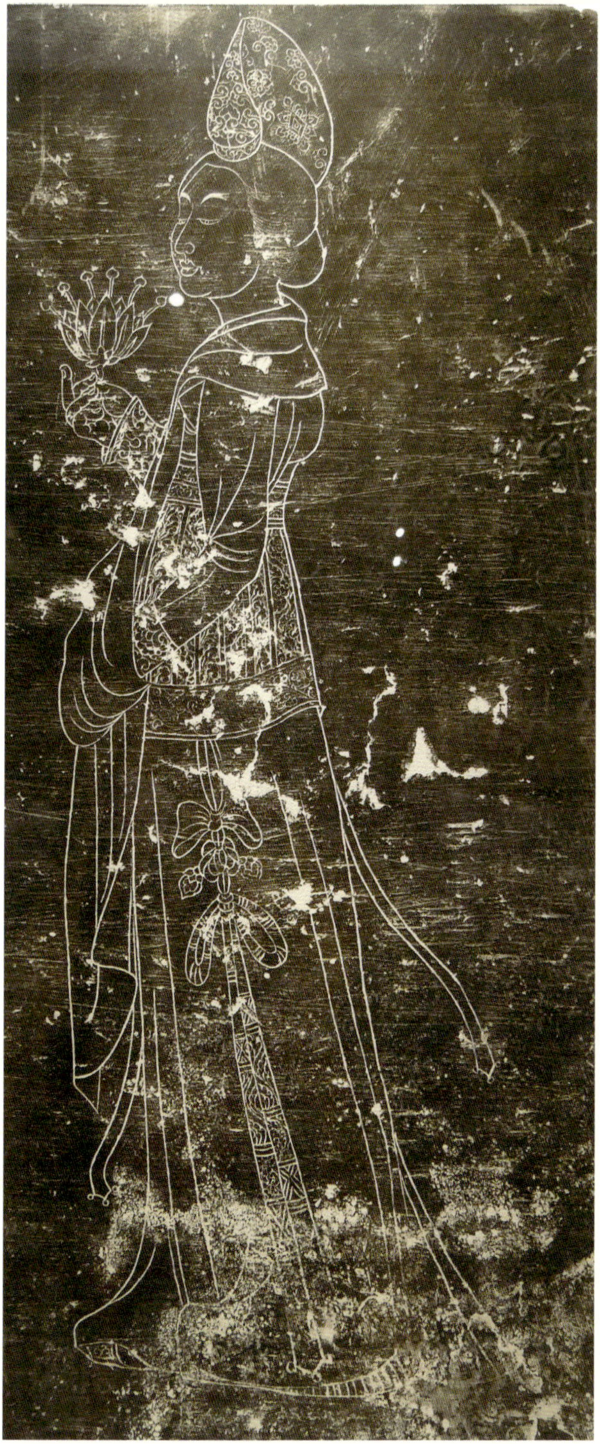

图一、二
石椁线刻画
唐薛儆墓出土

○九六

纽扣/钮扣

纽扣儿，凑就的姻缘好，
你搭上我，我搭上你，
两下搂得坚牢，生成一对相依靠。
系定同心结，绾下刎颈交。
一会儿分开也，一会儿又拢了。

◎明·冯梦龙编《挂枝儿》咏部《纽扣》

歌中所咏为金属纽扣，也写作钮扣。金属纽扣的风行始于明代。明代女子对襟袄上有立领，立领前面便是一对纽扣〔图一〕，歌所以曰『绾下刎颈交』。蝶赶菊、蜂赶菊，是钮扣最为流行的纹样。一对赶花蜂蝶是两边的钮襻，花心为扣，花瓣为钮，两相搭接而扣合，歌所以曰『你搭上我，我搭上你，两下搂得坚牢』〔图二、三〕。

图一《三才图会·袄子》

图二
金镶宝蝶赶菊钮扣
北京右安门外明万贵墓出土

图三
金镶宝蝶赶菊钮扣
湖北蕲春明都昌王朱载塎夫妇墓出土

○九七

凤冠霞帔

我与你曲湾湾画翠眉，
宽绰绰穿绛衣，
明晃晃凤冠霞帔，
妆严的你这样何为。

◎元·孟汉卿《张孔目智勘魔合罗》
杂剧第四折〔滚绣毬〕

按照词典的解释，『凤冠霞帔』是指『古代贵族女子和受朝廷诰封的命妇的装束』。然而此所谓『古代』，实在过于笼统，应该说，这一制度始于宋代。凤冠作为一种成熟的固定样式，明代方始完成。杭州临安区博物馆藏一件宋石雕妇人像，霞帔长垂于前，底端系滴珠式帔坠，头顶架一弯两端起卷的窄梁，弯梁中间一只凤凰，长长的尾羽在头后低垂〔图一〕，正是宋程大昌说『冠帔』时所云『乃顶金凤于髻上』（《演繁露》卷十二）。这便是凤冠霞帔的早期式样之一了。

图一
宋石雕妇人像
杭州临安区博物馆藏

〇九八

笼灯

动焰翠帷里，散影罗帐前。
花心生复落，明销君讵怜。

◎梁简文帝《咏笼灯绝句诗》

诗中的笼灯，是一种有透空罩子的灯具，同于晋夏侯湛所咏釭灯『隐以金翳，疏以华笼。融素膏于回盘，发朱辉于绮窗』（《釭灯赋》）。洛阳曹魏大墓出土石楬登录之物有『银笼灯一』〔图一〕。山东微山县马陵山出土汉代铜灯，竹节式灯柱，下有承盘，灯盘当中有支钉式火主，一侧设柄可手持，上有透雕菱格窗式铜罩〔图二〕。出自南京前新塘南朝墓的一具陶灯，灯柱上方承盘内设灯碗，灯柱中腰有柄可持，另有一个顶端带捉手的直棂窗式灯罩〔图三〕。两例皆为笼灯。唐以后灯罩逐渐代之以纱类，白居易『纱笼灯下道场前』（《斋戒满夜戏招梦得》），所咏即是。

图一 石楬 洛阳曹魏大墓出土

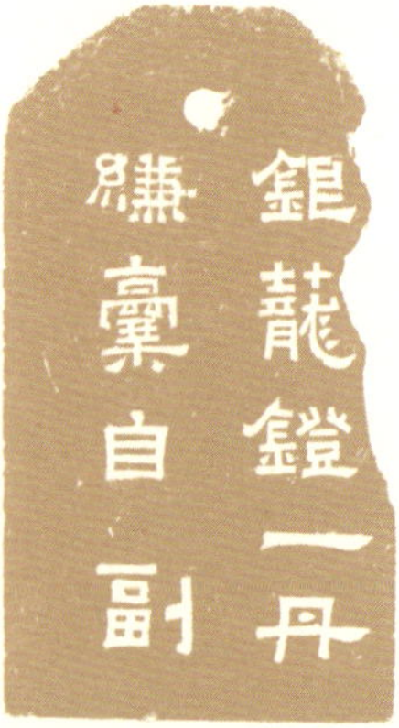

图二二 铜灯（汉）山东微山县马陵山出土

图二三 陶灯 南京前新塘南朝墓出土

〇九九 铁铗（烛铗，烛剪，剪筒，蜡剪）

铜荷承泪蜡，铁铗染浮烟。

◎北周·庾信《对烛赋》

图三 《和汉三才图会》中的烛剪图

赋中之铁铗，即烛铗，又名烛剪、剪筒、蜡剪。《红楼梦》第二十九回：贾母往清虚观打醮，『可巧有个十二三岁的小道士儿，拿着个剪筒，照管各处剪蜡花儿』，即此。早期用蜂蜡制成的蜜烛以及后世的各种蜡烛，中间均有一根烛芯，点燃烛芯，蜡烛油缓缓熔化，顺着烛芯被火焰充分燃烧，十分光亮。久之，烛芯顶端渐有一小点被烧成炭，遂无法吸起油脂，蜡烛便只是燃烧结炭部分，结炭愈多，光亮愈暗，且生出黑烟，结炭处则因温度高而不时爆裂，成为烛花，于是须用烛铗及时剪掉结炭的部分。元好问《云岩》诗序引武伯英咏烛剪之作『啼残瘦玉兰心吐，蹴落春红燕尾香』，『啼残』，言蜡烛之燃；『蹴落』，谓烛花被剪。烛剪的殊异之处在于刃，其两刃分别为浅托或相连的两个半圆，张开有刃，为剪；抱合则成勺叶，承接剪落的烛花。烛剪今所见早期有汉墓出土的实物，晚期有出自明代定陵的明器〔图一〕。此物也为朝鲜、日本所用。韩国庆州雁鸭池出土制作精好的铜烛剪，为八世纪新罗时物〔图二〕。寺岛良安《和汉三才图会》卷三十二『家饰具』列有烛剪〔图三〕，图注云：『烛剪，可以切去烛烬，每置于烛台。』

图一
烛剪
北京定陵出土

图二
铜烛剪
韩国庆州雁鸭池出土

一〇〇 鱼钥（锁鱼）

千门万户递鱼钥，宫中城上飞乌鹊。

◎隋·无名氏《鸡鸣歌》

鱼钥千门启，鸡人唱晓传。

◎唐·姚合《和裴结端公早朝（一作和郭端公早朝）》

鱼钥，即做成鱼形的锁钥，也称锁鱼，如宋黄庭坚《闻致政胡朝请多藏书以诗借书目》『愿公借我藏书目，时送一鸱开锁鱼』。东汉应劭《风俗通义》云：『钥施悬鱼，鱼翳伏渊源，欲令楗闭如此。』鱼钥的设计意匠即由此而来。今所见实物多为唐代遗存（图一）。唐李贤墓壁画中有手持鱼钥的宫人（图二）。李商隐所以作绮语曰『牢合金鱼锁桂丛』（《和友人戏赠二首》其一）。

图一
鱼钥（唐）
西安南郊何家村金银器窖藏

图二
唐李贤墓前甬道东壁壁画

一〇一 胆瓶

维摩丈室无人到，散尽天花结习空。犹有一枝秋色在，明窗净几胆瓶中。

◎宋·虞俦《廨舍堂前仅有木犀一株，今亦开矣，为赋二绝句》其二

更被秋光断送，微放些月照，著阵风吹。恼杀多情，猛拚沉醉酬伊。朝朝暮暮守定，尽忙时、也不分离。睡梦里，胆瓶儿，枕畔数枝。

◎宋·李弥逊《声声慢·木犀》

胆瓶是宋元瓶器中的一大类，也是宋代插花之瓶的主要样式之一。其式『上锐下圆，略如垂胆』（宋徐兢《宣和奉使高丽图经》卷三十一『花壶』条；花壶，即花瓶），所谓『圆壶俄落雄儿胆』（刘子翚《任伯显昨寄日柿不至，续以胆瓶为贶》），『垂胆新瓷出汝窑』（楼钥《戏题胆瓶蕉》），所云皆此。上锐下圆、形若垂胆的花瓶，早见于南北朝艺术中的瓶花图案，但直到宋代，随着桌、案的发达，因陈设需要，体现雅趣的花瓶方始兴盛发达，胆瓶之称因之流行，且成为宋人花事中常见的话题。胆瓶造型优雅，线条简单却很俊逸，鼓腹容水，修颈容枝，瓶口小而微侈，正宜捧出花束而又轻轻拢住，因此特为宋人赏爱。宋元实物以及图像中的胆瓶虽小大有别，材质不同，造型稍异，但大致都可以归入宋人所说的胆瓶之属〔图一～四〕。旧金山亚洲艺术博物馆藏金代磁州窑瓶瓶腹书『香花奉神』四个大字〔图五〕，更明确点明这一件胆瓶是用于插花。江西新建出土元代黄釉剔花梅梢月纹胆瓶，纹样设计也有预想用途之意〔图六〕。

图一 褐漆胆瓶
江苏宜兴和桥宋墓出土

图二
龙泉窑胆瓶
安徽宿松县南宋嘉定八年墓出土

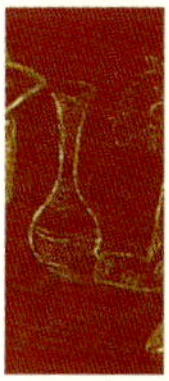

图三
朱漆戗金奁盖面
常州武进村前乡南宋墓出土

图四
官窑胆瓶
上海青浦元任仁发家族墓地出土

图五
磁州窑『香花奉神』瓶（金代）
旧金山亚洲艺术博物馆藏

图六
黄釉剔花梅梢月纹胆瓶（元）
江西新建昌邑公社出土

一〇二 玉壶春瓶

青琐窗深红兽暖，灯前共倒金尊。
数枝梅浸玉壶春。
雪明浑似晓，香重欲成云。

◎宋·曹组《临江仙》

菊花不等重阳到。昨夜都开了。
问知仙子是生辰。
采翠浮金来供、玉壶春。

◎宋·黄人杰《虞美人》

诗例中的玉壶春，均指玉壶春瓶，它可视作由胆瓶分出的一支。玉壶春本是酒名，为唐宋至明清的历代诗歌所咏，如唐岑参『闻道辋川多胜事，玉壶春酒正堪携』（《首春渭西郊行呈蓝田张二主簿》），如清吴雯『休论金马浮沉事，且对玉壶春酒清』（《次韵答韩文尚》）。由酒而及于盛酒之器，乃因宋元时代的胆瓶之属或用于贮酒，遂亦被诗人称作玉壶春（图一、二）。玉壶春瓶又用于插花（图三），诗例『数枝梅浸玉壶春』与『采翠浮金来供、玉壶春』，便是用来插梅花、插菊花。贮酒抑或插花，诗中的『玉壶春』自有上下文意揭明用途。而酒瓶插花也很日常，如南宋萧泰来《亭坐》『可是近来疏酒盏，酒瓶今已作花瓶』。玉壶春瓶式如胆瓶，由冯子振《梅花百咏》并释明本的和诗可得一证。冯诗《梅花百咏·浸梅》：『旋汲澄泉满胆瓶，一枝斜插置幽亭。冰姿玉骨清如许，隐隐风声入座馨。』明本同题和诗云：『插花贮水养天真，潇洒风标席上珍。清晓呼童换新汲，只愁冻合玉壶春。』原唱云『胆瓶』，和作呼应其意而变换语词切其事曰『玉壶春』，正可见二者原本同属。

图一
银玉壶春瓶
无锡元钱裕墓出土

图二
山西洪洞水神庙元代壁画

图三
黑漆螺钿衣盒盖面（元明）
日本永青文库藏

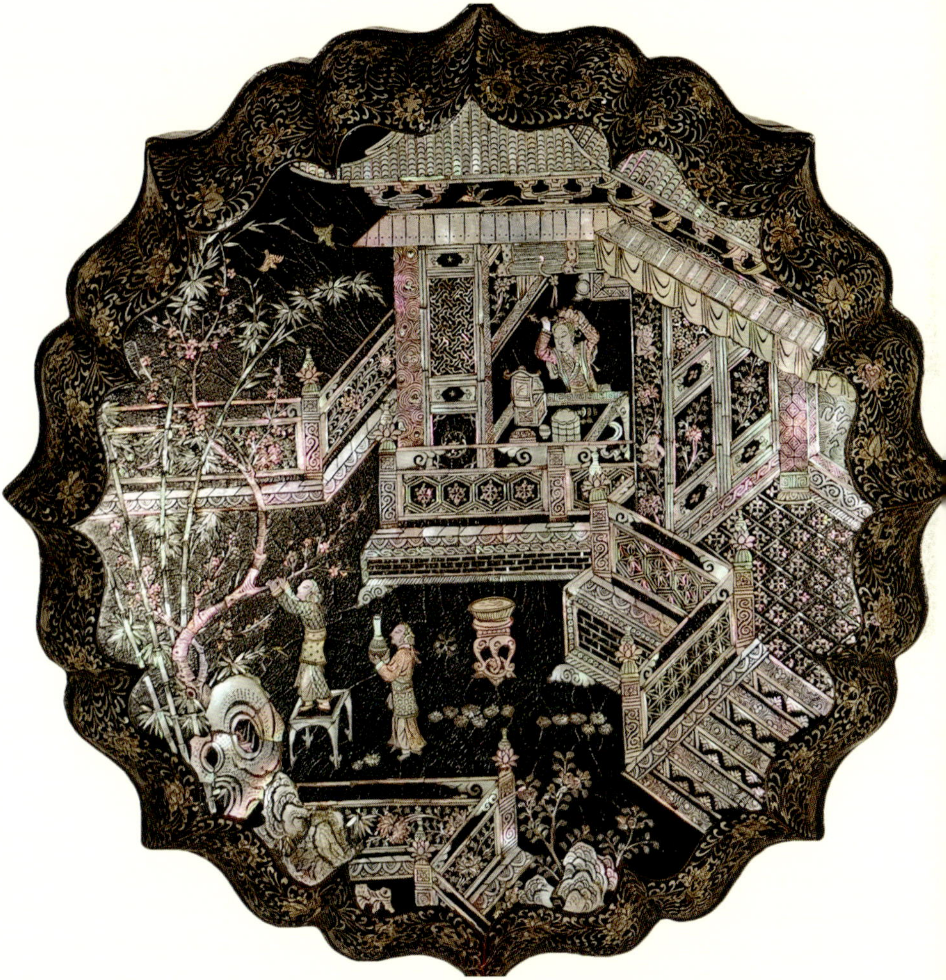

一〇三 小斛

幽斋事业谁同办，小斛兰丛手自分。

◎宋·释德洪《次韵王舍人兰室》

斗花小斛兰芽短。

◎宋·周紫芝《青玉案》

诗例中的小斛为花器，即造型如斗的小花盆。宋黄公度《方斛石菖蒲》『勺水回环含浅清，寸茎苍翠冠峥嵘』，亦此。河北观台磁州窑址出土素胎花盆、山东博物馆藏绿釉花盆（图一、二），均为小斛之属。波士顿艺术博物馆藏宋《雪阁临江图》，窗间挽幔卷帘，窗幔挽起处微露香几和几上香炉，主人凭窗听雪，童子捧来兰叶披拂的小斛（图三），宋人绘笔不肯放过的点滴花事，与诗人所咏是一致的。

图一
素胎花盆（宋金）
观台磁州窑址出土

图二
绿釉花盆（金）
山东省博物馆藏

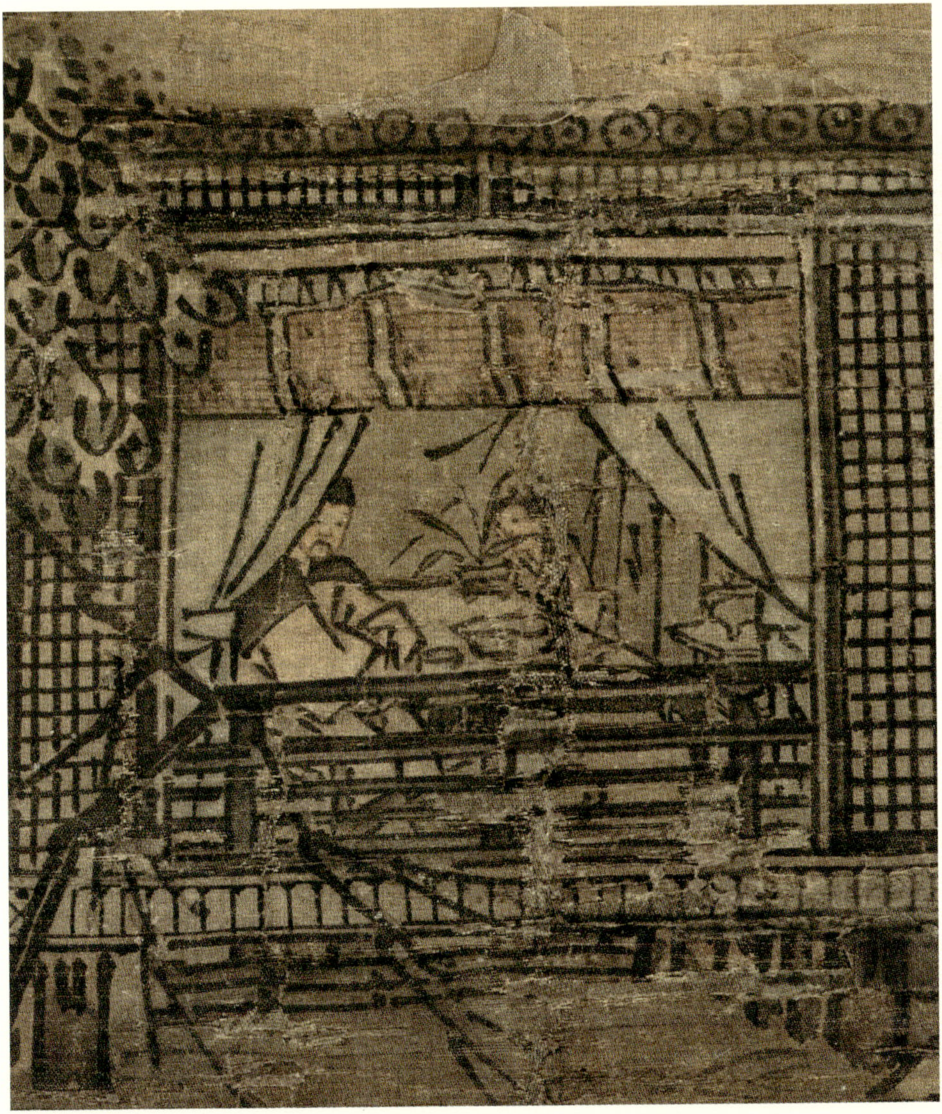

图三
《雪阁临江图》局部
波士顿艺术博物馆藏

一〇四 挖耳（耳剜儿，耳簪，一丈青）

货郎儿非自夸，论物件果精华，占断同行第一家。有的是汗巾手帕，有的是挖耳挑牙，奇异的签筒笔架，苍古的香牌墨画。我呵，更有海虾海粑，海里出的海马。呀，买与那娇养儿郎闲戏耍。

◎明·徐元《八义记》第十二出〔沽美酒〕

挖耳，又称耳挖或耳剜儿，是清除耳垢的卫生小工具，先秦即已出现（殷墟妇好墓出土玉耳挖），制作精细的玉耳挖匣也已见于西周〔图一〕。陕西韩城梁带村芮国墓地二十六号墓出土玉耳挖柄端有孔，可以系佩〔图二〕。耳挖柄端又或制为尖锥式〔图三〕，则可簪发，清代以前，男女皆可把它插在鬓边或发髻，明冯惟敏所以称耳剜儿为耳簪，〔仙子步蟾宫〕《耳簪》：『马蹄金造就耳剜儿，蝉翼鬓单铺满面丝，螺头青细绾香云髻。倒别着簪一枝，倩佳人央浼多时。』簪之外，钗梁添加耳挖也是很早就有的设计，如湖北鄂城六朝墓出土银钗镊，细窄的钗梁顶端探出一节耳挖〔图四〕。挖耳又或于柄端设环而与其他小工具总成为事件一副，陕西扶风法门寺地宫出土一副铜事件，系链上的小工具计有挖耳、镊子、交股剪、解锥、剔牙杖、小匙、阳燧、针筒、水罐凡九事。出自辽陈国公主墓的一副玉事件系坠六事：挖耳、小匙、解锥、小刀、锉刀、剪子。明代以挖耳、挑牙、镊子为一副，既可实用，又兼佩饰，俗称三事儿〔图五〕，即便两事（即货郎儿所唱『挖耳挑牙』），也不妨以此概之〔图六〕。清代耳挖与前朝相比尺寸偏长，且妆点繁丽〔图七〕，因又俗名一丈青，函璞集英书屋《邗江竹枝词》『耳挖名为一丈青』；《红楼梦》第五十二回晴雯『向枕边取了一丈青』云云，都是此物。

图一
玉耳挖匣（西周）
山西曲沃羊舌墓地一号墓出土

图二
玉挖耳（春秋早期）
陕西韩城梁带村芮国墓地二十六号墓出土

图三
金挖耳（明）
南京雨花台区天隆寺六号茔园出土

图四
银钗镊
湖北鄂城六朝墓出土

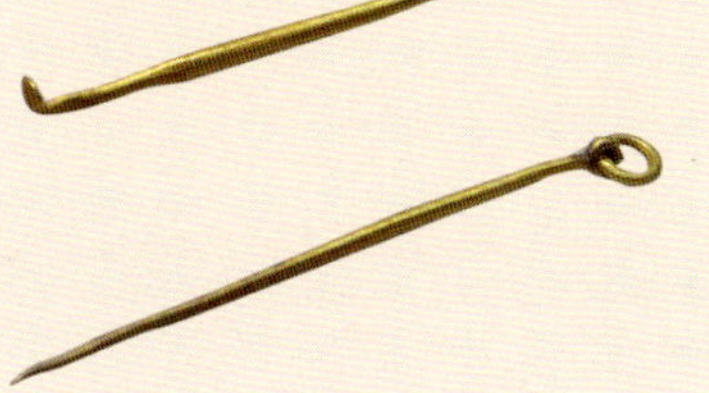

图五
金三事儿
湖北钟祥明梁庄王墓出土

图六
金挖耳挑牙
上海浦东新区明陆深家族墓出土

图七
松鼠葡萄银耳挖簪（清）
苏州博物馆藏

一〇五

剔牙杖（剔牙，挑牙，牙签，牙杖，牙筯）

金篦与象签，净齿或伤廉。青青槐树枝，一一霜下尖。偶闻长者谈，物眇用可兼。搜剔向老豁，其功颇胜盐。

◎明·陆深《霜后拾槐梢制为剔牙杖有作》

象须剔齿搜宿风，老夫宝爱装银筒。

◎清·钱谦益《杨枝挑牙歌》其一

取材堤畔削纤纤，一束将来市肆筵。好待酒阑宾未散，和盘托出众人拈。

◎清·何耳《燕台竹枝词·柳木牙签》

剔牙杖即牙签，也称剔齿纤（见陆云《与兄平原书》举所见曹操遗物；赵孟頫《老态》『食肉先寻剔齿签』，即此）、剔牙、挑牙、牙杖、牙筯。材质不一，通常用槐木、柳木，奢华则以象牙或金银，即诗例所谓『金篦』（实例见『挖耳』条）。与挖耳相同，剔牙杖也是随身携带的小事件，清李光庭《乡言解颐》卷四咏牙签有『贮囊尽使搀觿佩』之句，清袁翔甫《续沪上竹枝词》亦曰『牙签时样挂胸前』。剔牙杖也常与挖耳等总装于金筒银筒，以链系佩。浙江临海明王士琦墓出土金事件连金筒一副，挖耳和挑牙用链子连在一起贯穿在一个做成捧桃仕女的小金筒里，用的时候拉出来，用毕装入，然后用一枚连枝带叶的小桃子塞住筒口（图一）。诗例所谓『老夫宝爱装银筒』，即此类。

图一
金事件连筒
浙江临海明王士琦墓出土

一〇六 消息子

新月逐人来，芳绪难裁。
闷来挑耳借金钗。
更有鹅茸消息子，轻转圆雷。

◎清·樊增祥《浪淘沙·途次闷书》

图一 李嵩《市担婴戏图》局部 台北故宫博物院藏

消息子是与挖耳配合使用的卫生小工具，宋《西湖老人繁胜录》『诸行市』中列有『消息子』，宋李嵩《市担婴戏图》中货郎的巾裹上面即插着此物〔图一〕。《朴通事谚解·上》说剃头事云：『将那铰刀斡耳捎篦来掏一掏耳朵。』注云：『以禽鸟毳翎安于竹针头，用以取耳垢者，俗呼为消息。旧本作「蒲楼翎儿」。』晋葛洪《抱朴子·备阙篇》『挑耳则栋梁不如鹪鹩之羽』，可见此类物事出现很早。明冯梦龙编《挂枝儿》和《山歌》，都咏到『消息子』，如『消息子，都道你会搊人的趣，疼不疼，痒不痒，这是甚的』云云；又『我里情哥郎好像消息子能，身才一捻骨头轻』云云。几首民歌都是借了生活中的习见之物而以双关语说艳情。消息子与挖耳一起装在小筒里，其筒即名作消息筒，如日人中川忠英《清俗纪闻》卷二所绘〔图二〕。

图二 《清俗纪闻》中的消息筒

一〇七 手炉/脚炉

名工铸就，出入卿怀袖。镂盖巧玲珑，炽红麟、葮灰煨透。晓妆未竟，常置镜台旁，呵额翠，注唇朱，时熨纤纤手。冬寒罢绣，暖阁闲相守。并坐绿熊茵，握春葱、帕罗交覆。檀郎贪耍，当作博山看，爇沉水，袅双烟，图得氤氲久。

◎清·叶申芗《蓦山溪·手炉》

小怜雅制，凫藻传名古。随意范方圆，爱温馨、冬闺仿取。绣茵坐倦，小立斗身轻，双弓稳，俨承莲，奚异盘中舞。严宵雪骤，何计寒威御。妙用代香毬，被儿烘、暖春留住。美伊得地，常许卧狸奴，裙褶覆，袜罗亲，占断风流处。

◎同调《脚炉》

暖手之炉，出现很早。陕西茂陵一号墓的一号从葬坑出土带承盘的温手炉，炉高十二厘米，承盘和炉的下边均有三足，承盘一侧附有长柄，炉有镂孔的罩盖，盖有提系。炉铭『阳信家铜温手炉』；盘铭『阳信家常卧铜温手炉承槃』〔图一〕。不过南北朝时手炉的名称已被移用于行香用的长柄香炉，之后一直沿用下来。宋诗所咏有名『袖炉』者，如曹彦约『吏退灯明书到眼，袖炉烘煖鹧鸪斑』（《夜坐》），此应即可置袖中的香毬，见陆游《老学庵笔记》卷一，又史浩咏乐伎『手束柔荑调雁柱，袖翻纹锦出香毬』（《江倅出家乐》）。作为日常用具的手炉再次出现于明清，已是另外的样式。明屠隆《香笺》『袖炉』条：『书斋中薰衣炙手，对客常谈之具，如倭人所制漏空罩盖漆鼓，可称清赏，今新制有罩盖方圆炉亦佳。』文震亨《长物志》卷七《器物》也举出袖炉：『熏衣炙手，袖炉最不可少，以倭制漏空罩盖漆鼓为上，新制轻重方圆二式，俱俗制也。』『倭制漏空罩盖漆鼓』，乃日本莳绘工艺中的阿古陀香炉。阿古陀是一种瓜，状如南瓜（见寺岛良安《和汉三才图会》卷一百『南瓜』条），香炉造型即如此瓜。它是日本茶道与香道中暂贮香炭之器。炉分上下两部。下为漆木制瓜棱形炉身，称火取母，内置铜钵或炉，其表以莳绘为饰；上为铜丝网罩，称作火屋〔图二〕。制作袖炉亦即手炉的名家，有明末清初的嘉兴张鸣岐，制品或称『张炉』，

图一

『阳信家铜温手炉』

陕西茂陵一号墓一号从葬坑出土

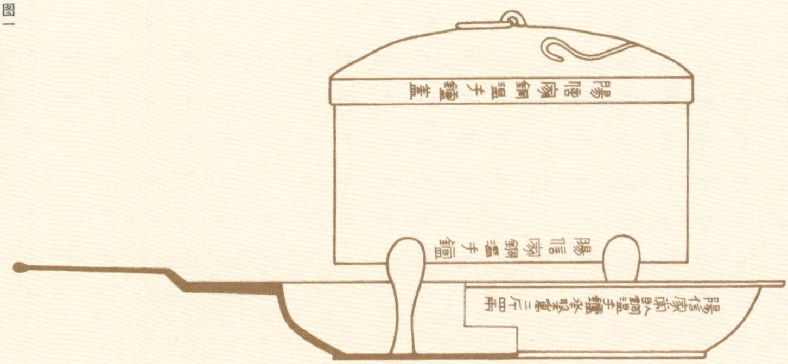

图二

沃悬地银平脱鸟笼纹炉

图三
孙温绘《红楼梦》中的手炉
旅顺博物馆藏

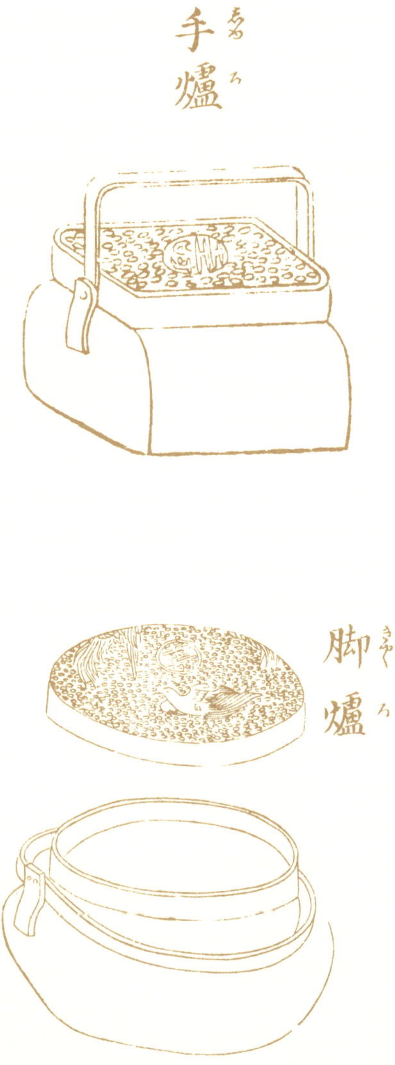

图四、五
《清俗纪闻》中的手炉图与脚炉图

所谓『不惜袅蹄金一饼，鸳鸯湖畔铸张炉』（清彭孙遹《金粟闺词一百首》其一百），即此。清代，手炉多为闺秀所用（图三）。脚炉的前身是汤婆子，即容器内置热水，此多见宋人题咏。明清流行的脚炉系内置炭火，形制与手炉近似。有曰手炉为方，脚炉为圆，如《清俗纪闻》所绘（图四、五），图像所见，也以方形手炉为多，但并不尽然，本条词例咏脚炉即云『随意范方圆』。徐珂《清稗类钞·物品类》『脚炉』条：『脚炉，以铜为之，其形或方，或圆，或椭圆，或六角，盖亦镂花，燃炭于中，藉以取暖，用之者大都为妇女也。』

一〇八 弹棋局

锦长书郑重，眉细恨分明。
莫近弹棋局，中心最不平。

◎唐·李商隐《无题》

弹棋是博弈之一种，流行于两汉魏晋至隋唐。弹棋局，亦称弹棋枰。洛阳曹魏大墓出土石楬有『象牙锥画弹棋枰一具』，『象牙锥画』，即以象牙嵌饰图案。与六博、双陆的棋局不同，弹棋局方二尺，中心坟起如盝顶妆奁。梁简文帝萧纲《独处怨》『弹棊镜奁上，傅粉高楼中』，北周王褒《弹棋诗》『何如镜奁上，自有拂轻巾』，弹棋因又称妆奁戏。《宋朝事实类苑·书画伎艺》引赞宁《要言》：『或云：宫中妆奁戏，不知造者，故有鏊背局，似香奁盖故也。』鏊，即鏊子，中心凸起，为烙饼之具〔图一〕。弹棋局做成这样的形制，原与它行棋时的『弹』法密切相关，即要在中心高隆的弹棋局上，令棋子沿着极难控制的弧曲路线，『风飘波动』，『展转盘萦』，最后击中对方。弹棋局多为石制，偶亦用木做，但传世之具迄不一见。分别出自河南安阳隋开皇十年麹庆墓与开皇十五年张盛墓的瓷明器，四面为光滑的陡坡，惟中央高高坟起，正是『中心最不平』。两件均为仿真的弹棋局〔图二、三〕。

图一
铁鏊子
大同新添堡辽许从赟夫妇墓出土

图二
弹棋局（瓷明器）
安阳隋开皇十年麴庆墓出土

图三
弹棋局（瓷明器）
河南安阳隋开皇十五年张盛墓出土

一〇九

戴竿（扶卢，缘橦，都卢寻橦）

楼前百戏竞争新，唯有长竿妙入神。
谁谓绮罗翻有力，犹自嫌轻更著人。

◎唐·刘晏《咏王大娘戴竿》

戴竿，百戏之一，一人顶竿，数人缘竿及于竿顶做高难动作。先秦已出现，《国语·晋语》所谓『扶卢』者即是。汉代称缘橦、寻橦或都卢寻橦〔图一〕，后世相沿〔图二~四〕。唐代亦称『竿木』。刘晏诗有本事，唐郑处诲《明皇杂录》卷上：『玄宗御勤政楼，大张乐，罗列百妓。时教坊有王大娘者，善戴百尺竿，竿上施木山，状瀛洲方丈，令小儿持绛节出入于其间，歌舞不辍。时刘晏以神童为秘书正字，年方十岁，……玄宗召于楼上帘下，贵妃置于膝上，……令咏王大娘戴竿，晏应声曰云云。』唐王建有《寻橦歌》，所咏戴竿伎亦为女子。

图一 汉画像砖 河南新野任营出土

图二
寻橦俑（北魏）
山西大同曹夫楼村出土

图四
戴竿伎俑
新疆吐鲁番阿斯塔那唐墓出土

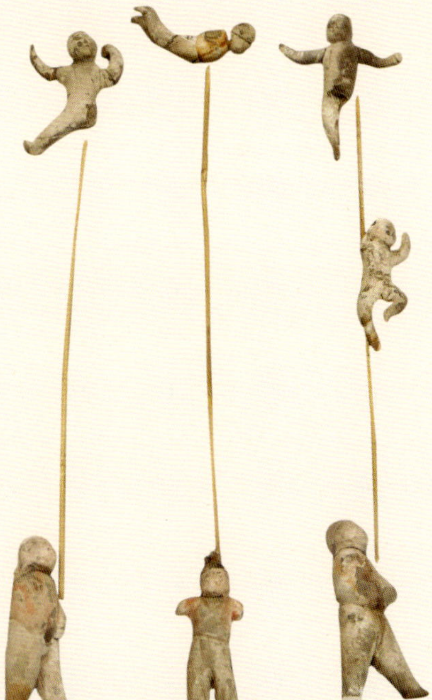

图三
戴竿伎俑
西安唐金乡县主墓出土

一一〇 麻雀衔旗

毁穴探雏飞去难，衔旗教得向笼樊。若还王母班龙近，道是云中朱雀幡。自注：取麻雀雏教之，能于樊笼衔五色旗向人前。

◎清·李声振《百戏竹枝词·麻雀衔旗》

驯雀衔旗之戏元代已很盛行。朝鲜时代汉语教科书《朴通事谚解·中》的一段对话即用元代口语表述此戏曰：勾栏里的杂技，有『弄宝盖的，又是一个铜觜、鑞觜造化，带着鬼脸儿翅儿舞。他的主儿拿着诸般颜色的小旗儿，那主儿着那铜觜的「衔将那一个颜色的旗来」说时，便觜里衔将来，与他那主儿』。注云：『凡优人以造化鸟为戏时，一人擎一彩帛葆盖，先入优场，告戏雀之由，次有一人捧一雀以入作戏。……雄曰铜觜，雌曰鑞觜。』造化鸟，即驯练鸟雀。明田汝成《西湖游览志余》卷十九记杭州禽戏『灵禽演剧』，『其法以蜡嘴鸟作傀儡，唱戏曲以导之，拜跪起立，俨若人状。或使之衔旗而舞，或写八卦名帖，指使衔之，纵横不差。或抛弹空中，飞腾逐取。此虽小技，殆有神术焉』。东京国立博物馆藏明人《货郎图》，担子上下挑出各式招幌，中有『皂花梧桐会舞意』〔图一〕，即此衔旗而舞之禽鸟。『皂花』，清代称作『皂儿』。梧桐，或写作䳄䳥，古称桑扈。清顾禄《清嘉录》卷九『唤黄雀』：『八九月间，弋人罗黄雀立铁竿颠，教之衔旗啄铃为戏。』可知此戏南北皆有，已成风俗，惟驯养之禽鸟不同。《红楼梦》第三十六回贾蔷一两八钱银子买给龄官『会衔旗串戏台』的雀儿，亦此之俦。

图一
明人《货郎图》局部
东京国立博物馆藏

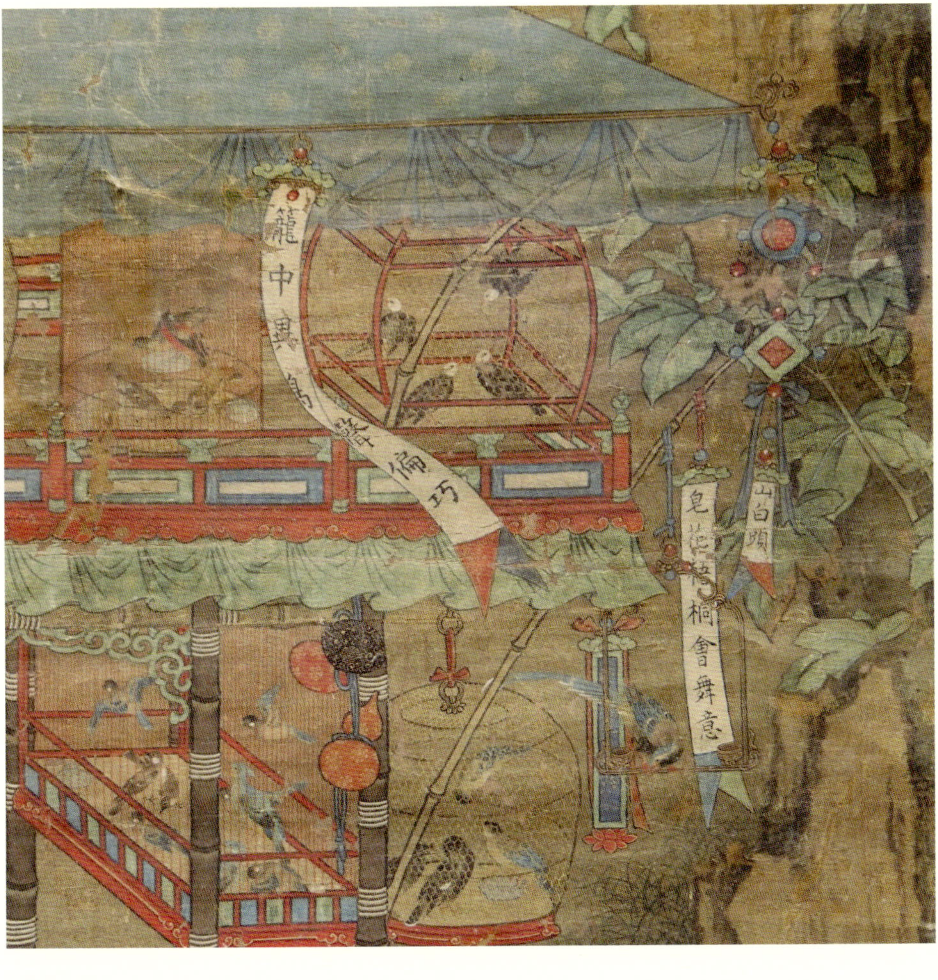

一一一

泥孩儿（摩睺罗，磨喝乐，魔合罗，土稚）

牧渎一块泥，装塑恣华侈。所恨肌体微，金珠载不起。双罩红纱厨，娇立瓶花底。少妇初尝酸，一玩一心喜。潜乞大士灵，生子愿如尔。岂知贫家儿，呱呱瘦于鬼。弃卧桥巷间，谁或顾生死。人贱不如泥，三叹而已矣。

◎宋·许棐《泥孩儿》

泥孩儿，又称摩睺罗、磨喝乐、魔合罗，源出于佛典中的『摩睺罗迦』（Mahoraga），自印度传来，经过一番中土化，而由蛇首人身的形象演化为美妙可爱的儿童。唐代已有制作，宋代尤盛，延续至明清。陆游《老学庵笔记》卷五：『承平时，鄜州田氏作泥孩儿，名天下，态度无穷，虽京师工效之，莫能及，一对至直十缣，一床至三十千，一床者，或五或七也。小者二三寸，大者尺余，无绝大者。予家旧藏一对卧者，有小字云鄜畤田玘制。』又《渭南文集》卷二十九《跋嵩山景迂集》：『景迂《鄜畤排闷》诗云：「莫言无妙丽，土稚动金门。」盖鄜人善作土偶儿，精巧，虽都下莫能及，宫禁及贵戚家争以高价取之。』鄜州，即今陕西富县。宋祝穆《方舆胜览》卷二『平江府』之『风俗』一项有『七夕摩睺罗』条，其下引《吴郡志》云：『土人工于泥塑，所造摩睺罗尤为精巧。』元孟汉卿《张孔目智勘魔合罗》杂剧：『我与他一个魔合罗儿，你牢牢收着，不要坏了，底下有我的名字，道是高山塑。』江苏镇江宋元泥塑作坊遗址出土数件泥孩儿（图一～三），大小略如拳，或坐或立或伏卧，姿态各异，背后各有『吴郡包成祖』『平江包成祖』『平江孙荣』等楷书阴文戳记，与宋元人的记述一致。

图一～三
泥孩儿
镇江宋元泥塑作坊遗址出土

一一二

化生（化生儿）

化生童子本无情，尽向莲花朵里生。
七宝池中洗尘垢，自然清净是修行。

◎唐·敦煌曲子《化生子·化生童子赞十首》其九

翠凤舆真女，红蕖捧化生。

◎唐·元稹《哭女樊四十韵》

踉蹡儿孙忽满庭，折荷骑竹臂春莺。
巧楼后夜邀牛女，留钥今朝送化生。
节物催人教老去，壶觞拜赐喜先倾。
醉眠管得银河鹊，天上归来打六更。

◎宋·杨万里《谢余处恭送七夕酒果蜜食化生儿二首》其一

合欢树上枝连理，双头花下，
两同心处，一对化生儿。

◎宋·无名氏《九张机》

莲花化生与莲花童子均源出于佛典。前者，为成佛；后者，为成人。《无量寿经》卷下：『若有众生，明信佛智乃至胜智，作诸功德，信心回向，此诸众生，于七宝华中，自然化生，跏趺而坐，须臾之顷，身相光明智慧功德如诸菩萨，具足成就。』《报恩经·论议品》中的鹿母夫人故事，则把莲花和童子联系在一起：鹿母夫人产下一朵莲花，『其华具足有五百叶，于一叶下有一童男，面首端正形状妙好』。入传中土之后，莲花化生与莲花童子不仅用于佛教艺术，更成为装饰领域里广泛施用的艺术形象，唐代且成七夕节物而为宜子之祥。唐人《辇下岁时记》：『七夕，俗以蜡作婴儿形，浮水中以为戏，为妇人宜子之祥，谓之化生。』唐薛能《吴姬十首》之十句云『芙蓉殿上中元日，水拍银盆弄化生』。两宋『化生』则定型为攀莲童子，又与磨喝乐混一：《东京梦华录》记述七夕风俗，道『小儿须买新荷叶执之，盖效颦磨喝乐』。杨万里诗中的化生儿即七夕物事。大同北魏平城遗址出土北魏莲花化生纹瓦当〔图一〕，是化生的早期形象之一。敦煌莫高窟第二二〇窟南壁初唐阿弥陀经变中，七宝池里三片透明的荷花瓣合抱为花苞，上身红衫、下穿条纹裤的一个化生童子合掌立在花心〔图二〕，可与『红蕖捧化生』互见。山西金墓仿真建筑雕作中的莲花童子，即《营造法

图一

莲花化生纹瓦当

大同北魏平城遗址出土

图二
敦煌莫高窟第二二〇窟壁画

图三
山西侯马金墓石刻

式·雕作制度》中列举的『化生』（图二），它又是玉器、瓷器、金银器和织绣中的流行题材。莲花童子的造型为后世所延续，乃至童子所持不限于莲花，原初的『化生』之意也逐渐淡化。经过长期演变，元明清工艺品纹样中的莲花童子，实可视作并无特定寓意的吉祥图案（图四）。

图四
攀花童子石抱框（元）
北京城市改造工程出土

藏经匣/护身小窖

（护身佛窝）

毗勒最初藏，三百馀万言。
后人忆诵少，从简删其繁。
馀存三十八万四千字，
梵夹秘在庵罗园。
四十二章经，流入震旦同河源。
六朝南北洎唐代，高僧辈出如云屯。
两伊合新旧，悉本经义为译翻。
后来广增律论部，与经为辅传仍昆。
白马讵胜驮，劫火安能燔。
云谁收入方寸箧，三藏奚啻千千番。
……

◎清·查慎行《藏经匣歌》

护身小窖挂胸前，黄绿羊毛帽子尖。
露出发边珠宝盖，儿茶擦得脸如烟。
自注：胸挂银窖，中贮护身小佛，人人如此。

◎清·项应莲《西昭竹枝词》

藏经匣与护身小窖均指藏传佛教饰品中的『嘎乌』，可随身佩带。藏语嘎乌即匣的意思，原特指供奉佛像的小匣，后世也指珠宝镶嵌的匣状佩饰（图一）。明高濂《遵生八笺》卷八《起居安乐笺下》『念珠』条在列举念珠的各种式样时说到一件『梵王物』：『又见番僧携至佩经，或皮袋或漆匣，上有番篆花样文字四，方三寸，厚寸许，匣外两傍为耳，系绳佩服。余曾开匣视之，经文朱书，其细密精巧，中华不及，此真梵王物也。』此所谓『番僧』，应是来自雪域，『番篆花样文字』者，梵文也。《藏经匣歌》诗前小序曰：『匣漆皮为之，无缝，不可开。相传古罗汉写藏经锢其中。长三寸许，阔二寸许，厚不盈寸，正面画佛像一尊，背及四旁俱有梵书，西域喇嘛仅识其半，云此大西天字也，彼中奉为法宝。……佩之水火盗贼不能伤，魍魉魑魅不能害云。』这一类用作放置佛经或佛像而系绳佩服的小匣，汉族地区所见不多，不过由明至清流行时间却不短（清代又称护身佛窝），虽然范围并不大（图二～四）。出自常州和平新村明墓的一枚为造型近方的系链银匣，长八点三厘米，宽八点五厘米。银匣两面各饰不同的纹样。一面以连珠纹装饰为圆环，其外四角布置祥云，其内为一朵铺展开来式如曼荼罗的六瓣莲花，花心和花瓣内分别装饰一个梵文字。另外一面纵横分作九个装饰框，中心方框为四角以祥云拥护的一个『寿』字，周围方框

图一
嘎乌（十九世纪）
西藏博物馆藏

图二
嘎乌式银佩件
常州市和平新村工地明墓出土

图四
金镶宝护身佛窝
故宫博物院藏

分别装饰法轮、海螺、幢、盖、花、瓶、双鱼、盘长八吉祥图案。银匣的两边系链，中心是一个原可抽送的小银屉，银屉向外的一侧打作花卉纹，中央花心设一小环以为拉手。银盒图案莲花心中的梵文，或被认作『福』字。其实这是金刚界曼荼罗中阿弥陀佛种子字，读作 hrih，汉语音译又作纥哩、纥利、纥利俱等。六瓣莲花中的六个梵文则为六字真言，整个图案便是一个法曼荼罗或曰种子字曼荼罗。

图三
金镶宝嘎乌式佩件
南京江宁将军山明沐斌继室梅氏墓出土

一一四

经塔

绳床经卷亦无庸，只合云堂老衲供。
差似香山游别社，不关松雪礼中峰。
细书欲结庄严塔，清梦偏回断续钟。
更拟相从文字外，倘容一指证天龙。

◎清·祁寯藻《以董香光书〈金刚经塔〉拓本施长椿寺，为三明长老说法》

经塔，以画塔为媒，书写经文，是一种彰显设计感的佛经书写形式。唐代出现，北宋发展成熟，至元而明清，此风不衰，参与其中者多有书画名家。浙江嘉兴明项氏墓出土一件《金刚经塔》拓片，满布经文的一座七级浮图，顶有塔刹，每层檐角悬铃一对。每层栏杆各有六个望柱，望柱上各书一个佛字。第四层之外，每层各有一身坐佛，此坐佛，适作经文中的『佛』字读。第四层的中央是一座塔，又刚好是在经文的『皆应供养如佛塔庙』处，『佛』字与『庙』字之间的这座塔，便作经文中的『塔』字读。第一层，门内佛陀说法，佛陀十大弟子『解空第一』之须菩提跪听，门外两侧各一身金刚卫士。门楣自左向右书『金刚般若波罗蜜经』，塔门内侧，佛左方是经文起始『如是我闻，一时，佛在舍卫国……』，佛右方『皆大欢喜，信受奉行』，是经文之结束。而『金』与结末之『行』字相接，『经』与起首之『如』字相衔，首尾并对，起结贯通〔图一〕。清代更有帝王参与制作〔图二〕。

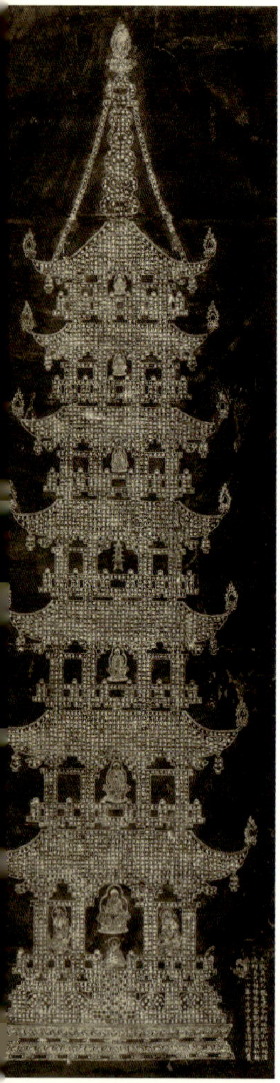

图一
《金刚经塔》拓片
嘉兴明项氏墓出土

图二
黑地描金乾隆御笔经塔唐卡
布达拉宫管理处藏

一一五

琉璃灯中鱼

玄珠透水明，玉鬣弄晶晶。跃碍冰痕薄，潜疑月色新。器宏斯可乐，水浅易持盈。归趁烧灯后，蘋洲拍拍春。

◎宋·释居简《琉璃灯中鱼子》

头角未峥嵘，潜宫号水晶。游时虽逼窄，乐处在圆明。有火疑烧尾，无波可动情。一朝开混沌，变化趁雷轰。

◎宋·叶茵《琉璃砲灯中鱼》

图一 《婴戏图》局部 台北故宫博物院藏

琉璃灯中鱼，为上元节物，流行始于南宋。范成大《上元纪吴中节物俳谐体三十二韵》述上元灯云『方縿旛史册，圆魄缀门衡。掷烛腾空稳，推毬滚地轻。映光鱼隐见，转影骑纵横』。『映光鱼隐见』句下自注：『琉璃壶瓶贮水养鱼，以灯映之。』宋苏汉臣《婴戏图》中所绘，即琉璃壶瓶中鱼〔图一〕。后世琉璃瓶中贮鱼渐成一种玩物而不限于上元。元熊梦祥《析津志》『岁纪』条：二月二日谓之龙抬头，『自此后，市人以竹拴琉璃小泡，养数小鱼在内，沿街擎卖』。明《朱氏舜水谈绮》卷下『宝货』类曰其名为『倒鼈气』。日人编纂《唐土訓蒙図彙》（十八世纪初刊行）『倒鼈气』条绘有图式〔图二〕。刘侗《帝京景物略》卷二《城东门内外》『春场』条：『东之琉璃厂店，西之白塔寺，卖琉璃瓶，盛朱鱼，转侧其影，小大俄忽。』清陈维崧《鱼游春水·咏金鱼》『浅贮空明翡翠瓶』。中国国家博物馆藏明《宪宗行乐图》绘有殿堂里两边长案上相对陈放的琉璃瓶中鱼〔图三〕。北京定陵出土孝靖后百子衣，衣上绣着一手拿彩旗一手举着小瓶的孩儿，小瓶的式样一如苏汉臣笔下的《婴戏图》〔图四〕，亦为此物。

图二
《唐土訓蒙図彙》中的倒鳖气

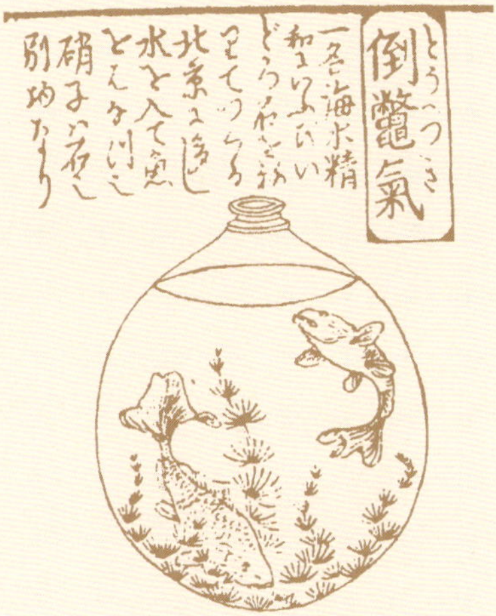

图四
北京定陵出土百子衣图案摹本

图三
《明宪宗行乐图》局部
中国国家博物馆藏

蔷薇水

番禺二月尾，落花已无春。唯有蔷薇水，衣襟四时薰。

◎宋·郭祥正《颖叔招饮吴圃》

月转花枝清影疏，露华浓处滴真珠。天香遗恨罥花须。沐出乌云多态度，晕成娥绿费工夫。归时分付与妆梳。

◎宋·张元干《浣溪沙·蔷薇水》

蔷薇水，又称蔷薇露（洒亦有此名，视上下文意自可判定），香水。宋代多来自大食，装贮每以琉璃瓶。虞俦《广东漕王侨卿寄蔷薇露因用韵》：『薰炉斗帐自温温，露挹蔷薇岭外村。气韵更如沉水润，风流不带海岚昏。』（其一）『美人晓镜玉粧台，仙掌承来傅粉腮。莹彻琉璃瓶外影，闻香不待蜡封开。』（其二）蔷薇水与琉璃瓶，先已同时出现在五代，《册府元龟》卷九七二：周世宗显德五年九月，『占城国王释利因德漫遣其臣莆诃散等来贡方物，中有洒衣蔷薇水一十五琉璃瓶，言出自西域，凡鲜华之衣以此水洒之，则不黦，而复郁烈之香连岁不歇』。两宋文献与诗歌作品中，蔷薇水与琉璃瓶均屡见不鲜。《宋会要·蕃夷》与《宋史·外国》之部多有蔷薇水入贡的记载，后者是大食以蔷薇水贡献宋廷的纪录，前者所录除来自大食外，尚有占城、注辇国等贡来者，诸国皆地处大食与中土往来的海道，与五代时相同，入贡的琉璃瓶和蔷薇水，其产地仍属大食。原本用作盛放蔷薇水的伊斯兰琉璃瓶发现于辽宋遗址〔图一、二〕，与文献的记载正相符合，虽然或改变用途成为舍利容器。河南巩义宋仁宗永昭陵陵前一尊客使像手捧一个高颈圆腹瓶，便是入贡的蔷薇水〔图三〕。来自域外的瓶装蔷薇水颇有售卖，也不乏仿制品。《百宝总珍集》卷八『蔷薇水』条，其前歌诀曰：『泉客贩到蔷薇露，琉璃瓶贮喷鼻香。贵人多作刷头水，修合龙涎

图二
琉璃瓶
辽陈国公主墓出土

图一
琉璃瓶
河北定州静志寺塔塔基出土

图三 永昭陵陵前客使像

分外馨。』下云：『此水出南番国，如采于早辰蔷薇花上取之，露水多用葫芦盛贮，到此用琉璃瓶儿盛卖，每瓶直百三二十钱。以上更看临时商量何如。福州王承务亦有蔷薇花蒸造假者。殿阁贵人多作刷头水及修合龙涎花子、数珠、背带之属。』此云消费者或用于梳洗，或用来合香，正如虞俦诗所咏。元明依然有此舶来品，其时多称蔷薇露。如元张昱《次林叔大都事韵四首》『无端收得番罗帕，彻夜蔷薇露水香』，明蒋之翘《天启宫词》『蔷薇露噀熨宵衣』。清代则以波斯语对音呼之为古剌水。如唐宇昭《拟故宫词四十首》之一：『香汤百种早澄清，任取金盆渐次倾。闻得内家刚浴起，一杯古剌水先呈。』不过清人或将此香水与云南土司大、小古剌入贡的古剌酒相混，如全祖望《明洪熙古剌水歌为马嶰谷》、厉鹗《洪熙古剌水歌同全谢山作》，故袁枚《随园诗话》卷七疑古剌水似乎可饮，又似乎为熏洒衣服之用。而清代又有一种蒸花为露且同样以『花露』为名如『蔷薇露』者，乃口服之饮料，见顾禄《桐桥倚棹录》卷十。

摺叠扇

宫纱蜂趁梅，宝扇鸾开翅。
数摺聚清风，一捻生秋意。
摇摇云母轻，袅袅琼枝细。
莫解玉连环，怕作飞花坠。

◎宋·朱翌《生查子·咏摺叠扇》

几股湘江龙骨瘦，巧样翻腾，
叠作湘波皱。
金缕小钿花草斗，翠條更结同心扣。
金殿日长承宴久，招来暂喜清风透。
忽听传宣须急奏，轻轻褪入香罗袖。

◎金章宗《蝶恋花·聚骨扇》

摺叠扇，又名聚骨扇、聚头扇〔图一〕，创制于日本，复传至高丽，丽人又有不少创造。北宋徐兢《宣和奉使高丽图经》卷二十九所举高丽扇有三种：画摺扇、白摺扇、松扇。与画摺扇相比，白摺扇自是减等，或系丽人自制，而它又传到辽〔图二〕。北宋王珪作康靖赵公即赵槩墓志铭，曰皇祐三年槩使辽，『席上请赋「信誓如山河」诗，公诗成，契丹主亲酌玉杯劝公饮，以素摺叠扇授其近臣刘六符写公诗，自置怀袖中』（此事也见载于《续资治通鉴长编》卷一六八）。松扇亦摺叠扇之属，系编织而成，最见高丽特色，宋人题咏也最多。大略言之，日本扇扇面泥金泥银，以画工见胜；高丽扇则扇骨制作别有工巧。北宋吴则礼《有怀介然偶作因寄之》『君对幽人洗银毂』，句下自注：『予尝以三韩银毂扇赠之。』此银毂，当即银股，这是竹扇骨之外的又一种。宋、辽、金于摺叠扇的仿制，其范本便是高丽。赵彦卫《云麓漫钞》卷四：『今人用摺叠扇，以蒸竹为骨，夹以绫罗，贵家或以象牙为骨，饰以金银，盖出于高丽。』摺叠扇上作画虽已见于南宋漆奁图案（见『胆瓶』条图三），但直到明代它方与士大夫的雅趣合流，且使扇面艺术成为文人的艺术天地。而不论传世还是出土，明代摺叠扇的扇面制作均以泥金或洒金为多〔图三、四〕，似乎犹存日本扇的一点影响。

图一 宋代铜镜

图二
陶契丹人像（辽）
辽宁建平县奎德素乡丛家洼出土

图三
泥金摺叠扇
湖北蕲春明永新王朱厚熑夫妇墓出土

图四
文徵明《古木寒江图》泥金扇面
中国国家博物馆藏

浴室

山门渐近少凡尘，佛子长栖物外身。款户多因游寺客，倚栏时有羡鱼人。祥云结盖应非雾，法雨飘花别是春。数刻盘桓觉萧散，田头官事又劳神。

◎宋·吕陶《次韵张怀安题云顶浴室院》

乱泉如沸出湾环，余燠犹霑野寺间。但与山僧洗尘垢，还胜涨腻在骊山。

◎宋·谢邁《汤泉泉在法水寺后》

招提阒林麓，栋宇压江郊。来作温泉浴，如逢痒处搔。

◎宋·喻良能《温泉》

宋代浴室、浴池建置的完备及环境之宜人，以寺院为最。据诗例，即便以骊山作为浴池的标准，寺院浴池尚犹胜几分。温泉并非是处皆备，不过稍具规模的寺院里总有设施比较齐整的浴室，且北朝已是如此。《洛阳伽蓝记》卷四曰宝光寺的园中有浴堂，盛时『园地平衍，果菜葱青』云云。日无著道忠编著《禅林象器笺·殿堂门》『浴室』条引《六学僧传》说：梁乾化四年，后唐智晖『自江表来京邑，历观诸刹，以为所须皆备，而独于浴室似有缺典。于是相攸洛汭，治屋若干楹，购山给薪，凿沼储水，轮汲而槽，受其汤之富未易言。则瓶锡之侣，冠簪之伦，搢绅先生之流，其至者日不暇给。而脱履则木舄承足，卸衣则枲裙障身。五日一开，开凡七十有二，而岁周矣。其所浴殆数万人不啻。』是寺院浴室乃对外开放，且开放之日冠簪搢绅络绎。陕西扶风法门寺出土宋碣《浴镬器独不漂没灵异记》曰：『寺之东南隅有浴室院，或供会辐凑，缁侣云集，凡圣混同，日浴千数。』（图一）可见规模。浴室院的形式与设置，由南宋周季常、林庭珪《五百罗汉图》可得大概（图二）。又日本禅僧所作《五山十刹图》，绘有明州亦即今之宁波的天童寺宣明（浴室）。依图所示，天童宣明位于山门前西侧，面阔七间，进深四间，后方是两间灶屋。堂内正面安奉浴室本尊像，匾额题曰『香水海』。其后便是浴场，有屏风用作遮蔽。浴场中央

图一

《浴镬器独不漂没灵异记》拓片

法门寺地宫出土

图二
《五百罗汉图》（南宋）
日本大德寺藏

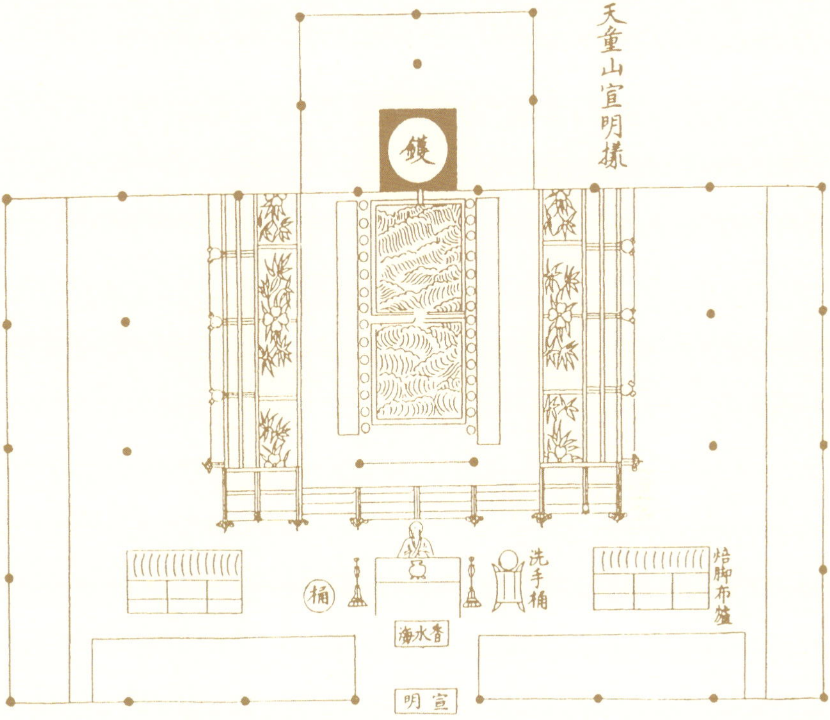

图三
天童寺宣明

为浴池，两边设浴桶，又洗手桶和焙脚布炉等〔图三〕。所谓『脚布』，《禅林象器笺·器物门》『脚布』条：『旧说曰：浴室之阶，缚布而防滑，此云脚布。』

一一九

包子（犀玉钱）

掖庭荣庆诞弥初，包子均分尽乐胥。小结金钱银缕胜，红罗端疋代衣裾。

◎宋徽宗《宣和宫词》

祝应多男属圣君，词臣常备洗儿文。高禖喜燕排旬有，包子红绡叠日分。

◎宋·周彦质《宫词》其三十五

包子，宋代宫廷特以诞育皇子、公主之庆而赏赐大臣的金银钱、犀玉钱等。蔡絛《铁围山丛谈》卷四：『祖宗故事，诞育皇子、公主，每侈其庆，则有浴儿包子并赉巨臣戚里。包子者，皆金银大小钱、金粟（别本作果）、涂金果、犀玉钱、犀玉方胜之属。』南京江浦张同之夫妇墓出土金镶玉花钱一枚，用作包镶的金皮镞镂毬路纹，直径五点八、厚零点四厘米（图一）。从纹样看，它应非墓葬习见的压胜钱，而是宋诗所云『包子』之一种。张同之系张孝祥之子，合葬为继室章氏，乃叶梦得外孙女。

图一
金镶玉花钱
南京江浦张同之夫妇墓出土

一二〇 扇鼓

桂影团团光正满。
更似菱花，齐把匀娇面。
非镜非蟾君细看。
元来却是吴姬扇。
一曲阳春犹未遍。
惊落梁尘，不数莺喉啭。
好著红绡笼玉腕。
轻敲引入笙歌院。

◎宋·史浩《蝶恋花·扇鼓》

爱君坦腹羲之床，红紬扇鼓迎新郎。

◎宋·陈藻《平江送连亨叟赴省》

图三
河南济源明墓墓室壁画

扇鼓出现于宋，其形制仅见史浩词所咏，即式如纨扇，又似鞞镜，常奏于酒筵歌席等欢乐场面。四川华蓥南宋安丙家族墓以及合江大桥镇黄包山赵院子宋墓石刻，均有『轻敲』扇鼓的伎乐〔图一、二〕。明代绘画中也可以看到同样的形象〔图三〕。不过元代以后，扇鼓又从笙歌中分出一支，而为『番僧』或巫觋所用。元张昱《辇下曲》：『守内番僧日念吽，御厨酒肉按时供。组铃扇鼓诸天乐，知在龙宫第几重。』又明冯惟敏〔朝天子〕《四术·巫》『扇鼓儿很敲，背膊儿碜摇，不住的梭梭跳』。

图一、二
南宋安丙家族墓石刻

一二一 僧磬

青桐双拂日，傍带凌霄花。
绿叶传僧磬，清阴润井华。
谁能事音律，焦尾蔡邕家。
◎唐·李颀《题僧房双桐》

出郭眼增明，遐观酒共倾。
好风吹暑气，快雨送雷声。
僧磬清敲寂，莺簧巧弄晴。
论交方缱绻，奈此别时情。
◎宋·姜特立《和叶枢密同游南明》

僧磬，唐以前与唐以后虽然名称不变，但形态不同。唐卢纶有《慈恩寺石磬歌》，句云『灵山石磬生海西，海（一作波）涛平处与山齐。长眉老僧同佛力，咒使鲛人往求得。珠穴沉成绿浪痕，天衣拂尽苍苔色。星汉徘徊山有风，禅翁静扣月明中』。既云石磬，则其造型仍为先秦以来的片状，折腰式。入宋，僧磬式样发生变化，即为铜钵式，也称圆磬。《宋景文公笔记》：『乐石有磬，今浮屠持铜钵，亦名磬。世人不识乐石，而儒者往往不晓磬折义，故不独不识磬，又不能知钵。』陆游《冬朝》『圣贤虽远《诗》《书》在，殊胜邻翁击磬声』，句下自注：『释氏谓铜钵为磬。』范成大《梅谱》言蜡梅品种之一：『经接，花疏，虽盛开，花常半含，名磬口梅，言似僧磬之口也。』明刊《新编对相四言》与『磬』对应者，即为圆磬〔图一〕。南宋《五百罗汉图》中有击磬者〔图二〕，它也出现在明代墓室壁画的歌乐图中〔图三〕。

图一 《新编对相四言》中的僧磬

图二
《五百罗汉图》（南宋）
日本大德寺藏

图三
河南济源明墓墓室壁画

一二二 金屈戌

锁香金屈戌。

◎唐·李商隐《魏侯第东北楼堂郢叔言别聊用书所见成篇》

凝走弄香奁，拔脱金屈戌。

◎李商隐《骄儿诗》

诗例之一中的屈戌，《李商隐诗歌集解》（中华书局二〇〇七年）释曰：『门窗之搭扣。』诗例之二，同书注云：『屈戌，今所谓铰链、合页。』李诗又有『锁门金了鸟』（《病中闻河东公乐营置酒口占寄上》），同书引何焯注：『了鸟即屈戌。』然则搭扣与铰链、合页并非一物，用途也不相同。所谓『了鸟即屈戌』，则『锁门』者与『锁香』者当是一物，但此物究竟是搭扣抑或合页，仍然疑未能明。能够贯通二者的解释，应该是屈戌有二义：一、指门窗搭扣，也称搭鍪，『锁香金屈戌』者是，『锁门金了鸟』者亦然。二、指合叶，也作合页，又称交关（见本书『粉蛾帖死屏风上』条），梁简文帝『织成屏风金屈戌』者是，『拔脱金屈戌』亦同。法门寺地宫出土金花银香囊有分设于前后的屈戌：设于后者，为合叶；设于前者，为搭扣。搭扣之造型，适如一个『了』字（图一）。『锁香金屈戌』，乃上下扣合可用屈戌勾搭而不使开启的一种香器，香囊或曰香毬亦此类之属。

图一
金花银香囊
法门寺塔基地宫出土

一二三

金蟾啮锁

金蟾啮锁烧香入。

◎唐·李商隐《无题四首》之一

图一 唐三彩贴花钱柜 洛阳出土

《李商隐诗歌集解》引道源注：『蟾善闭气，古人用以饰锁。』又《海录碎事》：『金蟾，锁饰也。』遂注云：『金蟾，指蟾形香炉；锁，指香炉鼻钮，可启闭而填入香料。』按旧注此诗金蟾为锁饰，不误。今注非是。洛阳出土一具唐三彩贴花钱柜，柜面有一个条状孔可投钱，前后各有一对兽面，后方两个兽面间一只伏在荷花花心扬首向上的蟾蜍〔图一：下〕；正面扣合处有锁钥，惜已残断，尚存的一部分，下方同样一只蟾蜍作啮锁状〔图一：上〕。唐代马具也或借取锁闭之意做成花叶蟾蜍〔图二〕。诗人体物深细，故由寻常锁饰而成就俊句。

图二
唐三彩马
故宫博物院藏

一二四

粘竿

伤禽栖后意犹惊，偶向黐竿脱此生。

◎唐·薛能《彭门解嘲诗》其二

黄雀儿，尔胡不仁，
朝食我谷，暮食我谷，
东家无网罗，西舍无粘竿，
南村无弓箭，北邻无弹丸，
家人为汝辛苦不得闲。

◎明·陆之裘《黄雀儿》

黐竿即粘竿，用来捕鸟和捕蝉的竹竿，其端涂以胶类。李焘《续资治通鉴长编》卷七十三：大中祥符三年三月，『禁虔州民造黐胶』。黐胶即用以做粘竿之胶。《庄子·达生》『见痀偻者承蜩』，承蜩，以竿粘蝉。曹植《蝉赋》：『有翩翩之狡童兮，步容与于园圃。……持柔竿之冉冉兮，运微粘而我缠。』柔竿则即后世习称之粘竿。江苏邳县燕子埠东汉彭城相缪宇墓出土捕蝉图画像石，六小儿在大树下张弹弓、举粘竿，捕蝉为戏〔图一〕。后世粘竿与此无别。

图一
东汉缪宇墓出土画像石

一二五

牙床（牙床脚）

绿叶生半长，繁英早自香。因风乱胡蝶，未落隐鹂黄。飞来入斗帐，吹去上牙床。非是迎冬质，宁可值秋霜。

◎梁·萧子范《落花诗》

表章堆玉案，缯帛满牙床。

◎唐·卢延让《观新岁朝贺》

避暑佳人不著妆。水晶冠子薄罗裳。摩绵扑粉飞琼屑，滤蜜调冰结绛霜。随定我，小兰堂。金盆盛水绕牙床。时时浸手心头熨，受尽无人知处凉。

◎宋·李之仪《鹧鸪天》

牙床之『床』，在高坐具尚未普及的时代，所指包括了坐床、卧床与承物之床。诗例之一，指卧床；之二，指承物之床。宋以后诗歌中的牙床，则通常为卧床之美称，第三例即是。『牙』，初期是指承物之床下方作出齿状花牙子。日本正仓院藏一具木画紫檀棋局，棋局上盘下座连为一体，棋盘表面嵌以纵横十九道象牙罫线，又木画花眼十七枚，对局的两侧各设一个带金环的抽屉，抽屉内有木雕龟盒各一枚，盒内容棋子。抽屉之下便是上沿作出齿状花牙子、下有托泥的壸门座（图一）。《东大寺献物帐》登录此物曰：『木画紫檀棊局一具。牙界花形眼，牙床脚，局两边着环，局内藏纳棊子龟形器，纳金银龟甲龛。』所云『牙床脚』，即棋局之壸门座。早于它的河南安阳北郊隋张盛墓出土明器白瓷棋局，其下连之座亦为『牙床脚』（图二）。北宋李诫《营造法式》卷十五『须弥坐』条称基石之上的花牙子为『牙脚砖』，正是对这一名称的沿用。

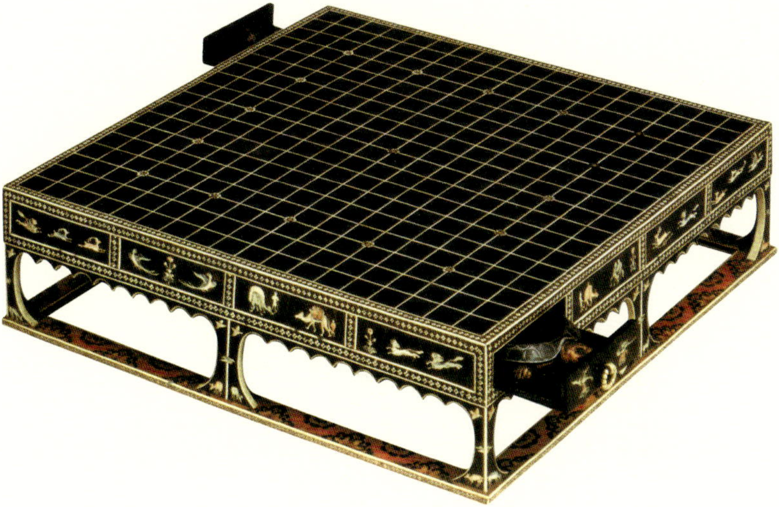

图一
木画紫檀棋局
正仓院藏

图二
白瓷棋局
隋张盛墓出土

牙盘

别祠缘相汉，旧礼效宗周。萧气接庭燎，鼓声通市楼。乐章分庙奏，牲物用毛柔。木主升新座，牙盘列庶羞。

◎宋·梅尧臣《次韵景彝奉慈庙孟秋摄事二十韵》

太室裸将严体荐，景灵朝献荐牙盘。九重黼坐盘盂固，四海苍生奠枕安。

◎宋·王遂《宁考神御奉安原庙》其三

蒸豆作乌盐作白，属闻丹杏荐牙盘。

◎宋·黄庭坚《戏答晁深道乞消梅二首》其一

牙盘，盘身很浅，下连高座，数件一组，使用时分别陈放，闲置时套叠。当与汉魏南北朝时期盛放果品、器内有隔、闲置时成沓的槅子有渊源关系（图一），主要流行于唐五代和辽宋（图二～四）。牙盘食唐代或称饾饤、看食，因它是把各色各味在盘中堆耸得齐整而有娱目之效。《太平广记》卷二三四引唐卢言《卢氏杂说》：『御厨进馔，凡器用有少府监进者，用九钉食，以牙盘九枚装食味于其间，置上前，亦谓之看食。』《旧唐书》卷一〇五《韦坚传》：引水抵望春楼下为潭，令诸郡载土产来，天宝二年玄宗幸望春楼观新潭，『坚跪上诸郡轻货，又上百牙盘食』。宋代，奉祀曰『牙盘食』，梅尧臣『牙盘列庶羞』，王遂『景灵朝献荐牙盘』，均为奉祀，所用牙盘或有特定的样式（图五）。此外言牙盘，则大抵为盘置鲜果美食之泛称。如诗例三黄庭坚诗，又韩元吉『晶盐贮牙盘』（《雪中从邢怀正乞酒》），沈继祖『牙盘堆实荐时新』（《杏花村》）。

图一
方槅（三国吴）
鄂钢技改郭家垴墓地出土

图二
秘色瓷牙盘
苏州吴中七子山五代一号墓出土

图三
黄釉牙盘
赤峰市翁牛特旗解放营子辽墓出土

图四
青釉划花牙盘（宋）
陕西铜川耀州窑遗址出土

图五
青釉牙盘（宋）
杭州老虎洞窑址出土

一二七

榜子（名刺，手刺，名纸，门状）

晨将榜子关宾阁，辇出房时已奏知。陛对臣寮才下殿，朱衣丝履上东墀。

自注：上未御殿时，先以榜子至阁门，云具姓名，乞直前奏事。阁门既奏知讫，直前官仍随班，如常日起居侍立。只候宰执臣寮对毕，径至榻前奏事，奏事毕，回殿上立位。

◎宋·魏了翁《真除后谩记所见》其三

榜子，或作牓子，即名刺，也称手刺，名纸，门状。陆游《老学庵笔记》卷三：『士大夫交谒，祖宗时用门状，后结牒「右件如前谨牒」，若今公文，后以为烦而去之。元丰后，又盛行手刺，前不具衔，止云「某谨上。谒某官。某月日」。结衔姓名。刺或云状，亦或不结衔，止书郡名，然皆手书，苏、黄、晁、张诸公皆然，今犹有藏之者。后又止行门状，或不能一一作门状，则但留语阍人云：「某官来见。」而苦于阍人匿而不告，绍兴初乃用牓子，直书衔及姓名。至今不废。』故宫博物院藏宋蔡襄《门屏帖》〔图一〕，即榜子。

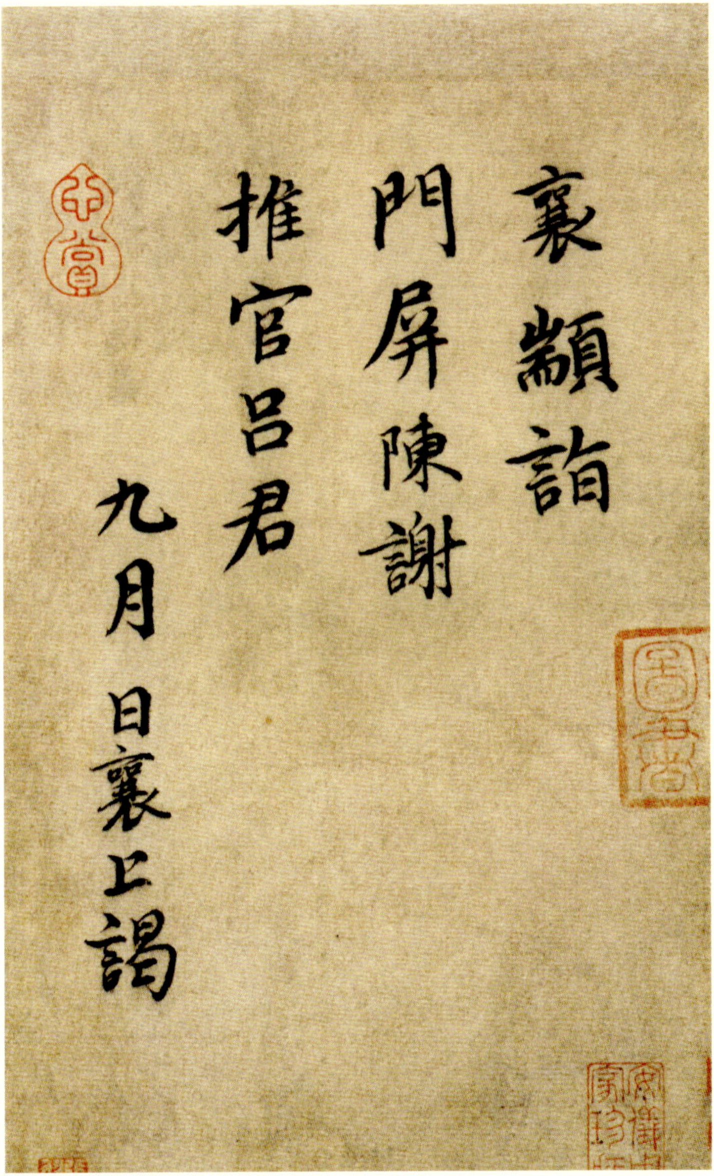

图一
蔡襄《门屏帖》
故宫博物院藏

一二八

高肩担

伏牛山打七期场满，迫忙里又起高肩担。

◎明·阮大铖《双金榜》第四出《安禅》〔北醉扶归〕

图一 张择端《清明上河图》局部 故宫博物院藏

高肩担，货郎担的形制之一，既可挑起担子走街串巷，又可随宜支就货摊做起生意。《水浒传》第七十四回道好汉燕青扮作货郎儿往泰安州去行事，但见他『打扮得村村朴朴，将一身花绣，把衲袄包得不见，扮作山东货郎，腰里插着一把串鼓儿，挑一条高肩杂货担子』。王利器《水浒全传校注》：『谓扁担两头之高翘向上者，此对平肩担儿而言。』此释甚确。《清明上河图》中孙羊正店旁边一个用马头竹篮卖花的花摊，花朵铺排在竹马背上，串联两个马头花篮的正是一根两头高翘的扁担〔图一〕。它也见于山西繁峙岩山寺文殊殿金代壁画，闹市中的酒楼对面，发卖饮子的货郎右手持勺，左手持碗，正向手牵孩儿的一位妇人递过去〔图二〕。明代也有不少同类图例〔图三、四〕。

孫羊店

图二
山西繁峙岩山寺文殊殿金代壁画

图三
仇英《清明上河图》局部
辽宁省博物馆藏

图四
明人《宪宗元宵行乐图》局部
中国国家博物馆藏

一二九

饷鞘

（饷鞘，鞘段，鞘银，银鞘，鞘马子）

饷鞘横舱吏役散，瞪目中流叫苍昊。

◎清·张荫桓《神溜叹》

饷鞘，也作饷鞘，或鞘段、鞘银、银鞘、鞘马子。鞘银之称明代已有，清代更为流行（清制：每鞘纳银十锭，计五百两为一鞘）。制作方法是以一段整木一剖为二，中间掏空，两端做出榫眼，装入银锭，然后两半榫眼相对合拢为一，复箍以铁片或铜片，遂可方便运输。四川江口古战场出水张献忠之『木鞘藏银』，即此物〔图一〕。

图一
饷鞘
四川江口古战场出水

一三〇

干旄／干旟

子子干旄，在浚之郊。素丝纰之，良马四之。彼姝者子，何以畀之。（一章）

子子干旟，在浚之都。素丝组之，良马五之。彼姝者子，何以予之。（二章）

子子干旌，在浚之城。素丝祝之，良马六之。彼姝者子，何以告之。（三章）

◎《诗·鄘风·干旄》

诗中所咏干旄、干旟、干旌，均为旗干首。旗柄称杠，也称竿或干。《尔雅·释天》『素锦绸杠』，郭注：『以白地锦韬旗之竿。』山字形的干首下有銎以插长柄，两侧有环钮可以缀物〔图一〕。干首系旄牛尾，便曰干旄。湖北荆门包山楚墓出土彩绘出行图漆奁，图中绘车，车后绘旗，干首设旄，此即干旄〔图二〕。干首系羽毛，则曰干旌。干首做成飞鸟形，则即干旟。《尔雅·释天》『错革鸟曰旟』，郭注：『此谓合剥鸟皮毛，置之竿头。』《隋书·礼仪志五》引郭说，又援旧注曰『刻为革鸟』。日本出光美术馆藏铜干首，两边镂作一对反身翘首的飞鸟〔图三〕，为公元前九世纪物，此即干旟。

图一
干首
洛阳北窑西周墓出土

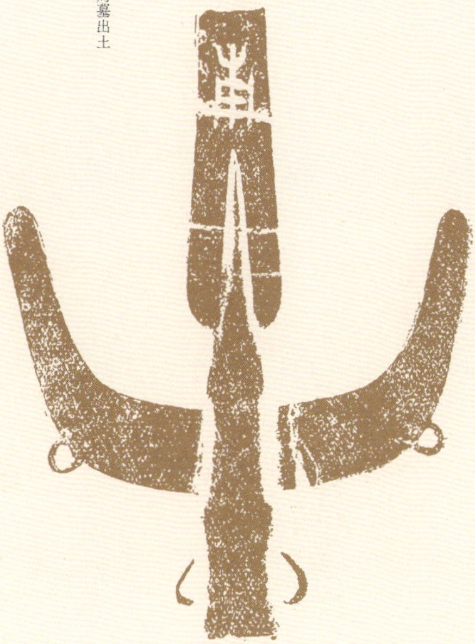

图三
干旟
出光美术馆藏

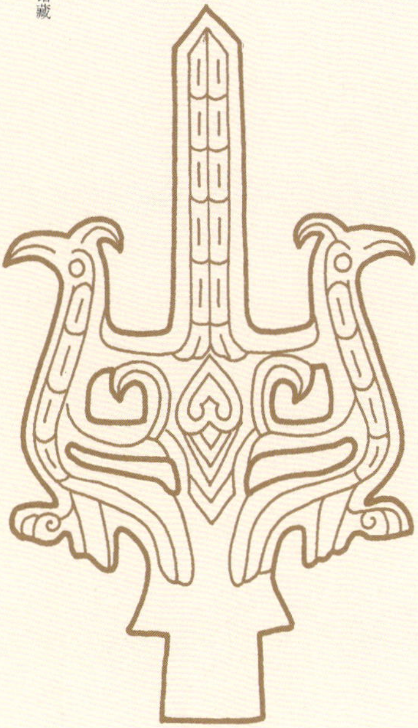

图二
干旌
湖北荆门包山楚墓出土漆奁图案

旐

我出我车，于彼郊矣。设此旐矣，建彼旄矣。彼旟旐斯，胡不旆旆。忧心悄悄，仆夫况瘁。（二章）

王命南仲，往城于方。出车彭彭，旂旐央央。天子命我，城彼朔方。赫赫南仲，玁狁于襄。（三章）

◎《诗·小雅·出车》

旐是军旅致众之旗，其形制狭而长〔图一〕，《尔雅·释天》『缁广充幅长寻曰旐』，《说文》释『旐』云『攸攸而长也』。狭而长的旐尾，续接更细更长的一段帛，便是旆〔图二〕，《尔雅》所谓『继旐曰旆』。旆于征战时建在先驱车上，《商颂·长发》所以称『武王载旆，有虔秉钺』，《小雅·六月》所以称『白旆央央，元戎十乘，以先启行』。若仅治兵而不示战，则结旗使旆不飞扬，即《小雅·出车》『彼旟旐斯，胡不旆旆』。旐的干首，通常装饰干旟。疾飞之鸟隼，象征迅猛，所以进士众，干旟便常常与出征、田猎所用的旐合为旗帜，《诗》因每每旟旐合称，如《小雅·出车》，如《大雅·桑柔》。单言设旟，则特指设旟旐之旗，《大雅·江汉》『既出我车，既设我旟』，是出征建旗。又旟旐所以集众，于是为蕃息众多之兆，《小雅·无羊》因此有旟旐之梦，所谓『旐维旟矣，室家溱溱』。

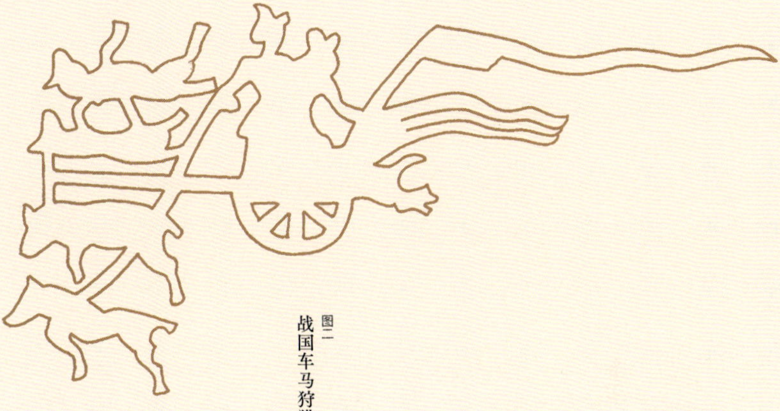

图二
战国车马狩猎纹纺图案

图一
田猎纹绦图案
湖北江陵马山楚墓出土

一三二

旌（麾，绥，获旌，获者，司旌）

萧萧马鸣，悠悠旆旌。◎《诗·小雅·车攻》

旆旌，后世泛指旌旗，诗例之旆是舒展飘扬之意用以言旌。先秦时代的旌，旗之正幅不用帛，而只编缀以五彩鸟羽，蔡邕《月令章句》：『羽，鸟翼也，以为旌幢麾也。』司马相如《子虚赋》『拖蜺旌，靡云旗』，马融《广成颂》『建雄虹之旌夏』，是皆以蜺虹为喻。旌又称麾，称绥。绥分大绥和小绥，大绥，又称大麾。设在车上的旌旗尤其长，《左传·定公四年》『晋人假羽旄于郑，郑人与之。明日，或旆以会』，羽旄，即饰以干旄的羽旌，『或旆以会』，旆在这里用作动词，也表明旌的形制正如旆，乃细而长。《左传·宣公十二年》『吾闻

图一 干旌 江苏淮阴高庄战国墓出土刻纹铜器图案

图二
获旌
辉县赵固出土战国刻纹铜鉴图案

致师者，御靡旌摩垒而还』，杜注：『靡旌，驱疾也。』是车速之快，可以车后旌旗的从风俯偃为形容。江苏淮阴高庄战国墓出土刻纹铜器上的车，车后置旌，旌置干旄，飞扬之旌编缀如穗的羽毛〔图一〕，此即『靡旌』之写照。若射礼，则有获旌。负侯（报靶员）或『举旌』，或『偃旌』，以表示射者中或不中。河南辉县赵固出土战国刻纹铜鉴的射礼场面中，负侯手持正是一柄羽毛纷披的获旌〔图二〕。汉代以降，旌已由羽旗易作帛旗，惟细而长的形制不变。传世摹本顾恺之《洛神赋图》所绘，即其例〔图三〕。举旌而指挥的动作，也常称作『麾』，因此『麾』又用作名词而与『旌』通。《资治通鉴·晋纪十七》胡注『麾，大将旌旗，临敌之际，三军视以为进退者也』。南北朝文献中，旌即常常以麾为称。唐代旌仍此制。《新唐书·车服志》：『大将出，赐旌以专赏，节以专杀。旌以绛帛五丈，粉画虎，有铜龙一，首缠绯幡，紫缣为袋，油囊为表。』旌表覆以油囊，固然因为它在这里是卤簿仪仗，不过旌在实战中已很少再作指挥之用，恐怕是更为重要的原因。

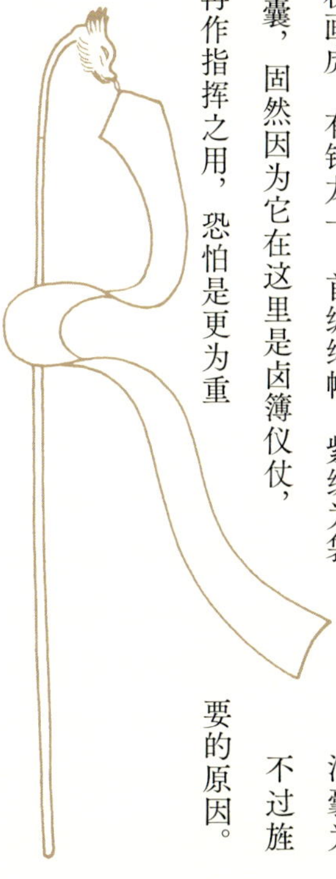

图三
《洛神赋图》中的旌

一三三

鸾舆

鸾舆和八袭，凤驾启千群。

◎梁·何逊《九日侍宴乐游苑》

鸾舆，指帝王之车驾。古今注家于此无异辞。《续汉书·舆服志》：皇帝乘舆“龙首衔轭”“鸾鸟立衡”。曹植《赠白马王彪》“鸱枭鸣衡轭”，即借此以喻时势变乱。然而“鸾鸟立衡”之早期形态毕竟如何，实未能得其真。今有陕西澄城刘家洼出土铜车衡及衡末立鸾鸟之实物〔图一〕，时代为春秋早期，则此制之起源似应更早。汉魏时期的“鸾鸟立衡”或尚与此形制相近，如山东长清孝堂山石祠画像中的“大王车”。后世诗歌中的“鸾舆”，便是用典了。

图一

鸾鸟立衡（春秋早期）

陕西澄城刘家洼出土

相风（相风乌舆）

汉家迎夏毕，避暑甘泉宫。栈车鸣里鼓，驷马驾相风。
◎梁·刘孝威《行幸甘泉宫歌》

宿雾开驰道，初日照相风。
◎梁·何逊《早朝车中听望诗》

千门含日丽，万雉映霞丹。云开承露掌，吹动相风竿。
◎隋·王胄《言反江阳寓目灞浐赠易州陆司马诗》

采阁冥传浮水箭，金城朝建相风乌。
◎元·刘永之《同声之宿蕙櫋斋临别赋简》

相风竿直青云近，井干楼高绿雾深。朝路暮归尘更合，五方调马出骎骎。
◎元·马祖常《徽政院公退》

图一 河北磁县湾漳北朝壁画墓壁画摹本

相风为测风之器。《三辅黄图》卷五：『汉灵台，在长安西北八里，汉始曰清台，本为候者观阴阳天文之变，更名曰灵台。郭延生《述征记》曰：长安宫南有灵台，高十五仞，上有浑仪，张衡所制。又有相风铜乌，遇风乃动。一曰：长安灵台，上有相风铜乌，千里风至，此乌乃动。』汉灵台有如后世的观象台，相风是这里的仪器之一。帝王出行，卤簿中设相风，最初大约只是为了预测风候，以后稍增占验之义，成为定则，便又有了礼制意义上的威重。《艺文类聚》卷六十八引晋令『车驾出入，相风前引』，晋陶侃《相风赋》『若乃华盖警乘，奉引先驱，豹饰在后，葳蕤清路』，是相风前引，豹尾断后，为帝王卤簿之仪。孙楚《相风赋》『尔乃神兽盘其根，灵乌据其颠，羽族翩飘罗其侧，翔风萧聊出其

图二
相风乌舆
北宋卤簿钟局部

间』；又傅玄同题之赋『乃构相风，因象设形，蜿盘虎以为趾，建修竿之亭亭』。河北磁县湾漳北朝壁画墓卤簿图中的相风，是高高挺出的一个长方板，其上三纵三横的框架与边框构成十二个交点，交点处各绘一个动物（牛、虎、龙、蛇、马、羊、猴、鸡、狗等）用来代表十二时，以象征方位（图一）。『据其颠的『灵乌』，亦非寻常之乌的写实，而是长其尾，美其形。此墓的主人，推测是北齐文宣帝高洋。后世相风仍不时见于卤簿仪卫，称『相风舆』（《新唐书》卷二十三《仪卫上》）或『相风乌舆』。《宋史》卷一四九《舆服一》：『相风乌舆，上载长竿，竿杪刻木为乌，垂鹅毛筩，红绶带，下承以小盘，周以绯裙，绣乌形，舆士四人。』辽宁博物馆藏北宋卤簿钟上的相风乌舆可与此互见（图二）。

一三五

罕罼（罼罕）

招摇正东指，天驷乃西驱。展軨齐玉轪，式道耀金吾。千门驻罕罼，四达俨车徒。

◎隋·王胄《奉和赐酺诗》

东城结宇敞（一作暾）千寻，北阙回舆具四临。丽日祥烟承罕毕，轻荑弱草藉衣簪。

◎唐·李乂《奉和春日幸望春宫应制》

罕罼，亦作罕毕或罼罕，为卤簿仪仗之一。《东观汉纪》：『天子行，有罼罕。』《宋书》卷十八《礼五》：『魏命晋王建天子旌旗，置旄头、云罕。……云罕疑是罼罕。《诗叙》曰：「齐侯田猎罼弋，百姓苦之。」罼罕本施游猎，遂为行饰乎？……又以其物匹铍戟，宜是今罼网明矣。……徐爰曰：……天文毕昴之中谓之天街，故车驾以罼罕前引，罼方昴圆，因其象。』所谓『诗叙』，即《诗·齐风·卢令》前面的小序：『襄公好田猎毕弋，而不修民事，百姓苦之。』这里的毕，是长柄的网，乃专用作狩猎时拿在手里捕捉奔跑的兔和飞着的鸟（图一、二）。《诗·

图一 陕县后川村出土刻纹铜盘中的毕（战国）

图二
狩猎画像石（汉）
济南市长清区孝里镇大街村出土

小雅·鸳鸯》『鸳鸯于飞，毕之罗之』，毛传：『鸳鸯，匹鸟，太平之时，交于万物有道，取之以时，于其飞乃毕掩而罗之。』毕又是星宿名。毕宿八星，其中的毕宿五是有名的一等亮星，而八星聚在一起的样子，便正像掩兔捕鸟之毕。作为卤簿仪仗的罕罼，取毕宿之义而以毕网为形，虽加以变化，但基本形制依然保存，河北磁县湾漳北朝壁画墓卤簿图中的罕罼形如长柄扇，扇面以朱红线绘出小方格，即网之遗意（图三）。后世天子卤簿中的罼罕踵事增华，『朱藤结网』『罼圆如扇』的形制一直沿用下来。《宋史》卷一四八《仪卫六》：『罕、罼，象「毕、昴为天阶」，故为前引，皆赤质，金铜饰，朱藤结网，金兽面。罕方，上有二螭首衔红丝拂；罼圆，如扇。』

图三
磁县湾漳北朝壁画墓壁画中的罕罼

一三六

旌幢（幢）

旌幢独继家声外，竹帛新添国史中。
天子欲收秦陇地，故教移镇古扶风。
◎唐·张籍《送李仆射愬赴镇凤翔》

旌幢，也称幢，卤簿仪仗之一。《说文·巾部》新附字：『幢，旌旗之属。』《汉书》卷七十六《韩延寿传》曰其为东郡太守时，『建幢棨』，『军假司马、千人，持幢旁毂』，晋灼曰：『幢，旌幢也。』颜注：『幢，麾也。』此言出行卤簿中，军假司马与千人持幢傍车而行。《资治通鉴·晋纪十七》：成帝咸和九年，陶侃疾笃，『上表逊位，遣左长史殷羡奉送所假节、麾、幢、曲盖』，胡注：『晋制，诸公任方面者，皆给节、麾、缇幢、曲盖。』甘肃酒泉西沟魏晋墓出土彩绘砖，上绘执幢者，榜题『童（幢）史』〔图一〕，据此，幢的形制可得确认。唐代旌幢形制演变为多重的『锦屋』（名见敦煌文书伯·三四三二），由敦煌壁画中的佛幢可窥其式〔图二〕。《宋史》卷一四八《仪卫六》：『幢，制如节而五层。』如『节』之『节』，即《新唐书》卷二十四《车服志》所云『节，悬画木盘三，相去数寸，隅垂赤麻』，形制则如河北磁县湾漳北朝壁画墓卤簿图中所绘〔图三〕，可知制从南北朝而来。

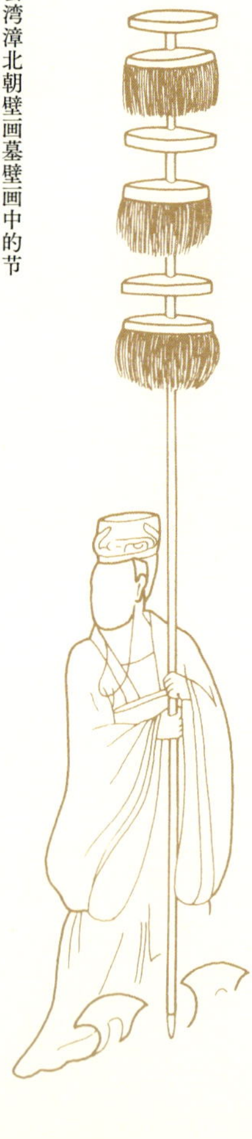

图三 磁县湾漳北朝壁画墓壁画中的节

图一
童（幢）史彩绘砖
酒泉西沟魏晋墓出土

图二
莫高窟第二三一窟西壁龛外北侧壁画

牙旗（牙，牙门，牙门旗，大牙，门旗，黄门大牙）

玉帐牙旗得上游，安危须共主君忧。窦融表已来关右，陶侃军宜次石头。

◎唐·李商隐《重有感》

师屯十万建牙旗，大纛森森重使威。

◎宋·徐积《寄吕帅》其二

别都王气半空紫，大将牙旗三丈黄。

◎宋·陆游《将至金陵先寄献刘留守》

图一 且（祖）乙卣铭

牙旗，或释作『旗竿上饰有象牙的大旗』，非。牙旗是幅面饰以齿状物的旗帜，为将帅所建。其形制源自以饰牙象征军事，《周礼·春官·典瑞》郑注『牙齿，兵象』，即此。牙旗的名称与牙旗的形制，本来一致。后世的『公牙』乃至『衙门』，虽由牙旗而来，其实与牙旗最初的取义无关。旌旗胡部饰牙，制度已见于先秦。《礼记·明堂位》述三代旗制，曰『殷之崇牙』，郑注：『殷又刻缯为重牙，以饰其侧，亦饰弥多也。』其式见于金文〔图一〕。至魏晋，斿、幢亦有饰牙者。青海大通上孙家寨一一五号墓所出竹简有云，『色别，五百以斿上齿色别，士吏以下斿下齿色别』（三七四）。甘肃嘉峪关三号魏晋墓壁画所绘之斿周边装饰出来的齿状物，应即竹简中说到的斿齿〔图二〕。牙旗之称，始见于汉，也称牙、牙门、牙门旗、黄门大牙。由后汉至晋宋诸篇祭牙文中的『敬建崇牙』『烈烈高牙』之句以及《三国志·魏书》中的典事故事，可知牙旗远较他旗高大。唐代从牙旗中又分出门旗，即牙旗与门旗成为二事。门旗取义于《周礼》之『设旌门』（见《天官·掌舍》及《春官·司常》），乃左右分列的两面；『将军之旌』的牙旗，则以它的格外高大特立于他旗之上。莫高窟第一五六窟河西节度使张议潮统军出行图中，手执金节的两骑之前，为一左一右的肩旗者，榜题曰『门旗』〔图三〕。紧随张议潮缓辔而行的仪卫中，一竿挺然擎出的大旗，便

图二
嘉峪关三号魏晋墓壁画中的旃

图三、四
张议潮统军出行图中的门旗与牙旗

图五
《瑞应图》局部
天津博物馆藏

是牙旗〔图四〕。此际牙旗已非胡部饰牙，而是幅面缘边饰牙。宋代以降，装饰牙旗正幅周边的牙渐与装饰其他旌旗的旒合一，而成为火焰式的波曲，即《元史》卷七十九《舆服二》所云『火焰脚』，诸如『凡立仗诸旗，各火焰脚三条，色与质同』，『牙门旗，赤质，赤火焰脚，绘神人』，『驺牙旗，赤质，青火焰脚，绘兽形似麋，齿前后一齐』。这里的齿齐，当指火焰脚的长短一致。如宋人《瑞应图》中的门旗〔图五〕，如元曾巽申《大驾卤簿图》中的纛〔图六〕。火焰之义至清无大变化。牙旗的名称与形制的取义，其实唐宋以后即已经完全脱离。

图六 《大驾卤簿图》中的纛

辘轳剑（鹿卢剑）

侠客白云中，腰间悬辘轳。出门事嫖姚，为君西击胡。

◎唐·常建《张公子行》

传看辘轳剑，醉脱骕骦裘。

◎唐·韩翃《赠张建》

辘轳剑，即鹿卢剑（古乐府《陌上桑》『腰间鹿卢剑，可直千万余』）。诸家注释均引《汉书·隽不疑传》颜师古注『晋灼曰「古长剑首以玉作井鹿卢形」』，实未得其要。『古长剑』之『古』，为春秋战国，其时剑茎缠缑（绳）形如井上打水之辘轳（图一）。自西汉中期始，此式长剑逐渐为刀所取代，不再用于实战，后世因有以玉仿缠缑为剑茎的做法，乃为班剑之属。诗例中的『悬辘轳』与『辘轳剑』均为用典。

图一
缑
越王者旨於睗剑（东周）
浙江省博物馆藏

一三九

柱斧（水精小斧头子）

夜闼鬼静灯模糊，大雪漏下四鼓余。床前地，戳柱斧。史家笔，无董狐。

◎元·杨维桢《铁崖咏史·金柜书》

柱斧，《朱子语类》卷一二八：『祖宗时，升朝官出入有柱斧。其制是水精小斧头子在轿前。』《铁围山丛谈》卷一：太上（徽宗）『命相每犹自择日，在宣和殿亲札其姓名于小幅纸，缄封垂于玉柱斧子上，俾小珰持之导驾于前，自内中出至小殿子，见学士始启封焉』。江苏宜兴北宋法藏寺地宫出土水晶小斧头子，为柱斧实例〔图一〕。

图一
杜斧（宋）
江苏宜兴法藏寺地宫出土

一四〇

水罐银盆（厮锣、钵盂、唾盂一副）

两行公人排列齐，水罐银盆摆的直。

◎元·石德玉《秋胡戏妻》杂剧第二折

那骨朵衙仗，水礶（罐）银盆，茶褐罗伞下，五明马上，端然坐着个相公。

◎元·无名氏《渔樵记》杂剧第三折

元杂剧中的『水罐银盆』，为官员出行仪仗中物，是承继前朝的『厮锣、钵盂、唾盂一副』而来。厮锣，即金属盆，以银器为多。与厮锣一面构成一组盥洗用金属器的『唾盂、钵盂一副』，则是清洁口腔，钵盂漱口，唾盂承接漱口水。内蒙古巴林左旗盘羊沟辽后唐庄宗德妃伊氏墓出土银钵盂、银唾盂、银鎏金摩竭纹厮锣各一件。宋代出土实例更多（图一），且颇见于图像（图二）。元代厮锣改称水盆，见以宋本为底本编纂的蒙书《新编对相四言》（本书『交椅』条图二），银制品则曰银盆，水罐与之构成组合。河南焦作元靳德茂墓出土仪仗陶俑，分别有提水罐与提盆者，正是元杂剧中的『水罐银盆』（图三）。

图二《春游晚归图》局部 故宫博物院藏

图一
铜厮锣、钵盂、唾盂一副
陕西蓝田吕氏家族墓园
北宋政和六年墓出土

图二
仪仗俑
河南焦作元靳德茂墓出土

一四一 二矛重乔

清人在彭，驷介旁旁。二矛重英，河上乎翱翔。（一章）

清人在消，驷介麃麃。二矛重乔，河上乎逍遥。（二章）

清人在轴，驷介陶陶。左旋右抽，中军作好。（三章）

◎《诗·郑风·清人》

『二矛重英』之『英』，谓饰。乔，郑笺：『矛矜近上及室题，所以悬毛羽。』此所谓『矜』，指矛柄，多为攒竹而成，称作积竹矜。重乔，便是矛上饰以两重或三重雉羽。出自湖北荆门包山二号楚墓的长矛，即饰以重乔之矛〔图一〕。它也见于战国刻纹铜器的水陆攻战图〔图二〕。

图一
重乔之矛
湖北荆门包山二号楚墓出土

图二
河南汲县山彪镇出土战国刻纹铜鉴图案

一四二

重鋂

卢令令，其人美且仁。（一章）

卢重环，其人美且鬈。（二章）

卢重鋂，其人美且偲。（三章）

◎《诗·齐风·卢令》

鋂是各式制作精巧的小铜管、小铜泡，多用于马具，诗例则为用于田犬颈上的项圈。出自河北平山战国中山王墓杂殉坑中田犬颈上的一对，系以长方形的金片和银片卷成扁管，一节一节交错成十八节盘旋围绕在革带上，项圈的一侧有钮鼻，铜环一枚钩于其上。金管银管向外的一面以一道浅凹把管平分为二，一枚管遂有了两枚的视觉效果，在项圈上正好成为两行〔图一〕。毛传：『鋂，一环贯二也。』以实物为比照，可知重鋂便是一枚铜环缀两行鋂。

图一

重鋂

河北平山中山王墓出土

辅

终其永怀，又窘阴雨。
其车既载，乃弃尔辅。
载输尔载，将伯助予。（九章）
无弃尔辅，员于尔辐。
屡顾尔仆，不输尔载。
终踰绝险，曾是不意。（十章）

◎《诗·小雅·正月》

诗中之辅，是依附于车轮的部件，即《左传·僖公五年》所谓『辅车相依』。『无弃尔辅，员于尔辐』，毛传：『员，益也。』孔疏：『辅是可解脱之物，盖如今人缚杖于辐以防辅事也。』李樗《毛诗集解》：『辅，辐旁之斜木也。』车轮接地的轮圈称作牙，它是直木经火烤后揉为弧形对接而成，通常合二木以成圆。牙有榫眼，以便装辐。辐则两头有榫，一头插牙，一头插毂。出自河南辉县战国墓的一辆轻车，辐条皆为偏榫，装成之后，辐条均向着车毂一面偏斜，从外侧看，轮子的形状便像一个中凹的浅盆（图一：左）。这是合于力学原理的一种辐条安置法，它的作用是增加车轮对侧向推力的反抗力：来自侧向的推力只会把辐条更加牢固推进牙和毂的榫眼里去。但若负载过重，尤其是行进于泥泞险阻的道路，中凹形的车轮轮牙构造就必须具有极强的切向牢度，于是而有对付拉力的『辅』。辉县车的车轮除了二十六根辐条之外，另有车辅一对，即略粗于辐条的两根木条，相互平行，一边一根，夹在车毂两边，而以两端接于轮牙（图一：右）。或称此车辅为『准直径撑』，可以视作对辅之形制与功用的一种解释。山东临淄后李春秋车马坑中发见的车辅，系用绳索绑在车辐上，故孔疏云『辅是可解脱之物』，诗所以假设『乃弃尔辅』。

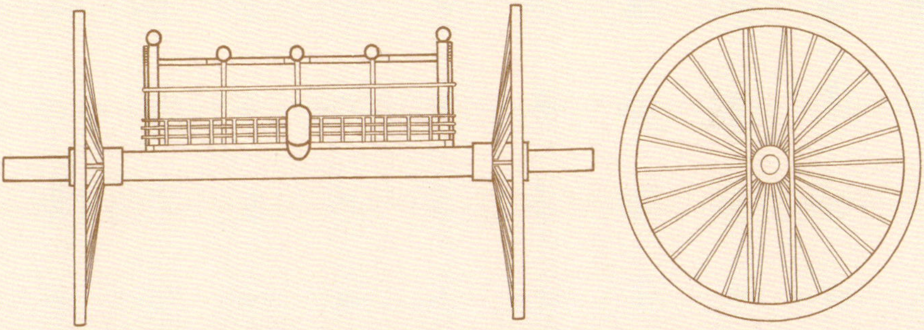

图一
辉县琉璃阁战国车马坑出土十六号车

一四四

较（重较，輢，金较）

瞻彼淇奥，绿竹如箦。有匪君子，如金如锡，如圭如璧。宽兮绰兮，猗重较兮。善戏谑兮，不为虐兮。（三章）

◎《诗·卫风·淇奥》

诗例之较，是驷马车上的扶手〔图一〕。『猗重较兮』，毛传：『重较，卿士之车。』孔疏：『入相为卿士，倚此重较之车。』《说文》『较』作『较』，云：『车輢上曲鉤也。』《论语·乡党》皇侃疏：『古人乘路车，皆于车中倚立，倚立难久，故于车箱上安一横木，以手隐凭之，谓之为较，诗云「倚重较兮」是也。』驷马车车舆左右两旁的矮木栏称作輢，輢之上端的一根横木称作较。出自陕西陇县边家庄五号春秋墓的车，车舆四面除后边留出一个车门外，四周都有纵横交合的矮栏，车舆左右外缘，又各做出一道高扶手，此即重较〔图二〕。重较也可以制成活动的铜把手，即《说文》所谓『车輢上曲鉤』，张衡《西京赋》中称之为『金较』。出自山西侯马上马墓地东周车马坑的铜较，一面饰云雷纹，一面饰一溜儿奔跃的虎，直的一端有銎接木，可以插在车栏的短柱上，接木处有骨钉横固于铜銎〔图三〕。

图一
错金银铜较
河北满城汉墓出土

图二
陕西陇县边家庄五号春秋墓出土的车

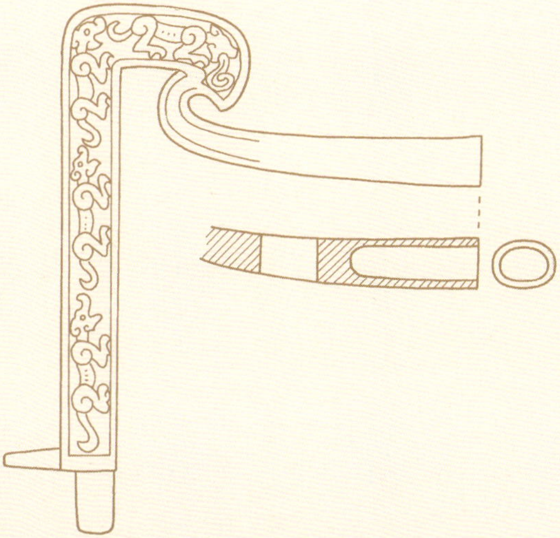

图三
侯马上马墓地东周车马坑出土的铜较

一四五 车辖

间关车之辖兮，思娈季女逝兮。
匪饥匪渴，德音来括。
虽无好友，式燕且喜。（一章）

◎《诗·小雅·车辖》

出宿于干，饮饯于言。
载脂载辖，还车言迈。
遄臻于卫，不瑕有害。（三章）

◎《邶风·泉水》

车辖是固定车轮与车轴的活销（图一），虽是一个很小的零件，却是行车的关键，《淮南子·人间训》："车之所以能转千里者，以其要在三寸之辖。""间关车之辖兮"，毛传："间关，设辖也。"孔疏："辖，无事则脱，行乃设之。"驷马车车轴两端各有一个用于保护轴头的铜套，称作軎，軎一头小，一头大，小的一端每为封闭式，称为当，大的一端用来套轴。軎有两个对穿的销眼，下端设孔的辖从中穿过，即"贯"，亦即诗之"关"，复以革带缚住下边的孔，軎即固定于车轴（图二）。"无事则脱"，便是闲置时取下车辖，车轮松脱，势必随之卸下来，以此减轻轴头负担，是对车的养护。汉陈遵投辖留客的故事即由此而来。

图一
车軎与车辖（西周）
山西博物院藏

图二
铜车辖（西周）
洛阳瀍河北窑出土

千里鲸（摩竭鱼，鲸鱼）

我有双饮盏，其银得朱提。
黄金涂物象，雕镌妙工倕。
乃令千里鲸，么麽微螽斯。
犹能争明月，摆掉出渺弥。
野草花叶细，不辨资菉葹。
绵绵相纠结，状似环城陴。
四隅芙蓉树，擢艳皆猗猗。
◎唐·韩愈《寄崔二十六立之》

一曲堂堂红烛筵，金鲸泻酒如飞泉。
◎唐·温庭筠《堂堂曲》

使君中和堂，六月无炎溽。
随呼众宾集，一笑清风足。
复为曲水饮，石面涌寒渌。
持杯襟袂凉，酒出金鲸腹。
◎宋·刘季孙《登介亭》

摩竭鱼，即鲸鱼，佛经或称摩伽罗鱼。玄应《一切经音义》卷一曰，『摩伽罗鱼，亦云摩竭鱼，正言麼伽罗鱼，此云鲸鱼，谓鱼之王也』。出现在佛经中的摩竭鱼，多用于比喻贪欲。不过摩竭鱼有恶行，也颇有善业，即如鱼身化为船渡越商主之类，见《大唐西域记》卷八《摩揭陁国·上》。印度桑奇二塔浮雕中有摩竭张口吞食小鱼的形象〔图一〕，但它又会口衔莲花，印度造型艺术中的药叉女与恒河女神也常常是足踏摩竭〔图二〕。摩竭的形象随佛教而东传，然而在中土却很少出现于佛教艺术，而是多为生活用品的装饰所用。人们对它的接受，主要在

图一 摩竭鱼
印度桑奇二塔栏楯浮雕

太守风流，游人欢畅，气象迩来都斩新。秋千外，賸钗骈玉燕，酒列金鲸。

◎宋·陈人杰《沁园春·咏西湖酒楼》

图二
恒河女神牙雕
贝格拉姆出土

图三 银鎏金大盆盆心（唐） 白鹤美术馆藏

图像，既未必对异域故事有清楚了解，又或者由传闻而生出志怪小说，如《拾遗记》卷十：瀛洲『东有渊洞，有鱼长千丈，色斑，鼻端有角，时鼓舞群戏，远望水间有五色云；就视，乃此鱼喷水为云，如庆云之丽，无以加也』。图像中，长鼻向上翻卷正是摩竭鱼形象的主要特征，当即『鼻端有角』之谓。『庆云』则是自汉以来的传统祥瑞，为『太平之应』。『喷水为云，如庆云之丽』，自然有着很好的寓意。作为流行纹样，它的形象便是出没于浪涛的精灵（图三）。『乃令千里鲸，么麽微螽斯。犹能争明月，摆掉出渺弥』，是银盏盏心为水波中的摩竭戏珠，而刻画微细。『争明月』，即戏珠（图四）。摩竭用作酒器造型与纹样，尚可意取双关。一则注酒之后得见摩竭在水中隐现，一则暗寓饮者酒量之大，即所谓『饮如长鲸吸百川』（杜甫《饮中八仙歌》）。而『金鲸泻酒如飞泉』，则即肖形摩竭的酒杯，金银器之外，又有瓷器（图五）。宋代仍有此类酒器（图六），不过诗中的『金鲸』，或是用典，未必写实。

图四
金摩羯纹四曲长杯杯心（唐）
西安市太乙路出土

图五
越窑青瓷摩羯酒船（五代）
杭州吴山广场地铁建设工地出土

图六
银鎏金摩羯式酒船
广西南丹县北宋银器窖藏

一四七

粉蛾帖死屏风上（交关）

轻身灭影何可望，粉蛾帖死屏风上。

◎唐·李商隐《日高》

『粉蛾帖死屏风上』，古今注家皆言此为象征，但均不及粉蛾何以帖死在屏风上。此句实非象征而是拟喻。粉蛾，乃多曲屏风相连处使用的金属合叶，亦称『交关』。李贺《屏风曲》『蝶栖石竹银交关』，即屏风以银蝶为合叶。元张可久《木兰花慢·为乐府杨氏晓莺春赋，次海粟学士韵》『笑银蝶交关，青鸾相对，紫燕双栖』，『银蝶交关』自是用贺诗之典，也可见作者的理解。而『粉蛾帖死屏风上』，直可视作由『蝶栖石竹银交关』化出（蝶与蛾在诗人笔下界限通常是模糊的，说见本书『孟家蝉』条）。合叶以粉蛾蝴蝶为造型，唐代不止于屏风，而是应用广泛（图一）。出自宁夏吴忠西郊唐墓的铜鎏金蝴蝶合叶，蝶腹为中轴，两边翅膀用于启闭开合，蝶腹和翅膀俱用金丝嵌出细密的纹理（图二）。陕西扶风法门寺地宫出土银金花香囊上面的合叶，是开合的两个半边各一只粉蛾（图三）。浙江临安晚唐钱宽夫人水丘氏墓出土银盖罐，盖与罐系用合叶相连，罐身的半边合叶下面铺一只鎏金蝴蝶，盖上的半边合叶是一蓬花草（图四）。『帖死』，即此之谓。此是由物象而生发的诗思。

图一 铜蝶合叶（唐） 河南巩义天玺尚城出土

图二 鎏金铜蝶合叶 宁夏吴忠西郊唐墓出土

图三
银金花香囊上的合叶
法门寺地宫出土

图四
银盖罐上的合叶
浙江临安晚唐水丘氏墓出土

一四八 龟游莲叶

鱼惊畏莲折，龟上碍荷长。

◎梁·朱超《咏同心芙蓉诗》

不能著下伏，强从莲上游。

◎北齐·赵儒宗《咏龟诗》

碧涧有神龟，千岁游莲叶。七十古来稀，寿母杯频接。

◎宋·洪适《生查子·姚母寿席，以龟游莲叶杯酌酒》

巢成荷上窥仙景。

◎宋·刘过《上益公十绝为寿·宝龟》

龟游莲叶，其取意本自《史记》中的《龟策列传》，即所谓『龟千岁乃游莲叶之上，蓍百茎共一根，又其所生，兽无虎狼，草无毒螫，江傍家人常畜龟饮食之，以为能导引致气，有益于助衰养老』。出自敦煌的一件瑞应图，中有卧于荷叶上的龟，龟口所衔即『百茎共一根』之蓍草，图赞：『灵龟者，黑神之精也，王者德泽湛积，渔猎顺时，则灵龟出矣。……生三百岁，游于藕叶之上，千岁化浦上。……能见存亡，明于吉凶。』〔图一〕两宋以降祝寿风盛，龟游莲叶遂成祝寿作品中最常用到的意象，更为装饰领域里的图案，广泛用于瓷器、玉器〔图二〕、金银器〔图三〕、织绣，乃至墓葬艺术〔图四〕。

图一 瑞应图·灵龟

图二
龟游莲叶玉饰
上海博物馆藏

图三
龟游莲叶纹银盏
杭州临安原高虹中小学出土

图四
重庆南川大夫地墓地
宋墓石刻

一四九

满池娇

金线比方浑未尽，玉函收录尚多遗。盈盈蜂蝶菩提叶，袅袅蜻蜓菡萏枝。句下自注：旧时都下花工作翠花，名菩提叶，缀以蛾蝉之属；作小荷叶，名满池娇，则缀以蜻蜓、茄叶之类浮动其上。

◎宋·舒岳祥《金线草》（叶圆如锦葵芝草，青紫色，有脉如荷叶，夏间作花如蜂蛾蜻蜓之属，……）

满池娇是南宋人对早已流行的荷塘小景图案之命名。这一纹样多为织绣和瓷器所采用〔图一、二〕，元代大为兴盛，为明代所继承。因金线草『有脉如荷叶，夏间作花如蜂蛾蜻蜓之属』，诗人遂以花工制作的满池娇翠花为拟喻。这一饰品的起源，可见《清异录》卷三『涂金折枝蜻蜓』：『后唐宫人或网获蜻蜓，爱其翠薄，遂以描金笔涂翅，作小折枝花子，金线笼贮养之。尔后上元卖花者取象为之，售于游女。』满池娇翠花一类的饰品同样流行于元，而荷叶托起的尽为荷塘中物。或荷叶内心的一枝莲花，或莲花旁边的一对鸳鸯，都是分别以金银片材打造成形，同时在每个小件的一侧作出极细的小撑，然后一一穿入荷叶上面预先留出的若干小细孔，再于背后点焊〔图三〕。制作方法仍与宋代满池娇翠花『缀以蜻蜓、茄叶之类浮动其上』相同。

图一

「刘家模子」「何」款满池娇印花碗模

河北曲阳北镇村出土

图二
元青花满池娇菱花口盘
故宫博物院藏

图三
金满池娇荷叶簪
湖南临澧新合元代窖藏

一五〇

耍花儿

六张机，行行都是耍花儿，
花间更有双蝴蝶。
◎宋·无名氏《九张机》

耍花儿，即折枝花〔图一〕。唐代织绣纹样中的花卉，多为缠枝花、朵花、花簇、花丛或缠枝与朵花组成的团花。带有画意的折枝花，宋代方始流行。早期曾采用绘于衣衫的办法，北宋王珪《宫词》：『内库从头赐舞衣，一番时样一番宜。才人特地新装束，生色春衫画折枝。』曰『时样』，曰『新装束』，可见尚未普及。但很快风行，且不仅织绣，也广泛用于其他。折枝花间舞双蝶，正是浙江黄岩南宋赵伯澐墓出土绫衫的纹样〔图二〕，它也是同时代金银耳环的造型〔图三〕。

图一
折枝牡丹纹绫
江西德安南宋周氏墓出土

图二
绫衫纹样
浙江黄岩南宋赵伯澐墓出土

图三
蝶赶花金耳环
杭州临安杨岭宋墓出土

孟家蝉

宫样新装锦襭鲜，都人争服孟家蝉。
天心谁识开真瑞，待见中兴第十传。
◎宋·岳珂《宫词一百首》其七十八

向卖花担上，落絮桥边，春思难禁。
正暖日温风里，斗采遍香心。
夜夜稳栖芳草，还处处、先辨春禽。
满园林。
梦觉南华，直到如今。
情深。
记那人小扇、扑得归来，绣在罗襟。
芳意赠谁，应费万线千针。
谩道滕王画得，枉谢客、多少清吟。
影沈沈。
舞入梨花，何处相寻。
◎宋·潘汾《孟家蝉·蝶》

孟家蝉始自唐代装饰领域里的对蝶图案，至两宋而大盛。诗例所咏皆为织绣纹样，它也用于瓷器、金银器乃至砑花笺〔图一～三〕。蝶而以蝉为名，正如闹蛾与蝉界限不清（见『闹蛾』条）。唐代或已如此，唐王建《宫词》『缠得红罗手帕子，当中更画一双蝉』，所云『双蝉』当即对蝶。出自敦煌的一件团窠对蝶纹妆花绫残片，为晚唐五代物〔图四〕。辽宁朝阳北塔天宫出土玉对蝶与对蝶纹白瓷盘，为辽物〔图五、六〕。宋熊克《中兴小记》卷五引朱胜非《闲居录》曰：『绍圣间，宫掖造禁缬，有匠者姓孟，献新样两大蝴蝶相对，缭以结带，曰「孟家蝉」，民间竞服之。』岳珂所咏即此。而所谓『新样』，乃传统纹样之翻新。虽然曾或与史事附会称它为谶语（见北宋朱彧《萍洲可谈》卷一），然而这一纹样直到南宋盛行不衰。

图一
寿州窑黄釉对蝶纹枕
安徽芜湖出土

图二
银对蝶
福州南宋黄昇墓出土

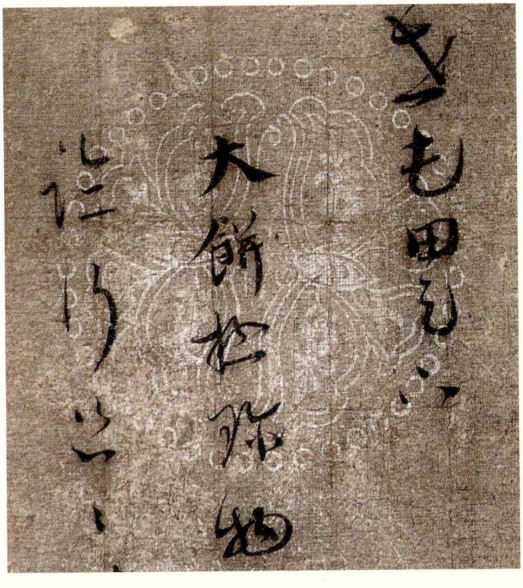

图三
蔡襄《致通理当世屯田尺牍》局部
台北故宫博物院藏

图四
团窠对蝶纹妆花绫（唐五代）
巴黎吉美博物馆藏

图五
对蝶玉佩（辽）
辽宁朝阳北塔天宫出土

图六
对蝶纹白瓷盘（辽）
辽宁朝阳北塔天宫出土

金蝉

锵洋鸣玉佩，灼烁耀金蝉。

◎唐·魏徵《奉和正日临朝应诏》

纤腰怕束金蝉断，鬓发益簪白燕高。

◎唐·薛逢《夜宴观妓》

醉后金蝉重，欢余玉燕欹。

◎唐·韩偓《春闷偶成十二韵》

诗例中的金蝉，所指之物各不同。魏诗中的金蝉，为冠饰，系皇帝之近臣或王室贵戚所服，也称金蜩、金珰（图一）。左思《魏都赋》『蔼蔼列侍，金蜩齐光』，李善注：『金蜩，金蝉。蔡邕《独断》曰「侍中、常侍，皆冠惠文，加貂附蝉」。』《续汉书·舆服志》：武冠，侍中、中常侍『加黄金珰，附蝉为文，貂尾为饰』。《后汉书·朱穆传》『假貂珰之饰，处常伯之任』，李贤注：『珰以金为之，当冠前，附以金蝉也。』晋傅咸《赠何劭王济诗》『携手升玉阶，并坐侍丹帷。金珰缀惠文，煌煌发令姿』，梁沈约《还园宅奉酬华阳先生》『鸣玉响洞门，金蝉映朝日』，均指此物。《新唐书·百官志》『显庆二年，分散骑常侍为左右，金蝉珥貂』。陕西蒲城唐惠庄太子墓壁画与陕西历史博物馆藏唐代金蝉，为图像与实物相互契合之例（图二、三）。不过宋代冠蝉已为蝴蝶样。《续资治通鉴长编》卷二九九神宗元丰二年：『貂蝉笼巾七梁冠，天下乐晕锦绶，为第一等。蝉，旧以玳瑁为蝴蝶状，今请改为黄金附蝉，宰相、亲王、使相、三师、三公服之。』诗人或借此以喻贵盛，如文天祥《齐天乐·庆湖北漕知鄂州李楼峰》『金貂蝉翼小』（《文天祥诗集校笺》释金貂而未及蝉翼，则此句通贯之义仍未得解）。明承此制。《明太祖实录》卷二〇九『洪武二十四年六月四日己未』载文武官朝服，中有『侯冠七梁，加笼巾貂蝉，立

图一
金蝉珰
南京郭家山东晋泰和六年温氏之墓出土

图二
唐惠庄太子墓壁画

图三
金蝉珰
陕西历史博物馆藏

图四 明人《范仲淹画像》 南京博物院藏

笔四折四柱，香草四段，前后用金为蝉』。明《范仲淹画像》绘像主戴梁冠，加笼巾貂蝉，冠顶立笔，金蝉正是蝴蝶样〔图四〕。薛诗中的金蝉，为束腰之巾的织绣纹样，即对蝶（见本书『孟家蝉』条）。宋蒋捷《探春令》『画翠鸳，双展金蜩翅』，吴文英《玉楼春》『金蝉罗剪胡衫窄』，均用此意。蒋词未必写实，不过以鸳鸯和对蝶为『思』之意象。『醉后金蝉重』，《韩偓集系年校注》（中华书局二〇一五年）：『金蝉，古代妇女所用金色蝉形的贴面饰物。』非。此金蝉，当是簪钗之属，『将鬟镜上掷金蝉』（李贺《屏风曲》），『白玉燕钗黄金蝉』（李商隐《燕台》），『宝装玉凤金蝉』（敦煌曲子词《内家娇·应奉君王》），『金蝉坠，鸾镜掩休妆』（薛昭蕴《小重山》），所咏皆此类。造型或纹样则为蝶，为蛾（蝶与蛾在唐以后的诗文中亦无明确界限，见『孟家蝉』条），对照出土实物，于此可得确解〔图五、六〕。

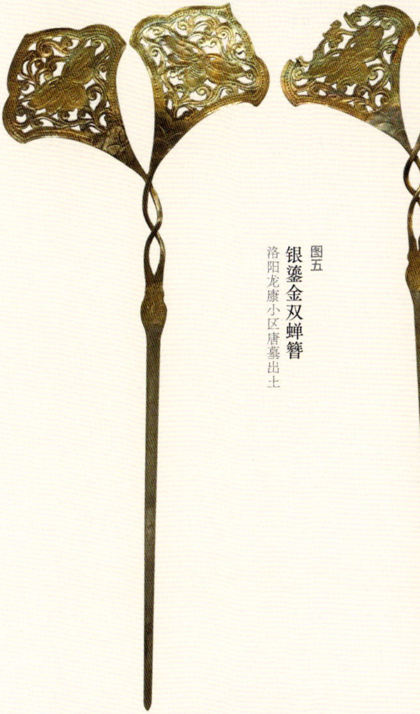

图五
银鎏金双蝉簪
洛阳龙康小区唐墓出土

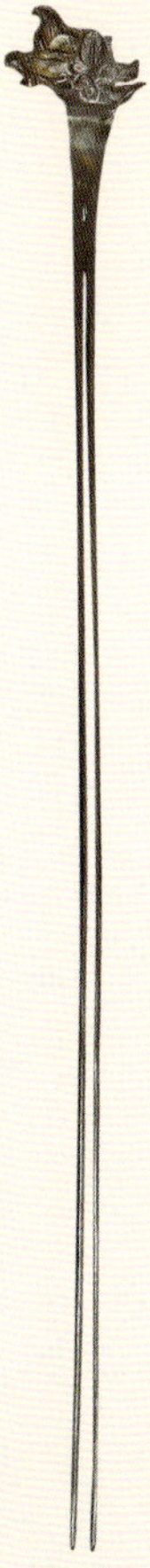

图六
银鎏金蝉钗
浙江长兴下莘桥唐代窖藏

一五三

掬水月在手

宝鼎香初爇，牙床枕未移。
镜光飞出照屏帏。
忙杀随群逐队几婴儿。
银甲弹筝后，金盆掬水时。
玉芙蓉映碧涟漪。
好个天生小样影娥池。

◎明·瞿佑《南柯子·掬水月在手画为王偰题》

诗人所咏之画题，出自唐于良史《春山夜月》，即『掬水月在手，弄花香满衣』一联。宋金时期这一联以书写的形式进入装饰领域，成为瓷器上面的妆点，且广为流行〔图一〕。以『掬水月在手』为描摹对象的诗意图，其产生不迟于元〔图二〕，在文人与工匠的共同参与下形成图式。宋代，『掬水月在手，弄花香满衣』以分题吟咏的形式出现在朱淑真笔下。同时『掬水月在手』与『弄花香满衣』又同『惜花春起早』与『爱月夜眠迟』一起，作为诗题而纳入省题诗的练习之作。稍后，有元郑奎妻以此四题为一组而专咏闺阁故事。此后直到明清，它在诗歌中几乎固定为表现闺中清兴的专题。与文本的传播同步，先已形成图式的『掬水月在手』诗意图也由一扩展为四。与居室格局的变化相应，四个诗题渐演变为一组四幅的四时美人图而用作条屏。稍晚于瞿佑，李昌祺《剪灯余话》卷三《琼奴传》中言择婿事，谓族长『呼二生至前，指壁间所挂「惜花春起早」「爱月夜眠迟」「掬水月在手」「弄花香满衣」四画曰「二郎少摅妙思，试为咏之」』。周宪王朱有燉《诚斋录》中有《四景词·咏惜花、爱月、掬水、弄花四轴》。四题之合成，为四条屏，又或器皿纹样之一组〔图三〕；分开，便又各成一体〔图四、五〕。瞿佑另有词作调寄《南乡子》，题为《爱月夜眠迟画为王偰题》，则王偰所作当为形式与风格大体一致的两幅。

图一
墨书白瓷碗
河南延津古黄河渡口城址出土

图二
金掬水月在手图银脚簪簪首
株洲丫江桥元代窖藏

图三
龙泉窑大碗（明）
常州博物馆藏

图四
掬水月在手图金簪（明）
武进前黄明墓出土

图五
惜花春起早图银簪（明）
大英博物馆藏

一五四

太一莲舟（太乙船）

太一真人莲叶舟，脱巾露发寒飕飗。
轻风为帆浪为楫，卧看玉宇浮中流。
中流荡漾翠绡舞，稳如龙骧万斛举。
不是峰头十丈花，世间那得莲如许。
龙眠画手老入神，尺素幻出真天人。

◎宋·韩驹《题王内翰家李伯时画太一姑射图二首》其一

太一莲舟，即北宋画家李公麟作《太一真人图》，图绘「太一真人卧一大莲叶中，手执书卷仰读，萧然有物外思」（胡仔《苕溪渔隐丛话·前集》卷五十三）。之后颇有同一内容的画作。元好问《〈太一莲舟图〉三首为济源奉先老师赋》，其一云：「泠泠风外到仙臞，琢玉羊欣定不如。六合空明一莲叶，更须遮眼要文书。」句下自注云：「仙人在莲叶卧看书。」此与李公麟《太一真人图》构图相同，「仙人在莲叶卧看书」，亦为共有之细节。太一莲舟也称太乙船，如周密《云烟过眼录》卷下记所见赵德润藏品有「聚宝砚玉板太乙船」。作为宋元以来工艺品中的流行纹样（图一～三），画作自是粉本。

图一 太一莲舟玉带銙（宋）
天津博物馆藏

图二
太一莲舟银盘盏一副（元）
湖南澧县澧南乡出土

图三
太一莲舟青玉摆件（明）
济南市博物馆藏

一五五

汤碗赋

两卷相较祝书好，颇胜烂熟汤碗赋。

句下自注：前后赤壁赋，窑人每写之磁碗。

◎清·吕留良《吴孟举示书画用太冲韵》

赤壁赋南宋即已进入装饰领域〔图一〕，明末至清更为盛行，为宫廷制作所取〔图二〕，也在民间盛行不衰。存世之物有瓷器、漆器、竹刻、珐琅器、石章，等等，而尤以瓷器为多。通常是一壁为图画，一壁为赋文。四川崇州万家镇明代窖藏有青花赤壁赋图碗十件〔图三〕，明末沉船的外销瓷器中有青花赤壁赋图瓷器残件〔图四〕。《醒世姻缘传》第三十七回：狄周『遂问那主人家借了一个盒子，一个《赤壁赋》大磁碗，自己跑到江家池上，下了两碗凉粉，拾了十个烧饼』。这是小说家从生活场景中拈取的细节。正因为如此，这一纹样颇被以古雅为赏鉴标准的文人所不屑。李渔《闲情偶寄》卷四《器玩部》『碗碟』条曰：『碗碟中最忌用者，是有字一种，如写《前赤壁赋》《后赤壁赋》之类。』吕诗所以曰『烂熟汤碗赋』。

图一
赤壁赋漆盘
中国国家博物馆藏

图二

康熙五彩赤壁赋图棒槌瓶

旧金山亚洲艺术博物馆藏

图三
青花赤壁赋碗
四川崇州万家镇明代窖藏

图四
青花赤壁赋瓷片
出自『万历』沉船

一五六

古瓶（碎器）

苦无竹叶倾三斝，聊取梅花插一梢。
冰碎古瓶何太酷，顿教人弃汝州窑。

◎明·徐渭《画插瓶梅送人》（瓶作冰裂纹）

古瓶盛酒后簪花，花酒由来本一家。

◎清高宗《官窑胆瓶戏成口号》

诗例中的古瓶，系指宋官窑其表有开片之瓷瓶，便是诗作者自注『瓶作冰裂纹』。南宋商业手册《百宝总珍集》卷九『青器』条中说到的『有鸡爪纹者』，且称作『尤好』，即此。元明于此又有『碎器』之称，而被视作不易得到的古物，颇受珍赏。元甘茂实《碎瓷盆歌》：『河伯卷土归河水，相瓷窑没神工废。此盆贡入蓬莱宫，监官篆记开元字。中和外泽洁且明，满腹文章遍身碎。初疑明月坠秋波，白兔翻身毵寒毳。又疑花底断蛛丝，蝉翼蜂须巧相缀。……大家奴仆封公侯，盖世英雄散墟墓，铜彝宝鼎不复出，翠釜冰盘竟何去。……我观古器思古人，古人已矣难招魂。……』明话本小说集《七十二朝人物演义》插图中标示的古瓶，『满腹文章遍身碎』，亦即『瓶作冰裂纹』，便是仿官窑之开片的『碎器』（图一）。明人绘《竹林七贤图·刘伶》（传李公麟）中的酒瓶，亦以『碎器』为古式（图二）。

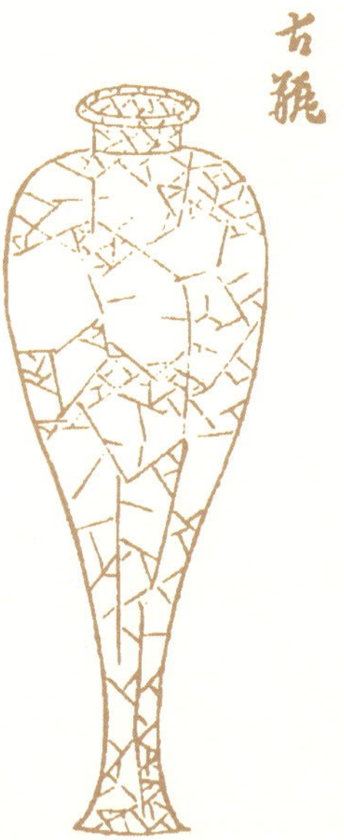

图一 《七十二朝人物演义》插图
中国国家图书馆藏

图二
传李公麟《竹林七贤图·刘伶》（明）
故宫博物院藏

一五七

心字

眼细眉长。宫样梳妆。靸鞋儿走向花下立著。一身绣出，两同心字，浅浅金黄。

◎宋·欧阳修《好女儿令》

梦后楼台高锁，酒醒帘幕低垂。去年春恨却来时。落花人独立，微雨燕双飞。记得小蘋初见，两重心字罗衣。琵琶弦上说相思。当时明月在，曾照彩云归。

◎宋·晏几道《临江仙》

云压宝钗撩不起，黄金心字双垂耳。

◎宋·周邦彦《蝶恋花》

心字龙涎饶济楚。素馨风味，碎琼流品，别有天然处。

◎宋·张元干《青玉案》

心字是两宋流行的装饰纹样。衣衫、佩饰、簪戴，甚至还有香饼，都每每以纹样之含情而在诗人笔下散发出香暖的气息。安徽南陵北宋墓出土金耳环一对系以片材打制成形后扣合而成，心字上面用锥点纹錾出卷草，心字下方又另外打制一弯龙牙蕙草的边框〔图一〕。出自安徽潜山县余井宋墓的一枝金簪，簪首造型取式于展翅的蝴蝶，两个翅膀以片材分别制成，便是缠枝花叶托起的一个心字，然后用窄金片挽合在一起，因此可开可敛：打开来，是两个心字；合拢来，则即心心相印〔图二〕。出自浙江新昌南宋乾道五年季氏墓的玉帔坠，下方一个『心』，『心』中托起弯弯一茎莲花，

图一
心字金耳环
安徽南陵北宋墓出土

屑沉碎麝香肌细，剩馥熏成心字。
◎宋·洪适《番禺调笑·素馨卷》

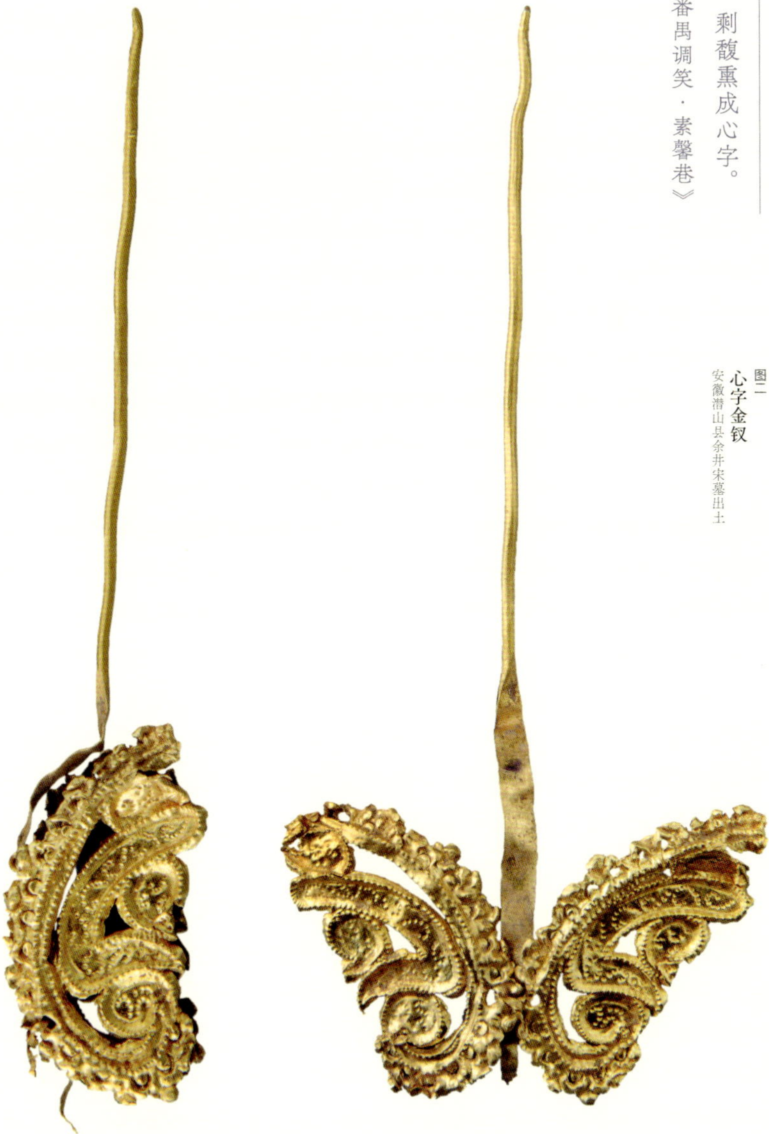

图二
心字金钗
安徽潜山县余井宋墓出土

图三
玉帔坠
新昌南宋乾道五年季氏墓出土

图四
银镀金龟衔流苏心字幡胜
浙江德清银子山出土

叶底花下一对顾盼偕游的鸳鸯〔图三〕。浙江德清武康银子山出土两挂银鎏金龟衔心字幡胜，两个填了四出花的同心方胜合成一个镂空三叠胜，口衔银环的一只小龟伏在叠胜中间，方胜底端一溜三个小环，下面一个结系同心结的心字缀在小环里〔图四〕。波士顿美术博物馆藏北宋西关窑珍珠地白釉枕，枕面莲花莲叶慈姑叶间一只鸳鸯，鸳鸯上方一个『心』字，推测瓷枕原初当为一对〔图五〕。

图五
北宋西关窑珍珠地白釉枕

一五八

转官毬

红芳销歇后，天质最分明。剪衬青云薄，团成白雪轻。官途荣进取，时样妄推评。本色相看处，幽窗不世情。

◎宋·陈著《四月三日与家人小酌转官毬花因成八句略为花吐气也》

白玉磋成，香罗捻就，为谁特地团团。羡司花神女，有此清闲。疑是弓鞾蹴鞠，刚一踢、误挂花间。方信道，酴醿失色，玉蕊无颜。凭阑。几回淡月，怪天上冰轮，移下尘寰。奈堪同玉手，难插云鬟。人道转官毬也，春去也，欲转何官。聊寄与、诗人案头，冰雪相看。

◎宋·赵文《凤凰台上忆吹箫·转官毬》

转官毬花，即绣毬花，宋代又称它玉绣毬、衮绣毬。绣毬为两宋装饰领域里的流行图案〔图一、二〕，唐代毬路纹是它的演变线索之一〔图三〕，即提取毬路纹中的单位纹样，上下左右略事妆点，遂成『绣毬』。转官毬的名称则来自为绣毬纹加添的寓意。分别出自福州南宋端平二年墓和德安南宋咸淳十年墓的银鎏金霞帔坠子，式样完全相同：帔坠滴珠形的边框里，上方竖一枚鎏金牌子，上饰『转官』二字，下方打作周回系着花结的鎏金『绣毬』，两面纹样一致〔图四〕。转官，指官员品阶的迁转，是与俸禄相关的官阶之提升，俗间因用作『仕途显达』之祈愿，诗人所以反其意而曰『官途荣进取，时样妄推评』，词人则云『诗人案头，冰雪相看』。

图一
绣毬
山西侯马金墓石刻

图二
狮子戏毬
南宋安丙家族墓石刻

图三
毬路鸿雁纹金花银笼子局部
陕西扶风法门寺地宫出土

图四
银鎏金转官毬帔坠
江西德安南宋咸淳十年周氏墓出土

一五九

减铁

那厮绿罗衫绦是玉结，皂头巾环是减铁。

◎元·高文秀《黑旋风双献功》杂剧第二折〔后庭花〕

减铁是金银错嵌之一种，工艺上颇有特殊之处，多用于铁活，其称宋元以来开始流行。减乃鋄（亦作鋄）之俗写。鋄铁之『鋄』，意即嵌，读作jiàn，与早期指马具读作wàn不同。明李实《蜀语》：『铁上镂金银文曰鋄。』杨慎《升庵集》卷六十二『鋄瓖』条：『鋄，音减』，『铁质金文曰鋄也』，『今名马鞍曰鋄银事件，当用此』。宋羽《宋氏家规部》卷四『铁』下『减金』曰：『金错。』是铁器上嵌金银丝，乃就被嵌之物而言。同卷『金』下释『减银』曰：『以银丝嵌入光素之中。』又『银』下释『减金』曰：『以金丝嵌入光素之中。』此则就所嵌之物而言减金、减银。金银错铁流行与延续的时间很久（当然时代、地域以及制作者的不同，工艺也不尽相同）〔图一～二〕，且很长时期流行地域主要在西北，乃至或被认为『此乃女真遗制』（元孔齐《至正直记》卷四）。宋佚名《百宝总珍集》卷六『减铁』条前冠口诀云：『减铁元本北地有，头巾环子与腰条。马鞍作子并刀靶，如今不作半分毫。』所谓『减铁元本北地有』，是贾客对商品来源的认识，应该可信。『皂头巾环是减铁』，则巾环为铁，上以银丝嵌饰纹样。这一工艺原多用于马具和兵器，元明以降也或用于金银佩饰和簪钗的制作〔图三〕。后世言『减某』，通常为错嵌之概称。铁活之外也有铜活，金银丝之外，也用铜丝。清夏仁虎《旧京琐记》卷二：『京师工艺有曰减金、减银者，以金银丝嵌

图一
铁错金银马箸头
赤峰大营子辽附马赠卫国王墓出土

图二
木镶鋄金鞍一副及所附皮条
故宫博物院藏

入铜铁器者是也。』近人齐如山《北京三百六十行》『铁工作·嵌银丝作』：『名为嵌银丝，其实在铁物上嵌丝多系铜丝，这种手艺风行已久，所嵌之花式均颇雅致，从前讲究的马鞍、马镫等等多系嵌丝，实一极好发明也。』

图三
牡丹双凤减金如意簪
常熟练塘路北大队出土

钿筐（金筐，斗钿花筐，金筐宝钿，金钿筐）

艳带画银络，宝梳金钿筐。

◎唐·温庭筠《鸿胪寺有开元中锡宴堂楼台池沼雅为胜绝荒凉遗址仅有存者偶成四十韵》

翠凤宝钗垂麗覈，钿筐交胜金粟。

◎温庭筠《归国遥（或作谣）》

宝梳金钿筐，《温庭筠全集校注》（中华书局二〇〇七年）：『筐，犹盒。句似谓华贵的梳子置于用金镶嵌的盒中。』钿筐交胜金粟，释曰：『钿筐，镶嵌金、银、玉、贝的小簪。筐，小簪。』皆非。钿筐，是用金银镶嵌工艺呈现出来的纹样，也称金筐宝钿，主要流行于唐代，是此前之花钿的踵事增华。白居易『梳掌金筐蹙』（《和梦游春诗一百韵》）、张泌『斗钿花筐』（《思越人》），所咏皆为同类物事。钿，一指金花或曰花钿，一指以宝饰器（见希麟《续一切经音义》卷五『钿饰』条），作为首饰的花钿，乃兼用两意，即填嵌宝石的金花。用细窄的金材围作单位纹样的边框以及边框内各种花样的轮廓，即成金筐；金筐内铺焊金粟粒并填嵌宝石，即成金钿筐，亦即金筐宝钿〔图一〕。金钿筐可用于镶嵌梳背，也可用于镶嵌宝钗〔图二、三〕。嵌入玉制的边框中，则即玉梁金筐宝钿带〔图四〕。

图一
金筐宝钿佩佩件
西安理工大学曲江校区唐李倕墓出土

图二
金筐宝钿梳背（嵌宝脱落）
大都会博物馆藏

图三
金镶绿松石钿花钗
河南宝丰小店唐墓出土

图四
玉梁金筐宝钿带带銙
陕西长安南里王村唐窦皦墓出土

一六一

金虫（青虫，玉虫）

莲花衔青雀，宝粟钿金虫。

◎梁·吴均《和萧洗马子显古意六首》其二

陂陀梳碧凤，腰袅带金虫。

◎唐·李贺《恼公》

堕马妆新，蟠龙式旧，巧绾穿心时样宜。增妍处，有金虫深弹，琼燕斜飞。

◎清·曹鉴冰《沁园春·发》

金虫，又名青虫（梁简文帝《和湘东王名士悦倾城诗》『珠概杂青虫』）、玉虫（元于伯渊〔仙吕·点绛唇〕〔天下乐〕『鳌花枝翠丛，插金钗玉虫』），是鞘翅目吉丁虫科色泽美丽的种类，其鞘翅闪动金属光泽的蓝，又或绿与铜绿、翠绿（图一），在光线的反射下，常常微泛金光，因有金虫之名（今通常称玉虫）。又以鞘翅为吉丁质，故历久不坏。清《广东通志》卷五十二《物产志》引竺法真《登罗浮山疏》云：『金花虫，大如斑猫，形色文彩如金龟子，喜藏朱槿中，多双栖，亦名绿金蝉，又名吉丁虫，带之令人增媚。』竺法真为刘宋末至齐梁间人。唐陈藏器《本草拾遗》：吉丁虫『甲虫背正绿，有翅

图一 玉虫鞘翅

图二
日本奈良法隆寺玉虫厨子局部

图三
玉虫饰杏叶（复制品）
韩国庆州皇南大冢南墓出土

在甲下。出岭南宾、澄州也』，其功用，乃令人喜好相爱，故『人取带之』（古称『吉丁虫』，与今昆虫学分类中的『吉丁虫』，含义并不对等）。宋祁《益部方物略记》：金虫，『出利州山中，蜂体绿色，光若金，里人取以佐妇钗环之饰云。赞曰：虫质甚微，翠体金光，取而桥（一作槁）之，参饰钗梁』。诗云『宝粟钿金虫』，即金粟粒铺焊作花形，其内填嵌金虫鞘翅。金虫翅膀用为装饰材料的做法，诗歌显示的线索是从南北朝延续至清代，周边的日本和朝鲜，不乏工艺相同的实物（图二、三）。虽迄今为止中土尚未发现早期的物质遗存，但却有保存完好的清宫制品，连同原初所附负责收贮的太监所写黄签（图四）。

图四
金累丝镶玉虫珠石蝴蝶簪

一六二

鈒镂

鈒镂银盘盛蛤蜊，镜湖莼菜乱如丝。乡曲近来佳此味，遮渠不道是吴儿。

◎唐·贺知章《答朝士》

鈒镂银盘盛炒虾，镜湖莼菜乱如麻。汉儿女嫁吴儿妇，吴儿尽是汉儿爷。

◎唐·顾况《和知章诗》

鈒镂，在金银器上面錾刻图案。宋戴侗《六书故》第四《地理一》释『鈒』：『细镞金银为文也。』同卷『镞』条：『錾之细也。』『镂』，单独言之，是以片材镂空作花的意思。上引书同卷释『镂』：『刻镂也，刻之穿透为镂。』南唐刘崇远《金华子杂编》卷下：『太原贵盛之中，自有「鈒镂」之号。』『鈒镂』的意思，便是李肇《国史补》卷上所云：太原王氏『呼为「鈒镂王家」，喻银质而金饰也』。唐代最为流行的所谓『金花银器』（器物铭文或称『银金花』），便是银器錾刻纹样之后，纹样鎏金（图一、二），『银质而金饰』，正此之谓。

图一
金花银盂
西安南郊何家村窖藏

图二
金花大银盆内壁
陕西扶风法门寺地宫出土

一六三

铺翠冠儿

席近浑如远，帘高故放低。
偏它能画斗头眉。
戴顶烧香铺翠、小冠儿。
酒伴残妆在，花随秀鬓垂。
薄罗小扇写新诗。
解下双双罗带、要重题。

◎宋·无名氏《南歌子》

铺翠冠儿，捻金雪柳，簇带争济楚。

◎宋·李清照《永遇乐》

一个冠儿上剩铺广翠。

◎元·无名氏〔中吕〕《粉蝶儿》〔四煞〕

铺翠冠儿，用翠鸟毛贴饰的冠儿。魏晋南北朝诗歌中『翠』字即已用于描摹首饰之样态，如金翠、翠羽、翠爵、翠翘、翠钗，不过这一时期所用之『翠』毕竟何物，尚难以实物作为确证。宋元时代，结珠铺翠作为一项工艺，渐成日常话题。铺翠之『翠』，可明确为翠鸟羽毛。杨亿《杨文公谈苑》：『魏国长公主在太祖朝，尝以贴绣铺翠襦入宫中，太祖见之，谓主曰：汝当以此与我，自今勿复为此饰。主笑曰：此所用翠羽几何？太祖曰：不然，主家服此，宫闱戚里皆相效，翠羽价高，小民逐利，展转贩易，伤生寖广，实汝之由。』《宋朝事实》卷十三载宋高宗绍兴二十七年手诏：『……近外国所贡翠羽六百余只，可令焚之通衢，以示百姓。行法当自近始。自今后，宫中首饰衣服，并不许铺翠、销金。』南宋刻本《碎金》之《艺业篇》中『工匠』条下列有『垒珠』和『铺翠』。元代《新编事文类要启札青钱》卷九《艺术门》列有珠翠匠，其手艺是结珠铺翠，也称作『装花』。元张士诚母曹氏墓出土一顶铺翠金梁冠，细金条为九梁，两侧绕作卷云，里用竹丝结作网络式冠撑，外以藤条和竹条编就冠口，冠覆细绢，绢上铺翠，今尚存得若干翠缕〔图一〕。

图一
铺翠金梁冠
元张士诚母曹氏墓出土

一六四

双转轴戒指

一简书写就了情词。
三般儿寄与娇姿。
麝脐熏五花瓣翠羽香钿。
猫眼嵌双转轴乌金戒指。
獭髓调百和香紫蜡胭脂。

◎元·张可久〔南吕·一枝花〕《牵挂》〔梁州第七〕

双转轴戒指，戒面做出一个可以前后翻动的芯子，芯子两面各饰纹样。今所见多为明代遗存。出自上海卢湾区李惠利中学明墓的一枚金戒指，戒面做成委角方形，边框与芯子分制而以活轴相连，芯子因可两面翻动。芯子的一面饰『安』字，另一面打作秋胡戏妻图〔图一〕。江苏太仓牌楼万家队明王忬墓出土金戒指，戒面做成一朵蜀葵，花心设活轴，一面饰『忍』字，一面饰『耐』字〔图二〕。南京博物院藏明代金戒指一对，以『清』『风』『明』『月』做成转轴戒面的图案，以此合成隽语〔图三〕。

图一
金转轴戒指
上海卢湾区李惠利中学明墓出土

图二
「忍」「耐」金转轴戒指
太仓明王忬墓出土

图三
「清风」「明月」金转轴戒指
南京博物院藏

一六五

马黄搊子

不是您娘唤的钉铰匠来，见一件家活上，有三十个马黄搊子。

◎明·无名氏《薛苞认母》杂剧第二折

马黄搊子，修补陶瓷器的锔钉〔图一〕。马黄，当系蚂蟥之俗写。蚂蟥有紧紧贴住叮咬对象的习性，锔钉功用类此，因据以名之。用金属锔钉修补陶器，新石器时代已经出现。修补瓷器，目前所知是在唐代。内蒙古多伦小王力沟萧贵妃墓出土一件青瓷器盖，乃破损后用银锔的办法修复〔图二〕，是不多见的早期样式。墓葬年代为辽统和十一年（九九三）。

图一
南宋龙泉窑青瓷『马蝗绊』碗
东京国立博物馆藏

图二
青瓷器盖
多伦小王力沟萧贵妃墓出土

一六六 倭漆/洋漆

鸦翎腾鉴光，奁具肖有蕡。金泥映螺彩，遥从海峤分。龙涎宜尔贮，果园奚足云。

◎清·宋荦《倭漆桃香盒》

市舶晨飘，灵槎夜泛，海天风信。携来新样，乍惬兰闺心性。是麟胶、巧匀细填，岚低树密添烟景。又黛痕如鉴，苔枝冰蕊，翠禽栖并。隐隐。光初凝。比括镂纯银，输他晶莹。玉蜍铜雀，百福瑶窗相称。记层涛、万里南云，小鬟说与仙路迥。画双眉、京兆催妆，长伴菱花镜。

◎清·沈皞日《琐窗寒·倭奁》

倭漆、洋漆，均指日本莳绘（图一～三）。宋初日本僧人来朝，进奉的礼物即有各式金银莳绘筥亦即匣（《宋史》卷四九一《外国传》）。明代，莳绘仍作为贡物时入中土。清代依然，且使用更多，宫廷尚有大量『仿洋漆』。莳绘即泥金

图一 椿梅莳绘箱

椿梅莳绘箱箱内浅盘

忆浮提、金壶入贡，石髓当年曾献。
制成小盒亲持赠，墨晕黝光零乱。
尊前见，几错认天风，两袖吹红线。
集贤仙院，果幻术能施，须觅黄冠，
一舞麯生剑。
奇擎好，更比五铢轻倩，
说甚斑犀螺钿。
漫藏方胜同心结，寄与秋风寒雁。
炉影畔，把香瓣拈来，剪作梅花片。
玉奴休怨，待小印私镌，
平分风月，收取绸缪篆。

◎清·蒋士铨《迈陂塘·洋漆盒》

画漆，最初是由中土传往东瀛，自奈良时期起步，逐步融通中国漆工艺中描饰、填嵌、阳识等项，而发挥自己的创造，至把这一技艺发展到绝美。莳绘的工艺十分细致，工序也非常复杂，就其大要而言，播撒金粉之后研磨，乃莳绘工艺的基本特色。即用漆描绘纹样，播撒金粉或色粉成象，然后拭漆或罩明研磨推光。施以纹样的方法主要有研出莳绘，平莳绘，高莳绘。高莳绘与中国漆艺的堆灰约略相似，而工序更多更细。与中国描金工艺『细钩』『疏理』『黑漆理』大致对应的莳绘工艺，为『付描』，即撒金丸粉研磨成阳纹脉理。此外尚有『切金』与『描割』，等等。地饰则主要有两大类：一为沃悬地，乃金粉密布为金地；一为梨子地，即播撒梨地粉，以其色如梨皮而名之。莳粉疏密不同又各有不同名称，密者便曰浓梨地。莳绘质地轻薄如纸，造型秀巧俊逸。明代工艺之风尚奇，尚巧，莳绘砚匣，梳匣，手箱，文台，都被视作文房清物。有用作袖炉者，是所谓『倭制漏空罩盖漆鼓』，它是日本莳绘工艺中的阿古陀香炉（见本书『手炉/脚炉』条）。不过明代文人对此并不知晓，于莳绘工艺也很隔膜。清代士人于莳绘则不仅揭其妙好，且可用诗笔撷其工艺之大要。

图二
婴戏莳绘双桃式盒

图三
莳绘砚箱

图片来源总览

引言

图一 银鎏金枝梗桃杯 江苏溧阳平桥窖藏 镇江博物馆藏 自摄

图二·一 乌雀衔绶镜（拓片） 采自《故宫藏镜》图九四，紫禁城出版社一九九六年

图二·二 孔雀衔绶二色绫（复原图） 采自《敦煌丝绸艺术全集·英藏卷》页一四八，东华大学出版社二〇〇七年

图二·三 玉盒盖面纹样 河北定州静志寺塔基地宫出土 定州博物馆藏 郑旭明摄影

图二·四 银金花饰片 杭州雷峰塔地宫出土 浙江省博物馆藏 自摄

图三·一 金同心鸟钗 苏州虎丘路新村土墩三国孙吴墓出土 苏州市考古研究所藏 自摄

图三·二 金同心鸟佩饰 鄂州三国孙吴墓出土 鄂州市博物馆藏 自摄

图三·三 唐祥瑞生肖镜 许昌博物馆藏 自摄

图三·四 『李勉奉进』金花银盘盘心（唐） 西安西北工业大学基建工地出土 西安博物院藏 自摄

图三·五 交颈鸳鸯金帔坠 金坛城东杨贺巷七队夫妇合葬砖室墓出土 金坛市博物馆藏 自摄

图四 云间千里雁 足下一行书 采自《唐宋元私印押记集存》页一七四，上海书店出版社二〇〇一年

图五 三彩马 西安市长安区郭杜镇唐墓出土 西安博物院藏 自摄

图六 镶绿松石金带（吐蕃时期） 甘肃省博物馆藏 自摄

图七 金镶宝菊花带銙 湖北蕲春横车镇荆恭王墓出土 湖北明代藩王博物馆藏 自摄

图八 永乐宫壁画中的楷案木 自摄

一 帷

图一 成都羊子山一号汉墓出土画像石 采自《中国画像石全集·七》图六三，山东美术出版社等二〇〇〇年

图二 『丁兰事木母』 北魏宁懋石室线刻画 波士顿美术馆藏 自摄

二 步障

图一 庖厨图 北魏宁懋石室线刻画 采自《中国画像石全集·石刻线画》图六至七，河南美术出版社等二〇〇〇年

三 行障

图一 安阳市果品公司家属楼基建工地唐墓墓室壁画 洛阳古代艺术博物馆藏 自摄

图二 传阎立本《锁谏图》局部 弗利尔美术馆藏 自摄

图三 《迎銮图》局部（宋） 上海博物馆藏 自摄

四 障子

图一 《五百罗汉图》 采自奈良国立博物馆《大德寺传来五百罗汉图》（大德寺伝来五百羅漢図）页二一三，思文阁出版二〇一四年

图二 《七十二朝人物演义》插图 中国国家图书馆藏 馆方提供

五 书案

图一 河北望都东汉墓壁画摹本 据《望都汉墓壁画》，中国古典艺术出版社一九五五年

图二 彩绘漆案局部 安徽马鞍山三国吴朱然墓出土 马鞍山市博物馆藏 自摄

图三 洛阳东北郊朱村东汉墓壁画 采自《文物》一九九二年第十二期彩色插页二：二

图四 铜鎏银案脚 平朔露天煤矿生活区西汉墓出土 朔州博物馆藏 自摄

图五 陶栅足案 扬州曹庄隋炀帝萧后墓出土 扬州市文物考古研究所藏 自摄

图六 真子飞霜镜（唐） 上海博物馆藏 自摄

图七 《高士图》局部（五代） 采自《宋画全集》第一卷第一册，图五

六 胡床

图一 太原北齐徐显秀墓墓室壁画 自摄

图二 胡床 唐吐谷浑喜王慕容智墓出土 采自《考古与文物》二〇二一年第二期页三一，图四〇

图三 泸州博物馆藏宋墓石刻 自摄

图四 陶马 西安曲江溪水园工地元王世英墓出土 西安博物院藏 自摄

图五 唐寅《桐阴清梦图》局部（明） 故宫博物院藏 自摄

图六 《三才图会》中的醉翁椅

七 交椅

图一 泸州博物馆藏宋墓石刻 自摄

图二 《新编对相四言》 上海书店出版社二〇一五年影印本

图三 《春游晚归图》局部（宋） 采自《宋画全集》第一卷第七册，图一四八

图四 南宋虞公著夫妇合葬墓西墓室出行图（拓本） 采自《考古学报》一九八五年第三期

八 栲栳圈交椅

图一 北魏仿栲栳玻璃碗 大同市南郊出土 山西博物院藏 自摄

图二 四川宋墓石刻 中国国家博物馆展陈 自摄

九 绳床

图一 绳床 莫高窟第二八五窟西魏壁画 自摄

图二 《蕉阴击毬图》局部（宋） 采自《宋画全集》第一卷第七册，图一五八

图三 《会昌九老图》局部（宋） 辽宁省博物馆藏 自摄

图四 《十八学士图屏》局部（明） 上海博物馆藏 自摄

一〇 隐几

图一 雕花云纹漆几面（战国） 长沙浏阳桥一号墓出土 湖南省博物馆藏 自摄

图二 河北满城汉墓出土玉人 河北博物院藏 自摄

图三 灰陶隐几（东晋，明器） 南京太平门出土 南京博物院藏 自摄

图四 白瓷隐几（明器） 安阳隋张盛墓出土 河南博物院藏 自摄

图五 酱釉龙首隐几 山东高唐县东魏房悦墓出土 孙毅华摄

图六 《风檐展卷图》局部（宋） 采自《画中家具特展》图八，台北故宫博物院一九九六年

图七 华嵒《金谷园图》局部（清） 上海博物馆藏 自摄

图八 金漆三足隐几 故宫博物院藏 自摄

图九 《康熙皇帝读书像》 清宫旧藏 摄于中国国家博物馆

一一 鹿皮几

图一 《天平胜宝八岁六月二十一日献物帐》局部 采自《正倉院の世界》页三七，东京国立博物馆等二〇一九年

一二 曲木几

图一 曲木几（战国） 湖北枣阳九连墩二号墓出土 湖北省博物馆藏 自摄

图二 徐璋《松江邦彦画相册·明李桓》（清） 南京博物院藏 自摄

图三 王振鹏《伯牙鼓琴图》局部（元） 故宫博物院藏 自摄

一三 夹膝

图一 《步辇图》 故宫博物院藏

图二 传李公麟《竹林七贤图·王戎》 故宫博物院藏 自摄

一四 竹夫人

图一 《三才图会》中的竹夫人

图二 《和汉三才图会》中的竹夫人

一五 懒架

图一 黑漆隐几 江苏淮安杨庙镇宋墓出土 采自《中国漆器全集·4·三国至元》图九八，福建美术出版社一九九八年

图二 《六逸图·边孝先》（宋） 故宫博物院藏 自摄

图三 《槐阴消夏图》（宋） 摹本（陆灏摹） 原件故宫博物院藏

一六 养和

图一 传李嵩《听阮图》局部 采自《画中家具特展》图一三，台北故宫博物院一九九六年

图二 传李公麟《竹林七贤图·山巨源》（明） 故宫博物院藏 自摄

图三 《归去来图卷》局部 美国檀香山美术学院藏

图四 《王原祁艺菊图》局部 故宫博物院藏 自摄

图五 黑漆描金靠背（清） 故宫博物院藏 自摄

一七 醉翁床

图一 《饮中八仙歌图》摹本 采自王世襄《明式家具研究·文字卷》页四〇，三联书店香港有限公司一九八九年

一八 隐囊

图一　西安北周安伽墓出土围屏石榻局部　陕西历史博物馆藏　自摄
图二　白釉女俑（初唐）　大都会博物馆藏　自摄
图三　大同东风里辽墓壁画　大同市博物馆藏　自摄
图四　禹之鼎《秋江放棹图》局部（清）　天津博物馆藏　自摄
图五　丁以诚、费丹旭《江郑堂小照》局部（清）　南京博物院藏　自摄

一九　枕屏

图一　河南登封黑山沟北宋壁画墓侍寝图摹本　据《文物》二〇〇一年第十期页六二
图二　《绣栊晓镜图》局部　采自《宋画全集》第四卷第二册，图五九

二〇　茶床

图一　《萧翼赚兰亭图》局部摹本　原件台北故宫博物院藏
图二　《萧翼赚兰亭图》局部　辽宁省博物馆藏　自摄
图三　南宋虞公著夫妇合葬墓西墓室备宴图（拓本）　采自《考古学报》一九八五年第三期

二一　鸬鹚杓

图一　漆杓　临沂洗砚池晋墓出土　采自《临沂洗砚池晋墓》页一一五，文物出版社二〇一六年
图二　大同七里村北魏墓群二十九号墓壁画　采自《文物》二〇二三年第一期页四八，图二九
图三　银鸬鹚杓　河南偃师杏园唐墓出土　中国社会科学院考古研究所藏　自摄

二二　铛

图一　青铜鐎斗（三国晚至西晋初）　浙江安吉高禹天子岗出土　安吉博物馆藏　自摄
图二　长柄银铫　洛阳伊川鸦岭乡唐齐国太夫人墓出土　河南博物院藏　自摄
图三　金铛　西安南郊何家村窖藏　陕西历史博物馆藏　自摄
图四　银铛　西安南郊何家村窖藏　陕西历史博物馆藏　自摄

二三　玉烛

图一　银鎏金龟负『论语玉烛』笼台　镇江丁卯桥窖藏　镇江博物馆藏　自摄
图二　银纛　镇江丁卯桥窖藏　镇江博物馆藏　自摄
图三　银鎏金令旗　镇江丁卯桥窖藏　镇江博物馆藏　自摄
图四　银鎏金令旗　镇江丁卯桥窖藏　镇江博物馆提供
图五　银鎏金玉烛　镇江丁卯桥窖藏　镇江博物馆藏　自摄

二四　金叵罗

图一　银碗　新疆焉耆县老城村出土　新疆巴音郭楞蒙古自治州博物馆藏　自摄
图二　粟特银碗　弗利尔美术馆藏　自摄
图三　鹿纹银碗　西安沙坡村出土　中国国家博物馆藏　自摄

二五　觥船

图一　兕觥　山西石楼县桃花者村出土　山西博物院藏　自摄
图二　金花银多曲长杯　白鹤美术馆藏　自摄
图三　银多曲长杯　维多利亚与阿尔伯特博物馆藏　自摄
图四　金花银酒船　西安博物院藏　自摄
图五　青釉酒船　长沙窑遗址出土　长沙博物馆藏　自摄

二六　云罍

图一　铜龟鱼纹方盘（战国）　故宫博物院藏　自摄
图二　金花银酒船　呼和浩特和林格尔县出土　内蒙古博物院藏　自摄

二七　牛头高一尺

图一　银来通　伊朗帕提亚时期（前一世纪至一世纪）　华盛顿赛克勒博物馆藏　自摄
图二　银来通　伊朗萨珊时期（四世纪）　华盛顿赛克勒博物馆藏　自摄
图三　西安南郊金浐村唐代壁画墓墓室壁画　采自《考古与文物》二〇一九年第一期页八一

二八　酒榼

图一　彩绘石骑马人（东汉）　河北望都出土　中国国家博物馆藏　自摄
图二　铜鱼椑　陕西榆林走马梁汉墓出土　榆林市文物保护研究所藏　自摄
图三　唐三彩双鱼榼　扬州市扫垢山出土　南京博物院藏　自摄
图四　龟榼（唐五代）　出自印尼井里汶沉船　友人提供
图五　三彩龟榼（辽）　济宁市中区东门小区出土　济宁市博物馆藏　自摄
图六　青花凤首扁壶　北京旧鼓楼大街元代窖藏　首都博物馆藏　自摄
图七　青花凤首扁壶　新疆霍城县芦草沟广仁城出土　伊犁哈萨克自治州博物馆藏　自摄

二九 带酒玉昆仑

图一 三彩侍女奉鸳鸯壶 长治西郊唐景云元年李度墓出土 长治市博物馆藏 自摄

图二 唐三彩侍女奉鸭壶 开封博物馆藏 自摄

图三 白釉昆仑奉壶瓶 西安东郊唐乾封二年段伯阳墓出土 陕西历史博物馆藏 自摄

图四 玉带銙 西安新城区韩森寨唐墓出土 西安博物院藏 自摄

三〇 背嵬

图一 暗黄釉穿带扁壶（辽） 辽宁省博物馆藏 自摄

图二 黑釉穿带背壶（金代） 开封博物馆藏 自摄

图三 《文姬归汉图》局部 吉林省博物馆藏 自摄

图四 《明宣宗行乐图》局部 采自《中国绘画全集·明·一》图一二三，浙江人民美术出版社二〇〇〇年

图五 《李煦四季行乐图》（清） 青州博物馆藏 自摄

三一 劝杯

图一 大琉璃杯（北宋） 西安市第一中学出土 采自《正倉院の故郷：中国の金·银·ガヲス一展》图七八，大阪市立博物馆等一九九二年

图二 金葵花盏 安徽休宁南宋朱晞颜墓出土 安徽博物院藏 自摄

图三 金葵花盏 山西怀仁县城东关旧城改造出土 山西博物院藏 自摄

三二 螭盏

图一 银夹层螭盏 四川彭州宋代金银器窖藏 彭州博物馆藏 自摄

图二 金螭盏（宋） 遵义播州土司杨价夫妇墓出土 贵州省考古研究所藏 自摄

图三 银螭盏 江苏金坛湖溪元代窖藏 镇江博物馆藏 自摄

图四 青白玉螭盏 南京江宁将军山明沐启元墓出土 南京市博物总馆藏 自摄

图五 青玉螭盏（明） 河南博物院藏 自摄

三三 蕉叶

图一 金花银蕉叶 大都会博物馆藏 自摄

图二 银蕉叶 南京江浦南宋张同之夫妇墓出土 南京市博物总馆藏 自摄

图三 银釦水晶蕉叶杯 南京北宋长干寺真身塔地宫出土 南京市博物总馆藏 自摄

三四 台粘酒似饧

图一 银鎏金莲花纹承盘 长沙中南工业大学桃花岭唐墓出土 长沙市博物馆藏 自摄

图二 银釦白瓷台盏 浙江临安晚唐水丘氏墓出土 杭州市临安区博物馆藏 自摄

三五 金盏银台

图一 银台盏一副（宋） 杭州临安原高虹中小学出土 杭州市临安区博物馆藏 自摄

图二 银水仙花台盏一副（宋） 安徽六安花石咀一号墓出土 皖西博物馆藏 自摄

三六 长瓶

图一 龙牙蕙草纹银长瓶 南京江浦南宋张同之夫妇墓出土 南京市博物总馆藏 自摄

图二 如意云头纹银长瓶 四川德阳孝泉镇清真寺宋代窖藏 四川博物院藏 自摄

图三 褐彩酒人图长瓶 广东佛山澜石宋墓出土 广东省博物馆藏 自摄

图四 『细酒』铭长瓶（元） 陕西神木县栏杆堡镇出土 神木博物馆展陈 自摄

图五 《月下把杯图》局部 天津博物馆藏 自摄

三七 金壶镟酒

图一 《新编对相四言》中的锡镟

图二 银注子一副 四川彭州金银器窖藏 彭州博物馆藏 自摄

图三 泸县宋墓石刻 泸县博物馆藏 自摄

图四 山西洪洞水神庙元代壁画 自摄

图五 山西阳泉东村元墓西北壁壁画 山西博物院藏 自摄

三八 马杓

图一 银马杓 赤峰敖汉旗新丘元代银器窖藏 敖汉旗博物馆藏 自摄

图二 金马杓 艾尔米塔什博物馆藏 自摄

三九 马盂

图一 陕西蒲城洞耳村元墓壁画 陕西考古博物院藏 自摄

图二 银马盂 合肥市小南门孔庙旧基元代窖藏 中国国家博物馆藏 自摄

图三 银马盂 内蒙古博物院藏 自摄

图四 青花双凤纹马盂 甘肃临洮衙下乡寺洼村双上社出土 甘肃省博物馆藏 自摄

四〇 鹦鹉杯

图一 鹦鹉螺杯 采自《煎药庙西晋墓地》，彩版六四：2，文物出版社二〇一三年

图二 鹦鹉螺杯 南京象山东晋王兴之夫妇墓出土 南京市博物总馆藏 自摄

四一 螺杯

图一 螺杯与骰子 河南偃师杏园唐墓出土 采自《偃师杏园唐墓》图版四二：五，科学出版社二〇〇一年

图二 螺杯 陕西蓝田北宋吕氏家族墓地出土 陕西考古研究院藏 自摄

四二 汤瓶

图一 『陈家茶店』汤瓶 长沙铜官窑遗址管理处藏 自摄

图二 李公麟《山庄图》局部 采自《宋画全集》第四卷第二册，页一五四

图三 宣化辽墓壁画 据《宣化辽墓》彩版五（左，张国正墓）、彩版七八（右，张世古墓），文物出版社二〇〇一年

图四 汤瓶与方炉 江阴青阳镇里泾坝宋墓出土石椁 江阴博物馆藏 自摄

图五 《会昌九老图》局部（南宋） 辽宁省博物馆藏 自摄

图六 《会昌九老图》局部（南宋） 故宫博物院藏 自摄

四三 风炉

图一 白釉风炉与铫子 河北曲阳县涧磁村出土 河北博物院藏 自摄

图二 绿釉煎茶俑 河南巩义市天玺尚城唐墓出土 自摄

图三 《莲社图》 上海博物馆藏 自摄

图四 宋《人物图》中的风炉 原件台北故宫博物院藏

图五 元《子方扁舟傲睨图》中的风炉 原件辽宁省博物馆藏

四四 石铫

图一 定窑瓷铫 原件台北故宫博物院藏

图二 银铫 四川德阳孝泉镇清真寺宋代窖藏 四川博物院藏 自摄

图三 石铫 陕西蓝田吕氏家族墓地出土 陕西考古研究院藏 自摄

图四 山西阳泉东村元代壁画墓壁画备茶图 山西博物院藏 自摄

四五 茶筅

图一 砖雕点茶图 陕西历史博物馆藏 自摄

图二 山西汾阳东龙观宋金墓壁画 采自《汾阳东龙观宋金壁画墓》彩版一二〇，文物出版社二〇一二年

图三 山西洪洞水神庙元代壁画 自摄

四六 都篮

图一 宋《文会图》中的都篮 原件台北故宫博物院藏

图二 山西陵川县附城镇玉泉村金墓壁画 采自《中国出土壁画全集》第二卷图一四三，科学出版社二〇一二年

图三 《春游晚归图》局部（宋） 采自《宋画全集》第一卷第七册图一四八

图四 《西园雅集图》局部 纳尔逊博物馆藏 采自《宋画全集》第六卷第五册图一三

图五 高濂《遵生八笺》中的提盒图

四七 竹炉

图一 竹炉（烘篮）（当代） 栗建安摄

图二 王问《煮茶图》局部（明） 采自《茶韵茶事》页六六，台北故宫博物院二〇一〇年

图三 竹编铜茶炉 故宫博物院藏 自摄

四八 香囊

图一 『信期绣』香囊 长沙马王堆一号西汉墓出土 湖南省博物馆藏 自摄

图二 葡萄花鸟纹银香囊 西安南郊何家村唐代金银器窖藏 陕西历史博物馆藏 自摄

图三 暗花罗绣香囊 南京北宋大报恩寺塔地宫出土 南京市博物总馆藏 自摄

图四 绫罗绣香囊 内蒙古额济纳黑城遗址出土 内蒙古博物院藏 自摄

四九 香毬

图一 明代铜香毬 中国国家博物馆藏 自摄

图二 《续考古图》中的『香毬』

图三 青白釉香毬 长兴雉城镇高山岭亭子山宋墓出土 长兴博物馆藏 自摄

图四 银鎏金香毬 南京长干寺遗址北宋塔基地宫出土 南京市博物总馆藏 自摄

五〇 香鸭

图一 铜香鸭 江西吉水南宋墓出土 吉水县博物馆藏 自摄
图二 明成化素三彩鸭香炉 景德镇市珠山出土 景德镇市陶瓷考古研究所藏 自摄
图三 铜雁炉 河南南阳麒麟岗出土 南阳市博物馆藏 自摄
图四 汝窑莲花鸳鸯炉 河南宝丰清凉寺汝窑址出土 河南省文物考古研究所藏 自摄
图五 马王堆西汉墓出土竹熏笼与陶熏炉使用示意 采自湖南省博物馆展厅展板 自摄

五一 角端

图一 明角端铜炉 河南博物院藏 自摄
图二 青玉角端炉 原陈设于故宫养心殿 自摄

五二 小奁

图一 汝窑奁式炉 故宫博物院藏 自摄
图二 龙泉窑奁炉 出自新安元代沉船 自摄
图三 『胡傅铜温酒樽』（汉） 山西右玉大川村出土 山西博物院藏 自摄

五三 软香

图一 软香 常州武进村前乡南宋墓五号墓出土 常州博物馆藏 自摄

五四 内家新制

图一 内家香 常州武进村前乡南宋墓五号墓出土 常州博物馆藏 自摄

五五 笔格

图一 青釉笔格（北朝） 河北赞皇西高村赵郡李氏家族墓出土 河北博物院藏 自摄
图二 木笔格 新疆阿斯塔那二〇六号唐墓出土 新疆维吾尔自治区博物馆藏 自摄
图三 传李公麟《龙眠山庄图》局部 故宫博物院藏 自摄
图四 石雕笔格 浙江诸暨南宋董康嗣墓出土 诸暨博物馆藏 自摄
图五 水晶笔格（元） 浙江海宁智标塔出土 海宁博物馆藏 自摄
图六 墨石山水人物笔格（元） 无锡博物院藏 自摄

五六 笔筒

图一 明三松款竹刻穿针乞巧图笔筒 嘉定博物馆藏 自摄
图二 银笔筒 敖汉旗新地乡英风沟七号墓出土 敖汉旗博物馆藏 自摄
图三 斑竹笔及笔罩 采自《正仓院展第六十七回》图三三

五七 砚床

图一 鼓床 陕西彬县五代冯晖墓出土砖雕 彬县文物旅游管理处藏 自摄
图二 陶井床（三国魏） 辽阳市北园车骑壁画墓出土 辽宁省博物馆藏 自摄
图三 陶砚（唐） 陕西历史博物馆藏 自摄
图四 砚与砚床 河北宣化辽墓壁画 采自《宣化辽墓》彩版三三，文物出版社二〇〇一年
图五 金花银砚盒盒身 内蒙古阿鲁科尔沁旗辽耶律羽之墓出土 内蒙古文物考古研究所藏 自摄

五八 太湖砚

图一 三彩山池 西安西郊中堡村唐墓出土 陕西历史博物馆藏 自摄
图二 唐十二峰陶砚 故宫博物院藏 采自《故宫博物院院刊》一九九八年第四期图版四

五九 风字砚

图一 虢州紫石砚（唐） 三门峡市区出土 三门峡市博物馆藏 自摄
图二 『闻人』铭箕形紫石砚砚背（唐） 长沙赤岗冲出土 湖南省博物馆藏 自摄
图三 端石风字砚 南京南宋张同之夫妇墓出土 南京市博物总馆藏 自摄

六〇 经架

图一 北齐乾明元年昙始造像碑座局部 晋城博物馆藏 自摄
图二 紫檀金银绘书几 采自《正仓院第六十四回》图五七

六一 方水滴子

图一 方水滴子 南京张同之夫妇墓出土 南京市博物总馆藏 自摄
图二 石雕水滴 浙江诸暨南宋董康嗣夫妇墓出土 诸暨博物馆藏 自摄

六二 水壶子

图一 瓯窑曲流砚滴（水壶子） 温州市郊锦山出土 温州博物馆藏 自摄

六三 蟾蜍砚滴

图一 铜兔砚滴（西汉） 广西梧州出土 中国国家博物馆藏 自摄

图二 铜辟邪砚滴（西晋） 河南焦作嘉禾林场出土 采自《焦作市博物馆馆藏文物精粹》图一〇八
图三 青瓷蛙水盂（三国吴） 南京沧波园丰盛地块出土 南京六朝博物馆藏 自摄
图四 越窑蛙水盂（东晋） 杭州博物馆藏 自摄
图五 越窑蟾蜍砚滴（北宋） 浙江省慈溪市文物管理委员会藏 自摄
图六 青白瓷蟾蜍砚滴 四川遂宁金鱼村南宋窖藏 遂宁博物馆藏 自摄
图七 三足蟾蜍铜砚滴 浙江龙游寺底袁村南宋墓出土 龙游博物馆藏 自摄

六四 牛水滴

图一 粉青釉牛水滴 浙江泰顺元代窖藏 泰顺博物馆藏 黎毓馨摄
图二 青白釉牛水滴 出自新安元代沉船 自摄
图三 青白釉铁斑纹牛水滴 出自新安元代沉船 自摄

六五 压纸

图一 错金银豹镇 河北满城汉墓出土 河北博物院藏 自摄
图二 石雕犀牛压纸 浙江诸暨南宋董康嗣墓出土 诸暨博物馆藏 自摄
图三 玉兔压纸 浙江衢州南宋史绳祖墓出土 浙江省博物馆提供
图四 水晶狮子压纸一对（元） 浙江海宁智标塔出土 海宁博物馆藏 自摄
图五 白石狮子压纸 陕西蓝田吕氏家族墓地出土 陕西考古研究院藏 自摄
图六 《女孝经图》（南宋） 故宫博物院藏 自摄

六六 书镇

图一 《文房图赞》中的边都护
图二 铁书镇 陕西蓝田北宋吕氏家族墓地出土 陕西考古研究院藏 自摄
图三 铜书镇 南京江浦黄悦岭南宋张同之墓出土 南京市博物总馆藏 自摄
图四 铜书镇 福州茶园山南宋许峻墓出土 福建博物院藏 自摄
图五 《西园雅集图》局部 采自《宋画全集》第六卷第五册图一三
图六 玉钮紫檀木镇纸 上海宝山区明朱守城墓出土 上海博物馆藏 自摄
图七 玉钮黄花梨木镇纸 上海宝山区明朱守城墓出土 上海博物馆藏 自摄

六七 步摇/步摇花

图一 长沙马王堆一号西汉墓出土帛画 湖南省博物馆藏 自摄
图二 金步摇花（东汉） 甘肃凉州红花村出土 甘肃省博物馆藏 自摄
图三 金步摇花残件 甘肃高台地埂坡魏晋四号墓出土 高台博物馆藏 自摄
图四 银镶玉花叶步摇 合肥西郊南唐墓出土 安徽博物院藏 自摄
图五 金步摇局部 株洲市攸县丫江桥元代窖藏 株洲博物馆藏 馆方提供
图六 银鎏金花枝鹦鹉步摇（唐） 山西永济西厢村出土 山西博物院藏 自摄
图七 银鎏金累丝镶宝步摇（明） 山东兖州谷村镇栗园古墓出土 兖州博物馆藏 自摄

六八 步摇冠

图一 凤鸟形金步摇冠饰 通辽科左后旗毛力吐嘎查出土 科尔沁博物馆藏 自摄
图二 金步摇一对之一 包头市达茂旗西河子窖藏 内蒙古博物院藏 自摄
图三 金步摇 辽宁北票房身村二号墓出土 辽宁省博物馆藏 自摄
图四 金步摇冠架 北燕冯素弗墓出土 辽宁省博物馆藏 自摄
图五 步摇冠 阿富汗席巴尔甘六号大月氏墓出土 阿富汗国家博物馆藏 自摄
图六 银鎏金冠 辽宁凌源小喇嘛沟辽墓出土 凌源市博物馆藏 自摄

六九 春胜

图一 织机上的胜 江苏泗洪出土东汉画像石 南京博物院藏 自摄
图二 金胜 辽宁北票北燕冯素弗墓出土 辽宁省博物馆藏 自摄
图三 唐祥瑞生肖镜局部 许昌博物馆藏 自摄
图四 人胜残件局部 正仓院藏 采自《正仓院展第五十回》图三四
图五 金花银春胜（唐） 河北定州静志寺塔基地宫出土 定州博物馆藏 自摄
图六 玉春胜 浙江临安吴越国康陵出土 杭州市临安区博物馆藏 自摄
图七 双鸾衔胜花枝镜 京都泉屋博古馆藏 自摄
图八 唐贞顺皇后陵石椁线刻画 采自《文物》二〇一二年第五期页八六，图二六
图九 琥珀叠胜盒 阜新红帽子辽塔地宫出土 辽宁省博物馆藏 自摄
图一〇 银春胜 江苏宜兴北宋法藏寺地宫出土 宜兴博物馆藏 自摄
图一一 凤衔方胜玉簪（明） 出自兰州白衣寺塔天宫 兰州市博物馆藏 自摄

七〇 春幡/珠幡

图一 金花银春幡（唐） 河北定州静志寺塔基地宫出土 定州博物馆藏 自摄
图二 银春幡 江苏宜兴北宋法藏寺地宫出土 宜兴博物馆藏 自摄
图三 宋墓石刻局部 合江博物馆藏 自摄
图四 珠幡胜一对之一（明） 出自兰州白衣寺塔天宫 兰州市博物馆藏 自摄

七一 灯毬

图一 《簪花仕女图》局部 辽宁省博物馆藏 自摄
图二 玉灯毬构件与组合 五代吴越国康陵出土 杭州市临安区博物馆藏 自摄
图三 银瓶上的灯毬 定州净众院塔基地宫出土 定州博物馆藏 自摄
图四 金棺银椁系坠的银灯毬 济宁汶上县宝相寺塔地宫出土 中都博物馆藏 自摄
图五 宋墓石刻局部 泸州博物馆藏 自摄
图六 铜鎏金佛像冠饰残件 奈良国立博物馆藏 自摄
图七 木造观音坐像（南宋） 采自《仏像 中国·日本》页一一二，大阪市立美术馆等二〇一九年

七二 钗符

图一 钗符 江西德安南宋咸淳十年周氏墓出土 德安博物馆藏 自摄
图二 艾虎 江苏宜兴北宋法藏寺地宫出土 宜兴博物馆藏 自摄
图三 《大中佳景图》局部 采自《迎岁集福：院藏钟馗名画特展》图八，台北故宫博物院一九九七年
图四 仙人降五毒金钗一对 江苏江阴青阳明邹令人墓出土 江阴博物馆藏 自摄

七三 闹蛾

图一 银鎏金镶玉闹蛾钗（唐） 山西永济西厢村出土 山西博物院藏 自摄
图二 银鎏金闹蛾（唐） 陕西历史博物馆藏 自摄
图三 金闹蛾 湖北麻城北宋阎良佐夫妇墓出土 麻城博物馆藏 馆方提供
图四 宋《大傩图》中的闹蛾 原件故宫博物院藏

七四 瑱

图一 河南信阳楚墓出土木俑 据《信阳楚墓》页五九，图三九，文物出版社一九八六年
图二 战国铜人 据《战国时代出土文物的研究》页一〇〇，京都大学人文科学研究所一九八五年
图三 琉璃耳珰 辽宁辽阳汉墓出土 辽阳博物馆藏 自摄
图四 玛瑙耳珰（东汉） 广州河南晓港大元岗出土 广州博物馆藏 自摄
图五 洛阳西汉卜千秋墓壁画摹本 据《洛阳两汉彩画》页四四，文物出版社二〇一五年
图六 东汉陶舞俑局部 成都六一一所汉墓出土 成都博物馆藏 自摄

七五 珠环

图一 《宋仁宗后坐像》局部 清宫南薰殿旧藏
图二 金脚四珠环 辽宁鞍山倪家台崔源家族墓出土 鞍山博物馆藏 自摄
图三 金镶宝八珠耳环 明益庄王夫妇墓出土 江西省博物馆藏 自摄
图四 明顾璘之妻沈氏容像局部 南京市博物总馆藏 自摄

七六 丁香环子

图一 丁香 南京市北宋大中祥符四年长干寺塔出土 采自《文物》二〇一五年第五期页三八，图七九
图二 金丁香耳环 蕲春蕲州镇刘家咀明永新王墓出土 蕲春县博物馆藏 自摄
图三 金丁香耳环 南京中华门外邓府山明王克英夫人墓出土 南京市博物总馆藏 自摄

七七 缠臂金

图一 金钏（东晋） 南京雨花门大树城出土 南京市博物总馆藏 自摄
图二 银钏 贵州平坝马场南朝墓葬出土 贵州博物馆藏 馆方提供
图三 缠臂金 湖北黄石河口镇南宋吕氏墓出土 黄石市博物馆藏 自摄
图四 鈒花金钏 北京定陵出土 中国国家博物馆藏 自摄

七八 碧甸指环

图一 金指环一对之一 合肥隋开皇三年墓出土 安徽省博物馆藏 自摄
图二 金镶绿松石戒指 浙江湖州三天门南宋墓出土 浙江省博物馆提供
图三 金镶绿松石葫芦式戒指 石家庄元史天泽家族墓出土 河北省文物研究所藏 自摄
图四 金镶绿松石戒指 湖北钟祥明梁庄王墓出土 湖北省博物馆藏 自摄

七九 战篦金凤

图一 鹦鹉衔璎珞金花簪 湖北安陆唐吴王妃杨氏墓出土 安陆博物馆藏 自摄

图二 银鎏金鸟啄蝴蝶花叶步摇 山西永济西厢村出土 山西博物院藏 自摄

八〇 篦刀

图一 琥珀柄银刀 辽陈国公主墓出土 内蒙古文物考古研究所藏 自摄

图二 石人像 内蒙古巴林左旗白音乌拉苏木辽韩氏家族墓出土 内蒙古文物考古研究所藏 自摄

图三 陕西蒲城洞耳村元墓壁画 陕西考古博物院藏 自摄

八一 鹦哥架

图一 清周西林仕女图册 安徽博物院藏 院方提供

图二 金累丝鹦哥架（清） 首都博物馆藏 自摄

图三 明佚名《货郎图》局部 东京国立博物馆藏 自摄

八二 帽环

图一 金巾环（宋） 安徽六安皖西博物馆基建工地出土 皖西博物馆藏 自摄

图二 银巾环 湖南临澧柏枝乡南宋窖藏 湖南省博物馆藏 馆方提供

图三 玉巾环 杭州元鲜于枢墓出土 杭州博物馆藏 自摄

八三 帽顶

图一 元文宗太子像 故宫博物院藏 自摄

图二 金镶无色蓝宝帽顶 明梁庄王墓出土 湖北省博物馆藏 自摄

图三 《宪宗调禽图》局部（明） 中国国家博物馆藏 自摄

八四 网巾

图一 《三才图会》中的网巾 采自明万历三十七年金阊宝翰楼刊本

图二 金网巾圈 山东淄博周村汇龙湖明代墓地一号墓出土 采自《中国国家博物馆馆刊》二〇一五年第二期

图三 金网巾圈 太仓浮桥浮南大队出土 太仓博物馆藏 自摄

八五 万钉宝带烂腰环

图一 十三环蹀躞带 扬州西湖镇曹庄隋炀帝陵出土 自摄

图二 八环蹀躞带（部分） 咸阳底张湾北周若干云墓出土 陕西考古博物院藏 自摄

图三 银鎏金荔枝纹带銙 江西遂川北宋郭知章墓出土 江西省博物馆藏 自摄

八六 宝带垂鱼

图一 鱼袋之『饰鱼』 浙江兰溪市灵洞乡宋墓出土 兰溪博物馆藏 自摄

图二 木仿真『金笏头带佩金鱼』 福州茶园山南宋端平二年墓出土 福州市博物馆藏 自摄

图三 《春游晚归图》局部 采自《宋画全集》第一卷第七册图一四八

八七 绦环

图一 玉螳螂钩环一副（元） 中国国家博物馆藏 自摄

图二 玉绦环 金华金东区曹宅镇郑刚中墓出土 金华博物馆藏 自摄

图三 玉绦环 山西大同元冯道真墓出土 大同博物馆藏 自摄

图四 金镶宝绦环 明梁庄王墓出土 湖北省博物馆藏 自摄

图五 金镶珠宝叠胜绦环 北京定陵出土 明十三陵博物馆藏 自摄

八八 道服

图一 王绎、倪瓒《杨竹西小像》局部 采自《中国绘画全集·元·三》图三一，文物出版社等一九九九年

图二 赵孟頫《自写小像》局部 故宫博物院藏 自摄

八九 卷发如虿

图一 玉饰（商周） 原件故宫博物院藏

图二 玉饰（西周） 山西曲沃晋侯墓地六三号墓出土 山西博物院藏 自摄

图三 玉饰（战国） 华盛顿弗利尔美术馆藏 自摄

图四 玉饰（战国至西汉） 南昌海昏侯墓出土 江西省博物馆藏 自摄

九〇 三角童

图一 《冬日婴戏图》 原件台北故宫博物院藏

图二 三彩女俑 洛阳涧西谷水唐墓出土 洛阳博物馆藏 自摄

九一 闹角儿

图一 《冬日婴戏图》局部（宋） 采自《宋画全集》第四卷第五册图一六四

九二 一窝丝

图一 吴伟《铁笛图》局部 上海博物馆藏 自摄

图二 明佚名《宫装图》局部 辽宁省博物馆藏 自摄

九三 斜红

图一、二 安阳市唐赵逸公墓壁画 洛阳古代艺术博物馆藏 自摄

九四 斜雁

图一 敦煌莫高窟第九八窟东壁女供养人（范文藻摹）

九五 宝袜

图一、二 石椁线刻画 唐薛儆墓出土 运城博物馆藏 自摄

九六 纽扣/钮扣

图一 《三才图会·襖子》 采自明万历三十七年金阊宝翰楼刊本

图二 金镶宝蝶赶菊钮扣 北京右安门外明万贵墓出土 首都博物馆藏 自摄

图三 金镶宝蝶赶菊钮扣 湖北蕲春明都昌王朱载塎夫妇墓出土 蕲春县博物馆藏 自摄

九七 凤冠霞帔

图一 宋石雕妇人像 杭州临安区博物馆藏 自摄

九八 笼灯

图一 石榻 洛阳曹魏大墓出土 采自《流眄洛川》页一二〇，上海书画出版社二〇二一年

图二 铜灯（汉） 山东微山县马陵山出土 采自《文物》一九八五年第五期页九四

图三 陶灯 南京前新塘南朝墓出土 采自《文物》一九八九年第四期图版捌：一

九九 铁铗

图一 烛剪 北京定陵出土 明十三陵博物馆藏 自摄

图二 铜烛剪 韩国庆州雁鸭池出土 采自《国立庆州博物馆》页一五四，通川文化社二〇一〇年

图三 《和汉三才图会》中的烛剪图

一〇〇 鱼钥

图一 鱼钥（唐） 西安南郊何家村金银器窖藏 陕西历史博物馆藏 自摄

图二 唐李贤墓前甬道东壁壁画 采自《唐李贤墓壁画》图版三四，文物出版社一九七四年

一〇一 胆瓶

图一 褐漆胆瓶 江苏宜兴和桥宋墓出土 南京博物院藏 自摄

图二 龙泉窑胆瓶 安徽宿松县南宋嘉定八年墓出土 安徽博物院藏 自摄

图三 朱漆戗金奁盖面 常州武进村前乡南宋墓出土 常州博物馆藏 自摄

图四 官窑胆瓶 上海青浦元任仁发家族墓地出土 上海博物馆藏 自摄

图五 磁州窑『香花奉神』瓶（金代） 旧金山亚洲艺术博物馆藏 自摄

图六 黄釉剔花梅梢月纹胆瓶（元） 江西新建昌邑公社出土 江西省博物馆藏 自摄

一〇二 玉壶春瓶

图一 银玉壶春瓶 无锡元钱裕墓出土 无锡博物院藏 自摄

图二 山西洪洞水神庙元代壁画 原址保存 自摄

图三 黑漆螺钿奁盒盖面（元明） 日本永青文库藏 自摄

一〇三 小斛

图一 素胎花盆（宋金） 观台磁州窑址出土 中国磁州窑博物馆藏 自摄

图二 绿釉花盆（金） 山东德州窑采集 山东省博物馆藏 自摄

图三 《雪阁临江图》局部 采自《宋画全集》第六卷第一册图二三

一〇四 挖耳

图一 玉耳挖匣（西周） 山西曲沃羊舌墓地一号墓出土 山西省考古研究院藏 自摄

图二 玉挖耳（春秋早期）陕西韩城梁带村芮国墓地二十六号墓出土 梁带村芮国遗址博物馆藏 自摄

图三 金挖耳（明） 南京雨花台区天隆寺六号茔园出土 南京市博物总馆藏 自摄

图四 银钗镊 湖北鄂城六朝墓出土 鄂州博物馆藏 自摄

图五 金三事儿 湖北钟祥明梁庄王墓出土 湖北省博物馆藏 自摄

图六 金挖耳挑牙 上海浦东新区明陆深家族墓出土 上海博物馆藏 自摄

图七 松鼠葡萄银耳挖簪（清） 苏州博物馆藏 自摄

一〇五 剔牙杖

图一 金事件连筒 浙江临海明王士琦墓出土 浙江省博物馆藏 自摄

一〇六 消息子

图一 李嵩《市担婴戏图》局部 采自《画琳琅 货郎图》图一，台北故宫博物院二〇二一年

图二 《清俗纪闻》中的消息筒

一〇七　手炉/脚炉

图一　『阳信家铜温手炉』　陕西茂陵一号墓一号从葬坑出土　采自《文物》一九八二年第九期页一五

图二　沃悬地银平脱鸟笼纹炉　采自岡田讓《日本の漆芸·蒔绘》册一图一〇五，中央公论社一九七八年

图三　孙温绘《红楼梦》中的手炉　旅顺博物馆藏　自摄

图四、五　《清俗纪闻》中的手炉图与脚炉图

一〇八　弹棋局

图一　铁錾子　大同新添堡辽许从赟夫妇墓出土　大同市博物馆藏　自摄

图二　弹棋局（瓷明器）　河南安阳隋麹庆墓出土　采自《二〇二〇中国重要考古发现》页一二七，文物出版社二〇二一年

图三　弹棋局（瓷明器）　河南安阳隋张盛墓出土　自摄

一〇九　戴竿

图一　汉画像砖　河南新野任营出土　河南博物院藏　自摄

图二　寻橦俑（北魏）　山西大同曹夫楼村出土　山西博物院藏　自摄

图三　戴竿伎俑　西安唐金乡县主墓出土　西安博物院藏　自摄

图四　戴竿伎俑　新疆吐鲁番阿斯塔那唐墓出土　新疆维吾尔自治区博物馆藏　自摄

一一〇　麻雀衔旗

图一　明人《货郎图》局部　东京国立博物馆藏　自摄

一一一　泥孩儿

图一～三　泥孩儿　镇江宋元泥塑作坊遗址出土　镇江博物馆藏　自摄

一一二　化生

图一　莲花化生纹瓦当　大同北魏平城遗址出土　大同市博物馆藏　自摄

图二　敦煌莫高窟第二二〇窟壁画　《敦煌石窟全集·民俗画卷》图一三三，商务印书馆（香港）有限公司一九九九年

图三　山西侯马金墓石刻　原址保存　自摄

图四　攀花童子石抱框（元）　北京城市改造工程出土　北京石刻博物馆藏　自摄

一一三　藏经匣/护身小窨

图一　嘎乌（十九世纪）　西藏博物馆藏　自摄

图二　嘎乌式银佩件　常州市和平新村工地明墓出土　常州博物馆藏　自摄

图三　金镶宝嘎乌式佩件　南京江宁将军山明沐斌继室梅氏墓出土　南京市博物总馆藏　自摄

图四　金镶宝护身佛窝　故宫博物院藏　自摄

一一四　经塔

图一　《金刚经塔》拓片　嘉兴明项氏墓出土　嘉兴博物馆提供

图二　黑地描金乾隆御笔经塔唐卡　布达拉宫管理处藏　自摄

一一五　琉璃灯中鱼

图一　《婴戏图》局部　采自《婴戏图》图五，台北故宫博物院一九九〇年

图二　《唐土訓蒙図彙》中的倒鳖气

图三　《明宪宗行乐图》局部　中国国家博物馆藏　自摄

图四　北京定陵出土百子衣图案摹本

一一六　蔷薇水

图一　琉璃瓶　河北定州静志寺塔基出土　定州博物馆藏　自摄

图二　琉璃瓶　辽陈国公主墓出土　内蒙古文物考古研究所藏　自摄

图三　永昭陵陵前客使像　自摄

一一七　摺叠扇

图一　宋代铜镜　采自《婺源博物馆藏品集粹》图五一，文物出版社二〇〇七年

图二　陶契丹人像（辽）　辽宁建平县奎德素乡从家洼出土　建平博物馆藏　自摄

图三　泥金摺叠扇　湖北蕲春明永新王朱厚熿夫妇墓出土　蕲春县博物馆藏　自摄

图四　文徵明《古木寒江图》泥金扇面　中国国家博物馆藏　自摄

一一八　浴室

图一　《浴镬器独不漂没灵异记》拓片　采自《法门寺考古发掘报告》页五五

图二　《五百罗汉图》（南宋）　采自《大德寺传来五百罗汉图》（大德寺伝来五百羅漢図）页五七

图三　天童寺宣明　采自《五山十刹图与南宋江南禅寺》页一二六，东南大学出版社二〇〇〇年

一一九 包子

图一 金镶玉花钱 南京江浦张同之夫妇墓出土 南京市博物总馆藏 自摄

一二〇 扇鼓

图一、二 南宋安丙家族墓石刻 原址保存 自摄

图三 河南济源明墓墓室壁画 洛阳古代艺术博物馆藏 自摄

一二一 僧磬

图一 《新编对相四言》中的僧磬

图二 《五百罗汉图》（南宋） 采自《大德寺传来五百罗汉图》（大德寺伝来五百羅漢図）页二四

图三 河南济源明墓墓室壁画 洛阳古代艺术博物馆藏 自摄

一二二 金屈戌

图一 金花银香囊 法门寺塔基地宫出土 法门寺博物馆藏 自摄

一二三 金蟾啮锁

图一 唐三彩贴花钱柜 洛阳出土 河南博物院藏 自摄

图二 唐三彩马 故宫博物院藏 自摄

一二四 粘竿

图一 东汉缪宇墓出土画像石 据《文物》一九八四年第八期页二五，图八

一二五 牙床

图一 木画紫檀棋局 正仓院藏 采自《正仓院展第五十七回》图七

图二 白瓷棋局 隋张盛墓出土 河南博物院藏 自摄

一二六 牙盘

图一 方樏（三国吴） 鄂钢技改郭家垴墓地出土 鄂州博物馆藏 自摄

图二 秘色瓷牙盘 苏州吴中七子山五代一号墓出土 吴中博物馆藏 自摄

图三 黄釉牙盘 赤峰市翁牛特旗解放营子辽墓出土 赤峰博物馆藏 自摄

图四 青釉划花牙盘（宋） 陕西铜川耀州窑遗址出土 陕西省考古研究院藏 自摄

图五 青釉牙盘（宋） 杭州老虎洞窑址出土 杭州博物馆藏 自摄

一二七 榜子

图一 蔡襄《门屏帖》 采自《故宫博物院藏文物珍品大系·宋代书法》页三一

一二八 高肩担

图一 张择端《清明上河图》局部 故宫博物院藏

图二 山西繁峙岩山寺文殊殿金代壁画 原址保存 自摄

图三 仇英《清明上河图》局部 辽宁省博物馆藏 自摄

图四 明人《宪宗元宵行乐图》局部 中国国家博物馆藏 自摄

一二九 饷鞘

图一 饷鞘 四川江口古战场出水 自摄

一三〇 干旄/干旟

图一 干首 洛阳北窑西周墓出土 采自《考古》一九八七年第十一期页七四五，图二

图二 干旄 湖北荆门包山楚墓出土漆奁图案 据《包山楚墓》彩版八，文物出版社一九九一年

图三 干旟 据《中国古代の生活史》页一八九，吉川弘文馆一九九二年

一三一 旐

图一 田猎纹绦图案 据《江陵马山一号楚墓》页四八，图三九

图二 战国车马狩猎纹钫图案 据《支那古器图考·舟车马具篇》图版七

一三二 旌

图一 干旌 江苏淮阴高庄战国墓出土刻纹铜器图案 据《考古学报》一九八八年第二期页二一一，图二五：三

图二 获旌 辉县赵固出土战国刻纹铜鉴图案 据《辉县发掘报告》图一三八，科学出版社一九五六年

图三 《洛神赋图》中的旌

一三三 鸾舆

图一 鸾鸟立衡（春秋早期） 陕西澄城刘家洼出土 陕西省考古研究院藏 自摄

一三四 相风

图一 河北磁县湾漳北朝壁画墓壁画摹本 采自河北博物院展厅展板

图二 相风乌舆 北宋卤簿钟局部 辽宁省博物馆藏 自摄

一三五　罕罼

图一　陕县后川村出土刻纹铜盘中的毕（战国）　据《陕县东周秦汉墓》页六三，科学出版社一九九四年

图二　狩猎画像石（汉）　济南市长清区孝里镇大街村出土　山东博物馆藏　自摄

图三　磁县湾漳北朝壁画墓壁画中的罕罼　据《磁县湾漳北朝壁画墓》页一四九，图一一二

一三六　旌幢

图一　童（幢）史彩绘砖　酒泉西沟魏晋墓出土　采自《文物》一九九六年第七期页三四

图二　莫高窟第二三一窟西壁龛外北侧壁画　采自《敦煌石窟艺术·莫高窟第一五四窟附第二三一窟（中唐）》图一三六

图三　磁县湾漳北朝壁画墓壁画中的节　据《磁县湾漳北朝壁画墓》页一五〇，图一一三

一三七　牙旗

图一　且（祖）乙卣铭　采自《愙斋集古录》册一八，叶六

图二　嘉峪关三号魏晋墓壁画中的旂　据《嘉峪关壁画墓发掘报告》图版八六：一，文物出版社一九八五年

图三、四　张议潮统军出行图中的门旗与牙旗

图五　《瑞应图》局部　天津博物馆藏　自摄

图六　《大驾卤簿图》中的纛　原件中国国家博物馆藏

一三八　辘轳剑

图一　缑　越王者旨於睗剑（东周）　浙江省博物馆藏　自摄

一三九　柱斧

图一　柱斧（宋）　江苏宜兴法藏寺地宫出土　宜兴博物馆藏　自摄

一四〇　水罐银盆

图一　铜厮锣、钵盂、唾盂一副　陕西蓝田吕氏家族墓园北宋政和六年墓出土　陕西考古博物院藏　自摄

图二　《春游晚归图》局部　采自《宋画全集》第一卷第七册图一四八

图三　仪仗俑　河南焦作元靳德茂墓出土　焦作博物馆藏　自摄

一四一　二矛重乔

图一　重乔之矛　湖北荆门包山二号楚墓出土　采自《包山楚墓》图一三〇：三，文物出版社一九九一年

图二　河南汲县山彪镇出土战国刻纹铜鉴图案　据《山彪镇与琉璃阁》图十二，科学出版社一九五九年

一四二　重錞

图一　重錞　河北平山中山王墓出土　河北博物院藏　自摄

一四三　辅

图一　辉县琉璃阁战国车马坑出土十六号车　据《辉县发掘报告》图六一，科学出版社一九五六年

一四四　较

图一　错金银铜较　河北满城汉墓出土　河北博物院藏　自摄

图二　陕西陇县边家庄五号春秋墓出土的车　据《文物》一九八八年第十一期页一二，图一五

图三　侯马上马墓地东周车马坑出土的铜较　据《上马墓地》页二四二，文物出版社一九九四年

一四五　车辖

图一　车軎与车辖（西周）　山西博物院藏　自摄

图二　铜车辖（西周）　洛阳瀍河北窑出土　洛阳博物馆藏　自摄

一四六　千里鲸

图一　摩羯鱼　印度桑奇二塔栏楯浮雕　自摄

图二　恒河女神牙雕　贝格拉姆出土　阿富汗国家博物馆藏　自摄

图三　银鎏金大盆盆心（唐）　白鹤美术馆藏　自摄

图四　金摩羯纹四曲长杯杯心（唐）　西安市太乙路出土　陕西历史博物馆藏　自摄

图五　越窑青瓷摩羯酒船（五代）　杭州吴山广场地铁建设工地出土　杭州市文物考古研究所藏　自摄

图六　银鎏金摩羯式酒船　广西南丹县北宋银器窖藏　采自《广西文物珍品》图二四九，广西美术出版社二〇〇二年

一四七　粉蛾帖死屏风上

图一　铜蝶合叶（唐）　河南巩义天玺尚城出土　河南省巩义市考古研究所藏　自摄

图二　鎏金铜蝶合叶　宁夏吴忠西郊唐墓出土　宁夏考古研究所藏　自摄

图三　银金花香囊上的合叶　法门寺地宫出土　法门寺博物馆藏　自摄

图四　银盖罐上的合叶　浙江临安晚唐水丘氏墓出土　杭州市临安区博物馆藏　自摄

一四八　龟游莲叶

图一　瑞应图·灵龟　采自黄永武编《敦煌宝藏》册一二三，页二九三，新文丰出版公司（台北）一九八六年

图二　龟游莲叶玉饰　上海博物馆藏　自摄

图三　龟游莲叶纹银盏　杭州临安原高虹中小学出土　杭州市临安区博物馆藏　自摄

图四　重庆南川大夫地墓地宋墓石刻　重庆市文物考古研究院藏　自摄

一四九　满池娇

图一　『刘家模子』『何』款满池娇印花碗模　河北曲阳北镇村出土　河北省曲阳县文物保管所藏　自摄

图二　元青花满池娇菱花口盘　故宫博物院藏　自摄

图三　金满池娇荷叶簪　湖南临澧新合元代窖藏　湖南省博物馆提供

一五〇　耍花儿

图一　折枝牡丹纹绫　江西德安南宋周氏墓出土　德安博物馆藏　自摄

图二　绫衫纹样　浙江黄岩南宋赵伯澐墓出土　中国丝绸博物馆提供

图三　蝶赶花金耳环　杭州临安杨岭宋墓出土　石超提供

一五一　孟家蝉

图一　寿州窑黄釉对蝶纹枕　安徽芜湖出土　安徽博物院藏　自摄

图二　银对蝶　福州南宋黄昇墓出土　福建省博物院藏　自摄

图三　蔡襄《致通理当世屯田尺牍》局部　采自《宋代花笺特展》台北故宫博物院二〇一七年

图四　团窠对蝶纹妆花绫（唐五代）　巴黎吉美博物馆藏　中国丝绸博物馆提供

图五　对蝶玉佩（辽）　辽宁朝阳北塔天宫出土　朝阳北塔博物馆藏　自摄

图六　对蝶纹白瓷盘（辽）　辽宁朝阳北塔天宫出土　朝阳北塔博物馆藏　自摄

一五二　金蝉

图一　金蝉珰　南京郭家山东晋泰和六年温氏之墓出土　六朝博物馆藏　自摄

图二　唐惠庄太子墓壁画　采自《陕西新出土唐墓壁画》图一三一，重庆出版社一九九八年

图三　金蝉珰　陕西历史博物馆藏　自摄

图四　明人《范仲淹画像》　南京博物院藏　自摄

图五　银鎏金双蝉簪　洛阳龙康小区唐墓出土　洛阳博物馆藏　自摄

图六　银鎏金蝉钗　浙江长兴下莘桥唐代窖藏　长兴博物馆藏　自摄

一五三　掬水月在手

图一　墨书白瓷碗　河南延津古黄河渡口城址出土　采自《二〇〇七中国重要考古发现》页一五八，文物出版社二〇〇八年

图二　金掬水月在手图银脚簪簪首　株洲丫江桥元代窖藏　株洲市博物馆提供

图三　龙泉窑大碗（明）　常州博物馆藏　自摄

图四　掬水月在手图金簪（明）　武进前黄明墓出土　常州市武进区博物馆藏　自摄

图五　惜花春起早图银簪（明）　大英博物馆藏　自摄

一五四　太一莲舟

图一　太一莲舟玉带銙（宋）　天津博物馆藏　自摄

图二　太一莲舟银盘盏一副（元）　湖南澧县澧南乡出土　澧县博物馆提供

图三　太一莲舟青玉摆件（明）　济南市博物馆藏　自摄

一五五　汤碗赋

图一　赤壁赋漆盘　中国国家博物馆藏　自摄

图二　康熙五彩赤壁赋图棒槌瓶　旧金山亚洲艺术博物馆藏　自摄

图三　青花赤壁赋碗　四川崇州万家镇明代窖藏　采自《文物》二〇一一年第七期页九，图六

图四　青花赤壁赋瓷片　出自『万历』沉船　友人提供

一五六　古瓶

图一　《七十二朝人物演义》插图　中国国家图书馆藏　馆方提供

图二　传李公麟《竹林七贤图·刘伶》（明）　故宫博物院藏　自摄

一五七　心字

图一　心字金耳环　安徽南陵北宋墓出土　南陵博物馆藏　自摄

图二 心字金钗 安徽潜山县余井宋墓出土 潜山博物馆提供

图三 玉帔坠 新昌南宋乾道五年季氏墓出土 新昌博物馆藏 自摄

图四 银镀金龟衔流苏心字幡胜 浙江德清银子山出土 德清博物馆藏 自摄

图五 北宋西关窑珍珠地白釉枕 采自《抟泥作瓷：波士顿美术博物馆藏中国陶瓷》页六一，北京大学出版社二〇二〇年

一五八 转官毬

图一 绣毬 山西侯马金墓石刻 原址保存 自摄

图二 狮子戏毬 南宋安丙家族墓石刻 原址保存 自摄

图三 毬路鸿雁纹金花银笼子局部 陕西扶风法门寺地宫出土 法门寺博物馆藏 自摄

图四 银鎏金转官毬帔坠 江西德安南宋咸淳十年周氏墓出土 德安博物馆藏 自摄

一五九 减铁

图一 铁错金银马辔头 赤峰大营子辽驸马赠卫国王墓出土 内蒙古博物院藏 自摄

图二 木镶錽金鞍一副及所附皮条 故宫博物院藏 自摄

图三 牡丹双凤减金如意簪 常熟练塘路北大队出土 常熟博物馆藏 自摄

一六〇 钿筐

图一 金筐宝钿佩佩件 西安理工大学曲江校区唐李倕墓出土 陕西省考古研究院藏 自摄

图二 金筐宝钿梳背（嵌宝脱落） 大都会博物馆藏 自摄

图三 金镶绿松石钿花钗 河南宝丰小店唐墓出土 采自《文物》二〇二〇年第二期页一三

图四 玉梁金筐宝钿带带銙 陕西长安南里王村唐窦皦墓出土 陕西省考古研究院藏 自摄

一六一 金虫

图一 玉虫鞘翅 自藏

图二 日本奈良法隆寺玉虫厨子局部

图三 玉虫饰杏叶（复制品） 采自《韩国国立庆州博物馆文物精品展》，页一〇五，三秦出版社二〇一二年

图四 金累丝镶玉虫珠石蝴蝶簪 采自《清代后妃首饰》图六六，紫禁城出版社等一九九二年

一六二 鈒镂

图一 金花银盂 西安南郊何家村窖藏 陕西历史博物馆藏 自摄

图二 金花大银盆内壁 陕西扶风法门寺地宫出土 法门寺博物馆藏 自摄

一六三 铺翠冠儿

图一 铺翠金梁冠 元张士诚母曹氏墓出土 苏州博物馆藏 自摄

一六四 双转轴戒指

图一 金转轴戒指 上海卢湾区李惠利中学明墓出土 上海博物馆藏 自摄

图二 『忍』『耐』金转轴戒指 太仓明王忬墓出土 太仓博物馆藏 自摄

图三 『清风』『明月』金转轴戒指 南京博物院藏 自摄

一六五 马黄搠子

图一 南宋龙泉窑青瓷『马蝗绊』碗 东京国立博物馆藏 自摄

图二 青瓷器盖 多伦小王力沟萧贵妃墓出土 内蒙古文物考古研究所藏 自摄

一六六 倭漆/洋漆

图一 椿梅莳绘箱 采自《清宫莳绘：院藏日本漆器特展》图二二，台北故宫博物院二〇〇二年

图二 婴戏莳绘双桃式盒 采自《清宫莳绘：院藏日本漆器特展》图五四，台北故宫博物院二〇〇二年

图三 莳绘砚箱 采自《莳绘：漆黑 黄金の日本美》（特别展览会）图一七九，京都国立博物馆一九九五年

名物条目索引

Z

Y